AF797547

अप्सरा

Paperback: 978-936205852-2
ebook: 978-936205507-1

Printed by:

Sanage Publishing House LLP
Mumbai, India

sanagepublishing@gmail.com

अप्सरा

सूर्यकांत त्रिपाठी 'निराला'

SANAGE
PUBLISHING HOUSE

1

इडेन-गार्डन में, कृत्रिम सरोवर के तट पर एक कुंज के बीच शाम सात बजे के करीब, जलते हुए एक प्रकाश-स्तम्भ के नीचे पड़ी हुई एक कुर्सी पर सत्रह साल की चम्पे की कली-सी एक किशोरी बैठी सरोवर की लहरों पर चमकती चाँद की किरणें और जल पर खुले हुए, काँपते, बिजली की बत्तियों के समान कमल के फूल को एकचित्त से देख रही थी। और दिनों से आज उसे कुछ देर हो गई थी, पर इसका उसे ख्याल न था।

युवती एकाएक चौंककर काँप उठी। उसी बेंच पर एक गोरा बिलकुल सटकर बैठ गया। युवती एक बग़ल हट गई। फिर कुछ सोचकर, इधर-उधर देख, घबरायी हुई उठकर खड़ी हो गई। गोरे ने हाथ पकड़कर जबरन बेंच पर बैठा लिया। युवती चीख उठी।

बाग़ में उस समय इक्के-दुक्के आदमी रह गए थे। युवती ने इधर-उधर देखा, पर कोई नजर न आया। भय से उसका कण्ठ भी रुक गया। अपने आदमियों को पुकारना चाहा, पर आवाज न निकली। गोरे ने उसे कसकर पकड़ लिया।

गोरा कुछ निश्छल प्रेम की बात कह रहा था कि पीछे से किसी ने उसके कॉलर में उँगलियाँ घुसेड़ दीं और गर्दन के पास कोट के साथ पकड़कर साहब को एक बित्ता बेंच से ऊपर उठा लिया, जैसे चूहे को बिल्ली। साहब के कब्जे से युवती छूट गई। साहब ने सिर घुमाया। आगन्तुक ने दूसरे हाथ से युवती की तरफ़ सिर फेर दिया, “अब कैसी लगती है?”

साहब झपटकर खड़ा हो गया। युवक ने कॉलर छोड़ते हुए जोर से सामने रेल दिया। एक पेड़ के सहारे साहब सँभल गया फिरकर उसने देखा, एक युवक अकेला खड़ा है। साहब को अपनी वीरता का ख्याल आया। “तुम पीछे से हमको पकड़ा।” कहते-कहते वह युवक की ओर लपका। “तो अभी दिल की मुराद पूरी नहीं हुई?” युवक तैयार हो गया। साहब को बॉक्सिंग (घूसेबाजी) का अभिमान

था, युवक को कुश्ती का। साहब के वार करते ही युवक ने कलाई पकड़ ली और वहीं से बाँधकर बहल्ले(ज्यों का त्यों) में दे मारा, और छाती पर बैठ कई रद्दे कस दिए। साहब बेहोश हो गया। युवती खड़ी सविनय ताकती रही। युवक ने रूमाल भिगोकर साहब का मुँह पोंछ दिया। फिर उसी को सिर पर रख दिया। जेब से काग़ज़ निकाल बेंच के सहारे एक चिट्ठी लिखी और साहब की जेब में रख दी। फिर युवती से पूछा, "आपको कहाँ जाना है?"

"मेरी मोटर सड़क पर खड़ी है। उस पर मेरा ड्राइवर और बूढ़ा अर्दली बैठा होगा। मैं हवाखोरी के लिए आई थी। आपने मेरी रक्षा की, मैं सदैव-सदैव आपकी कृतज्ञ रहूँगी।"

युवक ने सिर झुका लिया।

"आपका शुभ नाम?" युवती ने पूछा।

"नाम बतलाना अनावश्यक समझता हूँ। आप जल्द यहाँ से चली जाए।"

युवक को कृतज्ञता की सजल दृष्टि से देखती हुई युवती चल दी। रुककर कुछ कहना चाहा, पर कह न सकी। युवती फील्ड के फाटक की ओर चली, युवक हाईकोर्ट की तरफ़। कुछ दूर जाने के बाद युवती फिर लौटी। युवक नज़र से बाहर हो गया था। वह गई, और साहब की जेब से चिट्ठी निकालकर चुपचाप चली आई।

2

कनक धीरे-धीरे अठारहवें वर्ष के पहले चरण में आ पड़ी। अपार अलौकिक सौन्दर्य, एकान्त में कभी-कभी अपनी मनोहर रागिनी सुना जाता। वह कान लगा उसके अमृत-स्वर को सुनती पान किया करती। अज्ञात एक अपूर्व आनन्द का प्रवाह अंगों को आपाद-मस्तक नहला जाता। स्नेह की विद्युल्लता काँप उठती। उस अपरिचित कारण की तलाश में विस्मय से आकाश की ओर ताककर रह जाती। कभी-कभी खिले हुए अंगों के स्नेह-भार में एक स्पर्श मिलता, जैसे अशरीर कोई उसकी आत्मा में प्रवेश कर रहा हो। उस गुदगुदी में उसके तमाम अंग काँपकर खिल उठते। अपनी देह के वृन्त अपलक खिली हुई ज्योत्सना के चन्द्र पुष्प की तरह सौन्दर्योज्ज्वल पारिजात की तरह एक अज्ञात प्रणय की वायु डोल उठती। आँखों में प्रश्न फूट पड़ता, संसार के रहस्यों के प्रति विस्मय।

कनक गन्धर्व-कुमारिका थी। उसकी माता सर्वेश्वरी बनारस की रहनेवाली थी। नृत्य-संगीत में वह भारत प्रसिद्ध हो चुकी थी। बड़े-बड़े राजे-महाराजे जल्से में उसे बुलाते उसकी बड़ी आवभगत करते। इस तरह सर्वेश्वरी ने अपार सम्पति एकत्र कर ली थी। उसने कलकत्ता-बहूबाज़ार में आलीशान अपना एक खास मकान बनवा लिया था और व्यवसाय की वृद्धि के लिए, उपार्जन की सुविधा के विचार से प्रायः वहीं रहती भी थी। सिर्फ बुढ़वा, मंगल के दिनों तवायफों तथा रईसों पर अपने नाम की मुहर मार्जित कर लेने के विचार से, काशी-आवास करती थी। वहाँ भी उसकी एक कोठी थी।

सर्वेश्वरी की इस अथाह सम्पत्ति की नाव पर एकमात्र उसकी कन्या कनक ही कर्णधार थी इसलिए कनक में सब तरफ़ से ज्ञान का थोड़ा-थोड़ा प्रकाश भर देना, भविष्य के सुख-पूर्वक निर्वाह के लिए, अपनी नाव खेने की सुविधा के लिए, उसने आवश्यक समझ लिया था। वह जानती थी, कनक अब कली नहीं, उसके अंगों के कुल दल खुल गए हैं। उसके हृदय के चक्र में चारों ओर के सौन्दर्य का मधु भर गया है। घर उसका लक्ष्य उसकी शिक्षा की तरफ़ था। अभी तक उसने

उसका जातीय शिक्षा का भार अपने हाथों नहीं दिया। अभी दृष्टि से ही वह कनक को प्यार कर लेती, उपदेश दे देती थी। कार्यतः उसकी तरफ़ से अलग थी। कभी-कभी जब व्यवसाय और व्यवसायियों से फुर्सत मिलती, वह कुछ देर के लिए कनक को बुला लिया करती। और, हर तरफ़ से उसने कन्या के लिए स्वतन्त्र प्रबन्ध कर रखा था। उसके पढ़ने का घर ही में इन्तजाम कर दिया था। एक अँगरेज महिला श्रीमती कैथरीन तीन घण्टे उसे पढ़ा जाया करती थीं। दो घण्टे के लिए एक अध्यापक आया करते थें।

इस तरह वह शुभ-स्वच्छ निर्झरिणी विद्या के ज्योत्सना-लोक के भीतर से मुखर शब्द-कलरव करती हुई ज्ञान के समुद्र की ओर अबाध बह चली। हिन्दी के अध्यापक उसे पढ़ाते हुए अपनी अर्थ-प्राप्ति की कलुषित कामना पर पश्चात्ताप करते, कुशाग्रबुद्धि शिष्या के भविष्य का पंकिल चित्र खींचते हुए मन-ही-मन सोचते इसकी पढ़ाई ऊसर वर्षा है- तलवार में ज्ञान, नागिन का दूध पीना। इसका काटा हुआ एक कदम भी नहीं चल सकता। पर नौकरी छोड़ने की चिन्ता मात्र से व्याकुल हो उठते थे। उसकी अँगरेजी की आचार्यों उसे बाइबिल पढ़ाती हुई बड़ी एकाग्रता से उसे देखती और मन-ही-मन निश्चय करती थी कि किसी दिन उसे प्रभु ईसा की शरण में लाकर कृतार्थ कर देगी। कनक भी अँगरेजी में जैसी तेज थी, उसे अपनी सफलता पर ज़रा भी द्विधा न थी। उसकी माता सोचती, इसके हृदय को जिन तारों से बाँधकर मैं इसे सजाऊँगी, उनके स्वर-झंकार से एक दिन संसार के लोग चकित हो जाएगे; इसके द्वारा अप्सरा लोक में एक नया ही परिवर्तन कर दूँगी, और वह केवल एक ही अंग में नहीं, चारों तरफ़; मकान के सभी शून्य छिद्रों को, जैसे प्रकाश और वायु भरते रहते हैं, आत्मा का एक ही समुद्र जैसे सभी प्रवाहों का चरम परिणाम है।

इस समय कनक अपनी सुगन्ध से आप ही आश्चर्यचकित हो रही थी। अपने बालपन की बालिका तन्वी कवयित्री को चारों ओर केवल कल्पना का आलोक दिख पड़ता था, उसने अभी उसकी किरण-तन्तुओं से जाल बुनना नहीं सीखा था। काव्य था, पर शब्द रचना नहीं, जैसे उस प्रकाश में उसकी तमाम प्रगतियाँ फँस गई हों, जैसे इस अवरोध से बाहर निकलने की वह राह न जानती हो। वहीं उसका सबसे बड़ा सौन्दर्य उसमें एक अतुल नैसर्गिक विभूति थी। संसार के कुल मनुष्य और वस्तुएँ उसकी दृष्वि में मरीचिका के ज्योति चित्रों की तरह आतीं, अपने यथार्थ स्वरूप में नहीं।

कनक की दिनचर्या बहुत साधारण थी। दो दासियाँ उसकी देख-रेख के लिए थी, पर उन्हें प्रतिदिन दो बार उसे नहला देने और तीन-चार बार वस्त्र बदलवा देने के इन्तजाम में ही जो कुछ थोड़ा-सा काम था, बाकी समय यों ही कटता था। कुछ समय साड़ियाँ चुनने में लग जाता था। कनक प्रतिदिन शाम को मोटर पर किले के मैदान की तरफ़ निकलती थी। ड्राइवर के बग़ल में एक अर्दली बैठता था। पीछे की सीट पर अकेली कनक। कनक प्रायः आभरण नहीं पहनती थी। कभी-कभी हाथों में सोने की चूड़ियाँ डाल लेती थी। गले में एक हीरे की कनी का जड़ाऊ हार। कानों में हीरे के दो चम्पे पड़े रहते। संध्या समय सात बजे के बाद से दस तक और दिन में भी इसी तरह सात से दस तक पढ़ती थी। भोजन-पान में बिलकुल सादगी, पर पौष्टिकारक भोजन उसे दिया जाता था।

3

धीरे-धीरे, ऋतुओं के सोने के पंख फड़का, एक साल और उड़ गया। मन के खिलते हुए प्रकाश के अनेक झरने उसकी कमल-सी आँखों से होकर बह गए। पर अब उसके मुख से आश्चर्य की जग-ज्ञान की मुद्रा चित्रित हो जाती। वह स्वयं अब अपने भविष्य के तट पर तूलिका चला लेती है। साल भर से माता के पास उसे नृत्य और संगीत की शिक्षा मिल रही है। इधर उसकी उन्नति के चपल क्रम को देख सर्वेश्वरी पहले की कल्पना की अपेक्षा शिक्षा के पथ पर उसे और दूर तक ले चलने का विचार करने लगी, और गन्धर्व जाति के छूटे हुए पूर्व गौरव को स्पर्द्धा से प्राप्त करने के लिए उसे उत्साह भी दिया करती थी। कनक अपलक ताकती हुई माता के वाक्यों को सप्रमाण सिद्ध करने का मन-ही-मन निश्चय करती, प्रतिज्ञाएँ करती। माता ने उसे सिखलाया, "किसी को प्यार मत करना। हमारे लिए प्यार करना आत्मा की कमज़ोरी है, यह हमारा धर्म नहीं।"

कनक ने अस्फुट वाणी में मन-ही-मन प्रतिज्ञा की "किसी को प्यार नहीं करूंगी। यह हमारे लिए आत्मा की कमजोरी है, धर्म नहीं।"

माता ने कहा- "संसार के और लोग भीतर से प्यार करते हैं, हम लोग बाहर से।"

कनक ने निश्चय किया, "और लोग भीतर से प्यार करते हैं, मैं बाहर से करूंगी।"

माता ने कहा- "हमारी जैसी स्थिति है, इस पर ठहरकर भी हम लोक में वैसी ही विभूति, वैसा ही ऐश्वर्य, वैसा ही सम्मान अपनी कला के प्रदर्शन से प्राप्त कर सकती हैं; साथ ही, जिस आत्मा को और लोग अपने सर्वस्व का त्याग कर प्राप्त करते हैं- उसे भी हम लोग अपनी कला के उत्कर्ष के द्वारा, उसी में, प्राप्त करते हैं उसी में लीन होना हमारी मुक्ति है। जो आत्मा सभी सृष्टियों की सूक्ष्मतम तन्तु की तरह उनके प्राणों के प्रियतम संगीत को झंकृत करती, जिसे लोग बाहर

के कुल सम्बन्धों को छोड़, ध्वनि के द्वारा तन्मय हो प्राप्त करते, उसे हम अपने बाह्य यन्त्र के तारों से झंकृत कर, मूर्ति में जगा लेतीं, फिर अपने जलते हुए प्राणों का गरल उसी शिव को मिलाकर पिला देते हैं। हमारी मुक्ति इस साधना द्वारा होती है, इसीलिए ऐश्वर्य पर हमारा सदा ही अधिकार रहता है। हम बाहर से जितनी सुन्दर, भीतर से उतनी ही कठोर इसीलिए है। और, और लोग बाहर से कठोर, पर भीतर कोमल हुआ करते हैं, इसीलिए वे हमें पहचान नहीं पाते और अपने सर्वस्व तक का दान कर हमें पराजित करना चाहते हैं। हमारे प्रेम को प्राप्त कर, जिस पर केवल हमारे कौशल के शिव का ही एकाधिकार है, जब हम लोग अपने इस धर्म के गर्त से, मौखरिये की रागिनी सुन मुग्ध हुई नागिन की तरह, निकल पड़ते हैं, तब हमारे महत्त्व के प्रति भी हमें कलंकित अहल्या की तरह शाप से बाँध, पतित कर चले जाते हैं। हम अपनी स्वतन्त्रता के सुखमय विहार को छोड़ मौखरिये की संकीर्ण टोकरी में बन्द हो जाते हैं, फिर वही हमें इच्छानुसार नचाता, अपनी स्वतन्त्र इच्छा के वश में हमें गुलाम बना लेता है। अपनी बुनियाद पर इमारत की तरह तुम्हें अटल रहना होगा, नहीं तो फिर अपनी स्थिति से ढह जाओगी, बह जाओगी।"

कनक के मन में होंठ काँपकर रह गए, "अपनी बुनियाद में इमारत की तरह अटल रहूँगी!"

4

अखबारों में बड़े-बड़े अक्षरों में सूचना निकली-

'कोहनूर-थिएटर में'

शकुन्तला! शकुन्तला!! शकुन्तला!!!

शकुन्तला मिस कनक

दुष्यन्त- राजकुमार वर्मा, एम. ए.

प्रशंसा में और भी बड़े-बड़े आकर्षक शब्द लिखे हुए थे। थिएटर-शौकीनों को हाथ बढ़ाकर स्वर्ग मिला। वे लोग थिएटरों का तमाम इतिहास कण्ठाग्र रखते थे। जितने भी ऐक्टर (अभिनेता) और बड़ी-छोटी जितनी भी मशहूर एक्ट्रेस (अभिनेत्रियाँ) थी उन्हें सबके नाम मालूम थे, सबकी सूरतें पहचानते थे, पर यह मिस कनक अपरिचित थी। विज्ञापन के नीचे कनक की तारीफ़ भी खूब की गई थी। लोग टिकट खरीदने के लिए उतावले हो गए। टिकट-घर के सामने अपार भीड़ लग गई, जैसे आदमियों का सागर तरंगित हो रहा हो। एक-एक झोंके से बाढ़ के पानी की तरह वह जन-समुद्र इधर-से-उधर डोल उठता था। बॉक्स, ऑर्केस्ट्रा फर्स्ट क्लास में भी और दिनों से ज्यादा भीड़ थी।

विजयपुर के कुँवर साहब भी उन दिनों कलकत्ते की सैर कर रहे थे। इन्हें स्टेट से छः हजार मासिक जेब खर्च के लिए मिलता था। वह सब नयी रोशनी, नये फैशन में फूंककर ताप लेते थे। आपने भी एक बॉक्स किराये पर लिया। थिएटर की मिसों की प्रायः आपकी कोठी में दावत होती थी और तरह-तरह के तोहफ़े आप उनके मकान पहुँचा दिया करते थे। संगीत का आपको अज़हद शौक था। खुद भी गाते थे पर आवाज जैसे ब्रह्मभोज के पश्चात् कड़ाह रगड़ने की। लोग इस पर भी कहते थे, क्या मँजी हुई आवाज है! आपको भी मिस कनक का पता

मालूम न था। इससे और उतावले हो रहे थे। जैसे ससुराल जा रहे हों, और स्टेशन के पास गाड़ी पहुँच गई हो।

देखते-देखते संध्या के छह का समय हुआ। थिएटर गेट के सामने पान खाते सिगरेट पीते, हँसी-मजाक करते हुए बड़ी-बड़ी तोंदवाले सेठ छड़ियाँ चमकाते, सुनहली डण्डी का चश्मा लगाये हुए कॉलेज के छोकरे, अँगरेजी अखबारों की एक-एक प्रति लिए हुए हिन्दी के सम्पादक सहकारियों पर अपने अपार ज्ञान का बुखार उतारते हुए पहले ही से कला की कसौटी पर अभिनय की परीक्षा करने की प्रतिज्ञा करते हुए टहल रहे थे। इन सब बाहरी दिखलावों के अन्दर सबके मन की आँखें मिसों के आगमन की प्रतीक्षा कर रही थीं, उनके चकित-दर्शन, चंचल चलन को देखकर चरितार्थ होना चाहती थीं। जहाँ बड़े-बड़े आदमियों का यह हाल था, वहाँ थर्ड क्लास तिमंजिले पर फटी-हालत, नंगे बदन, रूखी-सूरत, बैठे हुए बीड़ी-सिगरेट के धुएँ से छत भर देनेवाले मौके-बेमौके तालियाँ पीटते हुए 'इनकोर इनकोर' के अप्रतिहत शब्द से कानों के पर्द पार कर देनेवाले, अशिष्ट, मुँहफट, कुली-क्लास के लोगों का बयान ही क्या? वहीं इन धन-कुबेरों और संवाद-पत्रों के सर्वज्ञों, वकीलों, डॉक्टरों, प्रोफ़ेसरों और विद्यार्थियों के साथ ये लोग भी कला के प्रेम में साम्यवाद के अधिकारी हो रहे थे।

देखते-देखते एक लारी आई। लोगों की निगाह तमाम बाधाओं को चीरती हुई हवा की गोली की तरह, निशाने पर जा बैठी। पर, उस समय गाड़ी से उतरने पर, वे जितनी - मिस डली, मिस कुन्दन, मिस हीरा, पन्ना, मोती, पुखराज, रमा, क्षमा, शान्ति, शोभा, किसमिस और अंगूर-बालाएँ थीं जिनमें किसी ने हिरन की चाल दिखाई, किसी ने मोर की, किसी ने नागिन जैसी, सब की सब जैसे डामर से पुती, अफ्रीका से हाल ही आई, प्रोफेसर डीवर या मिस्टर चटर्जी की सिद्ध की हुई, हिन्दुस्तान की आदिम जाति की ही कन्याएँ और बहनें थीं, और ये सब इतने बड़े-बड़े लोग इन्हें ही कला की दृष्टि से देख रहे थे। कोई छः फीट ऊँची तिस पर नाक नदारद। कोई डेढ़ ही हाथ की छटंकी पर, होंठ आँखों की उपमा लिए हुए आकर्ण-विस्तृत। किसी की साढ़े तीन हाथ की लम्बाई-चौड़ाई में बदली हुई, एक-एक कदम पर पृथ्वी काँप उठती। किसी की आँखें मक्खियों-सी छोटी और गालों में तबले मढ़े हुए। किसी की उम्र का पता नहीं, शायद सन् 57 के गदर में मिस्टर हडसन को गोद खिलाया हो। इस पर ऐसा दुलकी चाल सबने दिखाई जैसे भुलभुल में पैर पड़ रहे हों। गेट के भीतर चले जाने के कुछ सेकेण्ड तक जनता

तृष्णा की विस्तृत अपार आँखों से कला के उस अप्राप्य अमृत का पान करती रही।

कुछ देर बाद एक प्राइवेट मोटर आई। बिना किसी इंगित के ही जनता की क्षुब्ध तरंग शान्त हो गई। सब लोगों के अंग रूप की तड़ित से प्रहत निश्चेष्ट रह गए। सर्वेश्वरी का हाथ पकड़े हुए कनक मोटर से उतर रही थी। सबकी आँखों के सन्ध्याकाश में जैसे सुन्दर इन्द्र-धनुष अंकित हो गया हो। सबने देखा, मूर्तिमती प्रभात की किरण है।

उस दिन घर से अपने मन के अनुसार सर्वेश्वरी उसे सजा लायी थी। धानी रंग की रेशमी साड़ी पहने हुए, हाथों में सोने की रोशनी से चमकती हुई चूड़ियाँ; गले में हीरे का हार; कानों में चम्पा; रेशमी फीते से बँधे तरंगित, खुले लम्बे बाल; स्वस्थ सुन्दर देह; कान तक खिंची, किसी की खोज-सी करती हुई बड़ी-बड़ी आँखें; काले रंग से कुछ स्याह कर तिरछायी हुई भौंहें। लोग स्टेज की अभिनेत्री शकुन्तला को मिस कनक के रूप में अपलक नेत्रों से देख रहे थे।

लोगों के मनोभावों को समझकर सर्वेश्वरी देर कर रही थी। मोटर से सामान उतरवाने ड्राइवर को मोटर लाने का वक्त बतलाने नौकर को कुछ भूला हुआ सामान मकान से ले आने की आज्ञा देने में लगी रही। फिर धीरे-धीरे कनक का हाथ पकड़े हुए, अपने अर्दली के साथ, ग्रीन रूम की तरफ़ चली गई।

लोग जैसे स्वप्न देखकर जागे। फिर चहल-पहल मच गई। लोग मुक्त कण्ठ से प्रशंसा करने लगे। धन-कुबेर सेठ दूसरे परिचितों से आँखों के इशारे करने लगे। इन्हीं लोगों में विजयपुर के कुँवर साहब भी थे। और न जाने कौन-कौन से राजे-महाराजे सौन्दर्य के समुद्र से अतंद्र अम्लान निकली हुई इस अप्सरा की कृपा दृष्टि के भिक्षुक हो रहे थे।

जिस समय कनक खड़ी थी, कुँवर साहब अपनी आँखों से नहीं खुर्दबीन की आँखों से उसके बृहत् रूप के अंश में अपने को सबसे बड़ा हकदार साबित कर रहे थे, और इस कार्य में उन्हें जरा भी संकोच नहीं हो रहा था। कनक उस समय मुस्करा रही थी।

भीड़ तितर-बितर होने लगी। खेल आरम्भ होने में पौने घंटा और रह गया। लोग पानी, पान, सोडा-लेमनेड आदि खाने पीने में लग गए। कुछ लोग बीड़ियाँ फूंकते हुए खुली, असभ्य भाषा में कनक की आलोचना कर रहे थे।

ग्रीन-रूम में अभिनेत्रियाँ सज रही थीं। कनक नौकर नहीं थी, उसकी माँ भी नौकर नहीं थी। उसकी माँ उसे स्टेज पर पूर्णिमा के चाँद की तरह एक ही रात में लोगों की दृष्टि में खोलकर प्रसिद्ध कर देना चाहती थी। थिएटर के मालिक पर उसका काफ़ी प्रभाव था। साल में कई बार उसी स्टेज पर, टिकट ज्यादा बिकने के लोभ से, थिएटर के मालिक उसे गाने तथा अभिनय करने के लिए बुलाते थे। वह जिस रोज़ स्टेज पर उतरती, रंगशाला दर्शक-मण्डली से भर जाती। कनक रिहर्सल में कभी नहीं गई, यह भार उसकी माता ने ले लिया था।

कनक को शकुन्तला का वेश पहनाया जाने लगा। उसके कपड़े उतार दिए गए। एक साधारण-सा वस्त्र, वल्कल की जगह पहना दिया गया। गले में फूलों का हार। बाल अच्छी तरह खोल दिए गए। उसकी सखियाँ अनुसूइया और प्रियंवदा भी सज गईं। उधर राजकुमार को दुष्यन्त का वेश पहनाया जाने लगा। और, और पात्र भी सजाकर तैयार कर दिए गए।

राजकुमार भी कम्पनी में नौकर नहीं था। वह शौकिया बड़ी-बड़ी कम्पनियों में उतरकर प्रधान पार्ट किया करता था। इसका कारण खुद मित्रों से बयान किया करता। कहा करता था हिन्दी के स्टेज पर लोग ठीक-ठीक हिन्दी उच्चारण नहीं करते, वे उर्दू के उच्चारण की नकल करते हैं, इससे हिन्दी का उच्चारण बिगड़ जाता है। हिन्दी के उच्चारण में जीभ की स्वतन्त्र गीत होती है। यह हिन्दी ही की शिक्षा के द्वारा दुरुस्त होगी। कभी-कभी हिन्दी में वह स्वयं भी नाटक लिखा करता। यह- शकुन्तला नाटक उसी का लिखा हुआ था। हिन्दी की शुभकामना से प्रेरित हो उसने विवाह भी नहीं किया। इससे उसके घरवाले कुपित भी हुए थे, पर उसने परवाह नहीं की। कलकत्ता-सिटी-कॉलेज में वह हिन्दी का प्रोफ़ेसर है। शरीर जैसा हृष्ट-पुष्ट, वैसा ही वह सुन्दर और बलिष्ठ भी है। कलकत्ता की साहित्य समितियाँ उसे अच्छी तरह पहचानती हैं।

तीसरी घण्टी बजी। लोगों की उत्सुक आँखें स्टेज की ओर लगीं। पहले बालिकाओं ने स्वागत गीत गाया, पश्चात् नाटक शुरू हुआ। पहले ही पहल कण्व के तपोवन में शकुन्तला के दर्शन कर दर्शकों की आँखें तृप्ति से खुल गई। आश्रम के उपवन की वह खिली हुई कली अपने अंगों की सुरभि से कम्पित दर्शकों के हृदय को, संगीत की मधुर भीड़ की तरह कौंपकर उठती देह की दिव्य द्युति से, प्रसन्न पुलकित कर रही थी। जिधर-जिधर चपल तरंग की तरह वह डोलती फिरती, लोगों की अचंचल, अपलक दृष्टि उधर-ही-उधर उस छवि स्वर्ण किरण से लगी

रहती। एक ही प्रत्यंग संचालन से उसने लोगों पर जादू डाल दिया। सभी उसकी भूरि-भूरि प्रशंसा करने लगे। उसे गौरवपूर्ण आश्चर्य से देखने लगे।

महाराजा दुष्यन्त का प्रवेश हुआ। देखते ही कनक चौंक उठी। दुष्यन्त भी, अपनी तमाम एकाग्रता से, उसे अविस्मय देखते रहे। यह मौन अभिनय लोगों के मन में वास्तविक दुष्यन्त और शकुन्तला की झलक भर गया। कनक मुस्करायी। दोनों ने, दोनों को पहचान लिया था। उनके अभ्यन्तर भावों की प्रसन्नता की छाया दर्शकों पर भी पड़ी। लोगों ने कहा- "कितना स्वाभाविक अभिनय हो रहा है।"

क्रमशः आलाप-परिचय, राग-रस प्रियता आदि अभिनीत होते रहे। रंगशाला में सन्नाटा छाया हुआ था, मानो सब लोग निर्वाक् कोई मनोहर स्वप्न देख रहे हों। गान्धर्व रीति से विवाह होने लगा। लोग तालियाँ पीटते, सीटियाँ बजाते रहे। शकुन्तला ने अपनी माला दुष्यन्त को पहना दी, दुष्यन्त ने अपनी शकुन्तला को। स्टेज खिल गया।

ठीक इसी समय, बाहर से भीड़ को ठेलते, चेकरों की भी परवाह न करते हुए, कुछ कास्टेबलों को साथ ले, पुलिस के दारोगा जी बड़ी गम्भीरता से स्टेज के सामने आ धमके। लोग विस्मय की दृष्टि से एक-दूसरा नाटक देखने लगे। दारोगा जी ने मैनेजर को पुकारकर कहा- "यहाँ इस नाटक-मण्डली में, राजकुमार वर्मा कौन है? उसके नाम वारंट है, हम उसे गिरफ़्तार करेंगे।"

तमाम स्टेज थर्रा गया। उसी समय लोगों ने देखा, राजकुमार वर्मा, दुष्यन्त की ही सम्राट्-चाल से निश्शंक, वन्य दृश्य-पट के किनारे से, स्टेज के बिलकुल सामने आकर खड़ा हो गया, और वीर-दृष्टि से दारोगा को देखने लगा। वह दृष्टि कह रही थी, हमें गिरफ्तार होने का बिलकुल खौफ़ नहीं। कनक भी शकुन्तला के अभिनय को सार्थक करती हुई, किनारे से चलकर अपने प्रिय पति के पास आ, उसका हाथ पकड़ दारोगा को निस्संकोच दृप्त दृष्टि से देखने लगी। कनक को देखते ही शहद की मक्खियों की तरह दारोगा की आँखें उससे लिपट गईं। दर्शक नाटक देखने के लिए चंचल हो उठे।

"हमने रुपये खर्च किये हैं। हमारे मनोरंजन का टैक्स लेकर फिर उसमें बाधा डालने का सरकार को कोई अधिकार नहीं। यह दारोगा की मूर्खता है, जो अभियुक्त को यहाँ कैद करने आया। निकाल दो उसे।" कॉलेज के एक विद्यार्थी ने जोर से पुकारकर कहा।

“निकालो, निकालो, निकाल बाहर करो।” हजारों कण्ठ एक साथ कह उठे। ड्राप गिरा दिया गया।

“निकल जाओ, निकल जाओ।” पटापट तालियों के वाद्य से स्टेज गूंज उठा। सीटियाँ बजने लगीं।” अहा हा हा। कुर्बान जाऊँ साफ़ा। कुर्बान जाऊँ डण्डा! छछूँदर जैसी मूँछे! यह कद्दू-जैसा मुँह!”

दारोगा जी का सिर लटक पड़ा। “भागो, भागो, भागो” के बीच उन्हें भागना ही पड़ा। मैनेजर ने कहा- “नाटक हो जाने के बाद आप उन्हें गिरफ़्तार कर लीजिएगा। मैं उनके पास गया था। उन्होंने आपके लिए यह संवाद भेजा है।”

दारोगा को मैनेजर गेट पर ले जाने लगे। पर उन्होंने स्टेज के भीतर रहकर नाटक देखने की इच्छा प्रकट की। मैनेजर ने टिकट खरीदने के लिए कहाँ। दारोगा जी एक बार घूरकर रह गए। फिर अपने लिए एक ऑर्केस्ट्रा का टिकट खरीद लिया। कांस्टेबलों को मैनेजर ने थर्ड क्लास में ले जाकर भर दिया। वहाँ के लोगों को मनोरंजन की दूसरी सामग्री मिल गई।

थिएटर होता रहा। मिस कनक द्वारा किया हुआ शकुन्तला का पार्ट लोगों को बहुत पसन्द आया। एक ही रात में वह शहर-भर में प्रसिद्ध हो गई।

नाटक समाप्त हुआ। राजकुमार को ग्रीन-रूम से निकलते ही गिरफ्तार कर लिया गया।

5

एक बड़ी-सी, अनेक प्रकार के देश-देश की अप्सराओं, बादशाहजादियों, नर्तकियों के सत्य तथा काल्पनिक चित्रों तथा बेलबूटों से सजी हुई, दालान। झाड़-फानूस टैंगे हुए, फ़र्श पर कीमती गलीचा कारपेट बिछा हुआ। मखमल की गद्दीदार कुर्सियाँ। कोच और सोफ़े तरह-तरह की मेजों के चारों ओर कायदे से रखे हुए। बीच-बीच में बड़े बड़े आदमी के आकार में ड्योढ़े शीशे। एक तरफ़ टेबल-हारमोनियम और एक तरफ़ पियानो रखा हुआ। और, और यन्त्र भी सितार, सुरबहार, एसराज, वीणा, सरोद, बैंजो, बेला, क्लारियोनेट, कारनेट, मँजीरे, तबले, पखावज, सारंगी आदि यथास्थान सुरक्षित रखे हुए।

छोटी-छोटी मेजों पर चीनी मिट्टी के कीमती शो-पीस रखे हुए। किसी-किसी में फूलों के तोड़े। रंगीन शीशे जड़े तथा झंझरियोंदार डबल दरवाजे लगे हुए। दोनों किनारों पर मखमल की सुनहरी जालीदार झूल चौथ के चाँद के आकार से पड़ी हुई। बीच में छह हाथ की चौकोर करीब डेढ़ हाथ की ऊँची गद्दी, तकिये लगे हुए। उस पर अकेली बैठी हुई रात आठ बजे के लगभग, कनक सुरबहार बजा रही है। मुख पर चिन्ता की एक रेखा स्पष्ट खिंची हुई उसके बाहरी सामान से चित्त बहलाने का हाल बयान कर रही है। नीचे लोगों की भीड़ जमा है। सब कान लगाये सुरबहार सुन रहे हैं।

एक दूसरे कमरे से एक नौकर ने आकर कहा- “माँजी कहती हैं, कुछ गाने के लिए कहो।” कनक ने सुना। नौकर चलने लगा, कनक ने उससे हारमोनियम दे जाने के लिए कहा। हारमोनियम आने पर उसने सुरबहार बढ़ा दिया। नौकर उस पर ग़िलाफ़ चढ़ाने लगा। कनक दूसरे सप्तक के ‘सी’ पर उँगली रखकर बेली करने लगी। गाने से जी उचट रहा था, पर माता की आज्ञा थी, उसने गाया-

"प्यार करती हूँ, अलि, इसलिए मुझे भी करते हैं वे प्यार,
बह गई हूँ अजान की ओर इसलिए बह जाता संसार।

रुके नहीं धनि-चरण घाट पर,
देखा मैंने मरन-बाट पर
टूट गए सब आट-ठाठ, घर,

टूट गया परिवार-
तभी सखि, करते हैं वे प्यार।

आप बही या बहा दिया था,
खिंची स्वयं या खींच लिया था,
नहीं याद कुछ कि क्या किया था,

हुई जीत या हार-
तभी री करते हैं वे प्यार।

खुले नयन, जब रही सदा तिर-
स्नेह-तरंगों पर उठ-उठ गिर;
सुखद पालने पर मैं फिर-फिर

करती थी श्रृंगार-
मुझे तब करते हैं वे प्यार।

कर्म-कुसुम अपने सब-चुन-चुन,
निर्जन में प्रिय के गिन-गिन गुन,
गूँथ निपुण कर से उनको सुन,

पहनाया था हार-
इसलिए करते हैं वे प्यार।

कनक ने कल्याण में भरकर यमन गाया। नीचे कई सौ आदमी मन्त्रमुग्ध से खड़े हुए सुन रहे थे। गाने से प्रसन्न हो सर्वेश्वरी भी अपने कमरे से उठकर कनक के

पास आकर बैठ गई। गाना समाप्त हुआ। सर्वेश्वरी ने प्यार से कन्या का चिन्तित मुख चूम लिया।

तभी नीचे से एक नौकर ने आकर कहा- "विजयपुर के कुँवर साहब के यहाँ से एक बाबू आए हैं। कुछ बातचीत करना चाहते हैं।"

सर्वेश्वरी नीचे अपने दो मंजिलवाले कमरे में उतर गई। यह कनक का कमरा था। अभी कुछ दिन हुए कनक के लिए, सर्वेश्वरी ने सजाया था। कुछ देर बाद सर्वेश्वरी लौटकर ऊपर आई। कनक से कहा- "कुँवर साहब विजयपुर तुम्हारा गाना सुनना चाहते हैं।"

"मेरा गाना सुनना चाहते हैं!" कनक सोचने लगी। "अम्मा!" कनक ने कहा- "मैं रईसों की महफ़िल में गाना नहीं गाऊँगी।"

"नहीं! वह यहीं आएंगे। बस, दो-चार चीजें सुना दो। तबियत अच्छी न हो, तो कहो, कह दें, फिर कभी आएंगे।"

"अच्छा अम्मा! किसी कीमती, खूबसूरत पत्ते पर गिरी हुई ओस की बूँद अगर हवा के झोंके से जमीन पर गिर जाए तो अच्छा या प्रभात के सूर्य से चमकती हुई उसकी किरणों से खेलकर फिर अपने निवास स्थान, आकाश को चली जाए?"

"दोनों अच्छे हैं उसके लिए। हवा के झूले का आनन्द किरणों से हँसने में नहीं वैसे ही किरणों से हँसने का आनन्द हवा के झूले में नहीं। और, अन्ततः वासस्थान तो पहुँच ही जाती है, गिरे या डाल पर सूख जाय!"

"और अगर हवा में झूलने से पहले ही सूखकर उड़ गई हो?"

"तब तो बात ही और है।"

"मैं उसे यथार्थ रंगीन पंखोंवाली परी मानती हूँ।"

"क्या तू खुद भी ऐसी ही परी बनना चाहती है।"

"हाँ, अम्मा! मैं कला को कला की दृष्टि से देखती हूँ। क्या उससे अर्थ-प्राप्ति करना उसके महत्त्व को घटा देना नहीं?"

"ठीक है। पर यह एक प्रकार का समझौता है। अर्थवाले अर्थ देते हैं, और कला के जानकार उसका आनन्द। संसार में एक-दूसरे से ऐसा ही सम्बन्ध है।"

"कला के ज्ञान के साथ ही साथ कुछ ऐसी गन्दगी भी हम लोगों के चरित्र में रहती है, जिससे मुझे सख्त नफ़रत है।"

माता चुप रही। कन्या के विशद अभिप्राय को ताड़कर कहा- "तुम इससे बचे रहकर भी अपने ही जीने से छत पर जा सकती हो, जहाँ सबकी तरह तुम्हें भी आकाश तथा प्रकाश का बराबर अंश मिल सकता है।"

"मैं इतना सब नहीं समझती। समझती भी हूँ, तो भी मुझे कला को एक सीमा में परिणत रखना अच्छा लगता है। ज्यादा विस्तार से वह कलुषित हो जाती है, जैसे बहाव का पानी। उसमें गन्दगी डालकर भी लोग उसे पवित्र मानते हैं, पर कुएँ के लिए यह बात सार्थक नहीं। स्वास्थ्य के विचार से कुएँ का पानी बहते हुए पानी से बुरा नहीं। विस्तृत व्याख्या तथा अधिक बढ़ाव के कारण अच्छे-से-अच्छे कृत्य बुरे धब्बों से रंगे रहते हैं।"

"प्रवृत्ति के वशीभूत हो लोग अनर्थ करने लगते हैं। यही अत्याचार धार्मिक अनुष्ठानों में प्रत्यक्ष हो रहा है, पर बृहत् अपनी महत्ता में बृहत् ही है। बहाब और कुएँवाली बात जाँचकर भी फीकी रही।"

"सुनो, अम्मा! तुम्हारी कनक अब तुम्हारी नहीं रही। उसके हार में ईश्वर ने एक नीलम जड़ दिया है।"

सर्वेश्वरी ने ताज्जुब की निगाह से कन्या को देखा। कुछ-कुछ उसका मतलब वह समझ गई, पर उसने कन्या से पूछा- "तुम्हारे कहने का मतलब?"

"यह!" कनक ने हाथ की चूड़ी, कलाई उठाकर, दिखाई।

सर्वेश्वरी हँसने लगी "तमाशा कर रही है? यह कौन-सा खेल?"

"नहीं अम्मा!" कनक गम्भीर हो गई। चेहरे पर एक स्थिर प्रौढ़ता झलकने लगी, "मैं ठीक कहती हूँ, मैं ब्याही हुई हूँ। अब मैं महफ़िल में गाना नहीं गाऊँगी। अगर कहीं गाऊँगी भी, तो खूब सोच-समझकर, जिससे मुझे सन्तोष रहे।"

सर्वश्वरी अपलक दृष्टि से कनक को देखती रही।

"यह विवाह कब हुआ, और किससे हुआ? किया किसने?"

"यह विवाह आपने किया ईश्वर की इच्छा से, कोहनूर कम्पनी के स्टेज पर कल हुआ, दुष्यन्त का पार्ट करनेवाले राजकुमार के साथ, शकुन्तला के रूप में सजो हुई तुम्हारी कनक का। ये चूड़ियाँ, एक-एक दोनों हाथों में, इस प्रमाण की

रक्षा के लिए मैंने पहन ली हैं। और देखो..." कनक ने जरा-सी सेंदुर की बिन्दी सिर पर लगा ली थी, "अम्मा। यह एक रहस्य हो गया। राजकुमार को..."

माता ने बीच में ही हँसकर कहाँ- "सुहागिनें अपने पति का नाम नहीं लिया करती!"

"पर मैं लिया करूंगी। मैं कोई घूँघट काढ़नेवाली सुहागिन तो हूँ नहीं। कुछ पैदायशी स्वतन्त्र हक मैं अपने साथ रखूँगी, नहीं तो कुछ दिक्कत पड़ सकती है। गाने-बजाने पर भी मेरा ऐसा ही विचार रहेगा। हाँ! राजकुमार को तुम नहीं जानतीं। उन्होंने ही मुझे इडेन-गार्डन में बचाया था।"

कन्या की भावना पर, ईश्वर की विचित्र घटनाओं को भीतर से इस प्रकार मिलाने पर, कुछ देर तक सर्वेश्वरी सोचती रही। देखा ! उसके हृदय के कमल पर कनक की इस उक्ति की किरण सूर्य की किरण की तरह पड़ रही थी, जिससे आप-ही-आप उसके सब दल प्रकाश की ओर खुलते जा रहे थे। तरंगों से उसका स्नेह-समुद्र कनका के रेखा-तट को छूने लगा। एकाएक स्वाभाविक परिवर्तन को प्रत्यक्ष लक्ष्य कर सर्वेश्वरी ने अप्रिय, विरोधी प्रसंग छोड़ दिया। हवा का रुख जिस तरफ़ हो उसी तरफ़ नाव को बहा ले जाना उचित है, जबकि लक्ष्य केवल सैर है, कोई गम्य स्थान नहीं।

हँसकर सर्वेश्वरी ने पूछा- "तुम्हारा इस प्रकार स्वयंवर होना उन्हें भी मजूर है न, या अन्त तक शकुन्तला की ही दशा भोगनी होगी? और, वह तो कैद भी हो गए हैं।"

कनक संकुचित लज्जा से द्विगुणित हो गई। कहा- "मैंने उनसे तो इसकी चर्चा नहीं की। करना भी व्यर्थ है। इसे मैं अपनी हद तक रखूँगी। किसके कैसे ख़यालात हैं, मुझे क्या मालूम। अगर वह मुझे, मेरे कुल का विचार कर, ग्रहण न करें, तो इस तरह का अपमान बर्दाश्त कर पाना मेरी शक्ति से बाहर है। वह कैद शायद उसी मामले में हुए हैं।"

"उनके बारे में और भी कुछ तुम्हारा समझा हुआ है?"

"मैं और कुछ भी नहीं जानती, अम्मा! पर कल तक सोचती हूँ, थानेदार को बुलाकर कुछ पूछे और पता लगाकर भी देखें कि क्या कर सकती हूँ।"

सर्वेश्वरी ने कुँवर साहब के आदमियों के पास कहला भेजा कि कनक की तबियत अच्छी नहीं, इसलिए किसी दूसरे दिन गाना सुनने की कृपा करें।

6

कनक का जमापर एक पत्र लेकर, बड़ा बाजार थाने में, दारोगा जी के पास गया।

दारोगा जी बैठे हुए एक मारवाड़ी को किसी काम में शहादत के लिए समझा रहे थे कि उनके लिए, और खासतौर से सरकार के लिए, इतना सा काम कर देने पर वह भारवाड़ी महाशय को कहाँ तक पुरस्कृत कर सकते हैं, सरकार की दृष्टि में उनकी कितनी इज्जत होगी और उन्हें कितने बड़े आर्थिक लाभ की सम्भावना है। मारवाड़ी महाशय बड़े नम्र शब्दों में, डरे हुए, पहले तो इनकार करते रहे, पर दारोगा जी की बचता के प्रभाव से, अपने भविष्य के चमकते हुए भाग्य का काल्पनिक चित्र देख-देख, पीछे से हाँ-न के बीच खड़े हुए मन-ही-मन हिल रहे थे, कभी इधर कभी उधर। उसी समय कनक के जमादार ने खत लिए हुए उन्हें घुटनों तक झुककर सलाम किया।

दारोगा साहब ने 'आज तख्त बैठो दिल्लीपति नर' की नज़र से क्षुद्र जमादार को देखा। बढ़कर उसने चिट्ठी दे दी।

दारोगा जी तुरन्त चिट्ठी खोलकर पढ़ने लगे। पढ़ते जाते और मुस्कराते जाते थे। पढ़कर जेब में हाथ डाला। एक नोट था पाँच रुपये का। जमादार को दे दिया। कहा- "तुम चलो। कह देना, हम अभी आए।" अँगरेजी में पत्र यों था-

3, बहूबाज़ार-स्ट्रीट,

कलकत्ता

3.4.18

प्रिय दारोगा साहब,

आपसे मिलना चाहती हूँ। जब से स्टेज पर से आपको देखा- आहा! कैसी ग़ज़ब की हैं आपकी आँखें। दुबारा जब तक नहीं देखती, मुझे चैन नहीं। क्या आप कल नहीं मिलेंगे?

आप ही की-

कनक

थानेदार साहब खूबसूरत न थे, पर उन्हें उस समय अपने सामने शहजादे सनीश का रंग फीका और किसी परीजाद की आँख भी छोटी जान पड़ी। तुरन्त उन्होंन मारवाड़ी महाशय को विदा कर दिया। तहकीकात करने के लिए मछुवा बाजार जाना था, यह काम छोटे थानेदार के सुपुर्द कर दिया, यद्यपि वहाँ बहुत-से रुपये गुण्डों में मिलनेवाले थे।

उठकर कपड़े बदले और सादी-सफ़ेद पोशाक में वह बाज़ार की सैर करने चल पड़े। पत्र जेब में रखने लगे, तो फिर उन्हें अपनी आँखों की बात याद आई। तुरन्त शीश के सामने जाकर खड़े हो गए और तरह-तरह से मुँह बना-बनाकर आँखें फाड़-फाड़कर देखने लगे। उनके मन को, उस सूरत से उन आँखों से तृप्ति न थी, पर जबरन मन को समझा रहे थे। दस मिनट तक इसी तरह अपनी सूरत देखते रहे। शीशे के सामन वैसलीन ज्यादा-सी पोत ली। मुँह धोया। पाउडर लगाया। सेण्ट छिड़का। फिर आईन के सामने खड़े हो गए। मन को फिर भी न अच्छा लगा, पर जोर दे-देकर अपने को अच्छा साबित करते रहे।

कनक के मन्त्र ने स्टेज पर ही इन्हें वशीभूत कर लिया था। अब पत्र भी आया और वह भी प्रणय-पत्र के साथ-साथ प्रशंसा पत्र। उनकी विजय का इससे बड़ा और कौन-सा प्रमाण होता! कहाँ उन्हें ही उसके पास प्रणय-भिक्षा के लिए जाना था, कहाँ वही उनके प्रेम के लिए उनकी जादू-भरी निगाह के लिए पागल है। इस पर भी उनका मन उन्हें सुन्दर नहीं मानता, यह उनके लिए सहन कर जानेवाली बात थी!

एक कांस्टेबल को टैक्सी ले आने के लिए भेज दिया था। बड़ी देर से खड़ी हुई टैक्सी हॉर्न दे रही थी, पर वह अपने बिगड़े हुए मन से लड़ रहे थे।

एक कांस्टेबल ने आकर कहा- "दारोगा जी, बड़ी देर से टैक्सी खड़ी है।"

तब आपने छड़ी उठायी और थाने से बाहर हो गए। सड़क पर टैक्सी खड़ी थी, बैठ गए। कहा- "बहूबाजार।"

ड्राइवर बहूबाज़ार चल दिया। जकरिया स्ट्रीट के बराबर टैक्सी पहुँची, तब जाकर याद आया कि टोपी भूल आए हैं। कहा- "अरे ड्राइवर, भाई, जरा फिर थाने चलो।"

गाड़ी फिर थाने आई। वे अपने कमरे से टोपी लेकर फिर टैक्सी पर पहुँचे। टैक्सी पुनः बहूबाज़ार चली।

तीन नम्बर के आलीशान मकान के नीचे टैक्सी खड़ी हो गई। पुरस्कृत जमादार ने लौटकर अपने पुरस्कार का हाल कनक से कह दिया था। कनक ने उसे ही द्वार पर दारोगा साहब के स्वागत के लिए रखा था, और समझा दिया था कि बड़े अदब से, दो मंजिलेवाले कमरे में जिसमें मैं पड़ती थी, बैठाना और तब मुझे खबर देना।

जमादार ने सलाम कर थानेदार साहब को उसी कमरे में ले जाकर एक कोच पर बैठाया और फिर ऊपर कनक को ख़बर देने के लिए गया।

कमरे में, शीशेदार आलमारियों में, कनक की किताबें रखी थीं। उनकी जिल्दों पर सुनहरे अक्षरों से किताबों के नाम लिखे हुए थे। दारोगा जी विद्या की तौल में कनक को अपने से छोटा एवं अमान्य समझ रहे थे परन्तु उन किताबों की तरफ देखकर उसके प्रति उनके दिल में कुछ इज्जत पैदा हो गई। उसकी विद्या की मन-ही-मन बैठे हुए वह थाह ले रहे थे।

कनक ऊपर से उतरी। साधारणतया जैसी उसकी सज्जा मकान में रहती थी, वैसी ही-सभ्य तरीके से एक जरी की किनारीदार देशी साड़ी, मोजे और ऊँची एड़ी के जूते पहने हुए।

कनक को आते देख थानेदार साहब खड़े हो गए। कनक ने हँसकर कहा- "गुड-मार्निंग!"

थानेदार कुछ झेंप गए। डरे कि कहीं बातचीत का सिलसिला अँगरेजी में इसने चलाया, तो नाक कट जाएगी। इस व्याधि से बचने के लिए उन्होंने स्वयं ही हिन्दी में बातचीत छेड़ दी, "आपका नाटक कल देखा, मैं सच कहता हूँ, ईश्वर जाने, ऐसा नाटक ज़िन्दगी भर मैंने नहीं देखा।"

"आपको पसन्द आया, मेरे भाग्य! माँ तो उसमें तरह-तरह की त्रुटियाँ निकालती हैं। कहती हैं, अभी बहुत कुछ सीखना है- तारीफ़वाली अभी कोई बात नहीं हुई।"

कनक ने बातचीत का रुख बदला। सोचा, इस तरह व्यर्थ ही समय नष्ट करना होगा। बोली! "आप हम लोगों के यहाँ जलपान करने में शायद संकोच करें?"

मोटी हँसी हँसकर दारोगा जी ने कहा- "संकोच ? संकोच का तो यहाँ नाम नहीं, और फिर तु... आ... आपके यहाँ!"

कनक ने दारोगा का आन्तरिक भाव समझ लिया था। नौकर को आवाज दी। नौकर आया। उसने खाना लाने के लिए कहकर आलमारी से खुद उठकर एक रेड-लेबल और दो बोतलें सोडे की निकालीं।

शीशे के एक ग्लास में एक बड़ा पेग डालते हुए कनक ने कहा- "आप मुझे 'तुम' ही कहें। कितना मधुर शब्द है तुम। 'तुम' मिलानेवाला है, 'आप' शिष्टता की तलवार से दो जुड़े हुओं को काटकर जुदा कर देनेवाला।"

दारोगा जी बाग-बाग़ हो गए। बादल से काले मुँह की हँसी में सफेद दाँतों की कतार बिजली की तरह चमक उठी। कनक ने बड़े जोर से सिर गड़ाकर हँसी रोकी।

थानेदार साहब की तरफ़ अपने जीवन का पहला ही कटाक्ष कर कनक ने देखा तीर अचूक बैठा है, पर उसके कलेजे में बिच्छू डंक मार रहे थे।

कनक ने ग्लास में कुछ सोडा डालकर थानेदार साहब को दिया। वह बिना हाँ-न किये ही लेकर पी गए।

कनक ने दूसरा पेग डाला, उसे भी पी गए। तीसरा डाला, उसे भी पी लिया। तब तक नौकर खाना लेकर आ गया। कनक ने सहूलियत से मेज पर रखवा दिया।

थानेदार साहब ने कहा- "अब मैं तुम्हें पिलाऊँ?"

कनक ने भौंहें चढ़ा ली- "आज शाम को नवाब साहब मुर्शिदाबाद के यहाँ मेरा मुजरा है, माफ़ कीजिएगा, किसी दूसरे दिन आइएगा, तब पिऊँगी। पर मैं शराब नहीं पीती, 'पोर्ट-वाईन' पीती हूँ। आप मेरे लिए एक लेते आइएगा।

थानेदार साहब ने कहा- "अच्छा! खाना तो साथ खाओ।"

कनक ने एक टुकड़ा उठाकर खाया। थानेदार भी खाने लगे। कनक ने कहा- "मैं नाश्ता ! कर चुकी हूँ, माफ़ फ़रमाइएगा, बस।"

उसने वही, नीचे रखे हुए, ताँबे के एक बड़े से बर्तन में हाथ-मुँह धोकर डिब्बे से निकालकर पान खाया। दारोगा जी खाते रहे। कनक ने डरते हुए चौथा पेग तैयार कर सामने रख दिया। खाते-खाते थानेदार साहब उसे भी पी गए। कनक उनकी आँखों में चढ़ता सुरूर देख रही थी।

धीरे-धीरे थानेदार साहब का प्रेम प्रवल रूप धारण करने लगा। शराब की जैसी वृष्टि हुई थी, उनकी नदी में वैसी ही बाढ़ भी आ गई। कनक ने पाँचवाँ पेग तैयार किया। थानेदार साहब भी प्रेम की इस परीक्षा में फेल हो जानेवाले आदमी न थे, इनकार नहीं किया। खाना खा चुकने के बाद नौकर ने उनके हाथ धुला दिए।

धीरे-धीरे उनके शब्दों में प्रेम का तूफ़ान उठ चला। कनक डर रही थी कि वह इतना सब सहन कर सकेगी या नहीं। वह उन्हें माता की बैठक में ले गई। सर्वेश्वरी दूसरे कमरे में चली गई थी।

गद्दे पर पड़ते ही थानेदार साहब लम्बे हो गए। कनक ने हारमोनियम उठाया। बजाते हुए पूछा- "वह जो कल दुष्यन्त बना था, उसे गिरफ्तार क्यों किया आपने, कुछ समझ में नहीं आया।"

"उससे हैमिल्टन साहब नाराज हैं। उस पर बदमाशी का चार्ज लगाया गया है।" करवट बदलकर दारोगा जी ने कहा।

"ये हैमिल्टन साहब कौन हैं?"

"अपने सुपरिंटेण्डेण्ट पुलिस हैं।"

"कहाँ रहते हैं?" कनक ने एक गत का एक चरण बजाकर पूछा।

"रौडन-स्ट्रीट, नं. 5 उन्हीं का बंगला है।"

"क्या राजकुमार को सजा हो गई?"

"नहीं! कल पेशी है। पुलिस की शहादत गुज़र जाने पर सजा हो जाएगी।"

"मैं तो बहुत डरी, जब आपको वहाँ देखा।"

आँखें मूंदे हुए दारोगा जी मूछों पर ताव देने लगे।

कनक ने कहा- "पर मैं कहूँगी, आप जैसा खूबसूरत जवान बना-चुना मुझे दूसरा नहीं नज़र आया।"

दारोगा जी उठकर बैठ गए। इसी सिलसिले में प्रासंगिक अप्रासंगिक, सुनने लायक, न सुनने-लायक, बहुत-सी बातें कह गए। धीरे-धीरे लड़कर आए हुए भैंसे की आँखों की तरह आँखें खूनी हो चलीं। भले-बुरे की लगाम मन के हाथ से छूट गई। इस अनर्गल शब्द-प्रवाह को बेहोश होने की घड़ी तक रोके रखने के अभिप्राय से कनक गाने लगी।

गाना सुनते-ही मन विस्मृति के मार्ग से अन्धकार में बेहोश हो गया।

कनक ने गाना बन्द कर दिया। उठकर दारोगा जी के पॉकेट की तलाशी ली। कुछ नोट थे, और उसकी चिट्ठी। नोटों को उसने रहने दिया, चिट्ठी निकाल ली।

कमरे में तमाम दरवाजे बन्द कर ताला लगा दिया।

7

कनक घबरा उठी। क्या करे, कुछ समझ में नहीं आ रहा था। राजकुमार के बारे में जितना ही सोचती, चिंताओं की छोटी बड़ी अनेक तरंगों, आवर्तों से मन-मथ जाता पर उन चिन्ताओं के भीतर से उपाय की कोई मणि नहीं मिल रही थी, जिसकी प्रथा उसके मार्ग को प्रकाशित करती। राजकुमार के प्रति उसके प्रेम का यह प्रखर-प्रवाह बँधी हुई जल-राशि से छूटकर अनुकूल पथ पर बह चलने की तरह स्वाभाविक और सार्थक था। पहले ही दिन उसने राजकुमार के शौर्य का जैसा दृश्य देखा था, उसके सबसे एकान्त स्थान पर, जहाँ तमाम जीवन में मुश्किल से किसी का प्रवेश होता है, पत्थर के अक्षरों की तरह उसका पौरुष चित्रित हो गया था। सबसे बड़ी बात जो रह-रहकर उसे याद आती थी, वह राजकुमार की उसके प्रति श्रद्धा थी।

कनक ने ऐसा चित्र अब तक नहीं देखा था, इसलिए उस पर राजकुमार का स्थायी प्रभाव पड़ गया। माता की समस्त मौखिक शिक्षा इस प्रत्यक्ष उदाहरण के सामने पराजित हो गई। और वह जिस तरह की शिक्षा के भीतर आ रही थी, परिचय के पहले ही प्रभात में किसी मनोहर दृश्य पर उसकी दृष्टि का बंध जाना, अटक जाना उसके उस जीवन की स्वच्छ, अबाध प्रगति का उचित परिणाम ही हुआ। उसकी माता शिक्षित तथा समझदार थी, इसीलिए उसने कन्या के सबसे प्रिय जीवनोन्मेष को बाहरी आवरण द्वारा ढक देना उसकी बाढ़ के साथ ही जीवन की प्रगति को भी रोक देना समझा था।

सोचते-सोचते कनक को याद आया, उसने साहब की जेब से एक चिट्ठी निकाली थी, फिर उसे अपनी फाइल में रख दिया था। वह तुरन्त उठकर फाइल की तलाशी लेने लगी। चिट्ठी मिल गई।

साहब की जेब से वह राजकुमार की चिट्ठी निकाल लेना चाहती थी, पर हाथ एक दूसरी चिट्ठी लगी। उस समय घबराहट में, वहाँ उसने पढ़कर नहीं देखा। घर

जाकर खोला, तो काम की बातें न मिली। उसने चिट्ठी को फाइल में नत्थी कर दिया। उसने देखा था, युवक ने पेंसिल से पत्र लिखा है, पर यह स्याही से लिखा गया था। उसकी बातें भी उस सिलसिले से नहीं मिलती थीं। इस तरह ऊपरी दृष्टि से देखकर ही, उसने चिट्ठी रख दी। आज निकालकर फिर पढ़ने लगी। एक बार, दो बार, तीन बार पढ़ो।

बड़ी प्रसन्न हुई। यह वही हैमिल्टन साहब थे। वह हो, न हों, पर यह पत्र हैमिल्टन साहब ही के नाम लिखा गया था, उसके एक दूसरे अँगरेज मित्र मिस्टर चर्चिल द्वारा। मजमून था, रिश्वत और अन्याय का। कनक की आँखें चमक उठीं।

इस कार्य में सहायता की बात सोचते ही उसे मिसेज कैथरिन की याद आई।

अब कनक पढ़ती नहीं, इसीलिए मिसेज कैथरिन का आना बन्द है। कभी-कभी आकर मिल जातीं, मकान में पढ़ने की किताबें पसन्द कर जाया करती हैं। वह अब भी कनक को वैसे ही प्यार करती हैं। कभी-कभी पाश्चात्य कला-संगीत और नृत्य-की शिक्षा के लिए साथ योरोप चलने की चर्चा भी करतीं। सर्वेश्वरी की भी उसे योरोप भेजने की इच्छा थी, पर पहले वह अच्छी तरह से उसे अपनी शिक्षा दे देना चाहती थी।

कनक ने ड्राइवर से मोटर लाने के लिए कहा, और कपड़े बदलकर चलने को तैयार हो गई। मोटर में बैठकर ड्राइवर से पार्क स्ट्रीट चलने के लिए कहा।

कितनी व्यग्रता! जितने भी दृश्य आँखों पर पड़ते है, जैसे बिना प्राणों के हों। दृष्टि कहीं भी नहीं ठहरती। पलकों पर एक ही स्वप्न संसार की अपार कल्पनाओं से मधुर हो रहा है। व्यग्रता ही इस समय यथार्थ जीवन है और सिद्धि के लिए वेदना के भीतर से काम्य-साधना अन्तर्जगत के कुल अन्धकार को दूर करने के लिए उसका एक ही प्रदीप पर्याप्त है। उसके हृदय की लता को सौन्दर्य की सुगन्ध से पूरित रखने के लिए उसका एक ही फूल बस है। तमाम भावनाओं के तार अलग-अलग स्वरों में झंकार करते हैं। उसकी रागिनी से एक ही तार मिला हुआ है। असंख्य ताराओं की आवश्यकता नहीं, उसके झरोखे से एक ही चन्द्र की किरण उसे प्रिय है। तमाम संसार जैसे अनेक कलरवों के बुदबुद-गीतों से समुद्वेलित, क्षुब्ध और पैरों को स्खलित कर बहा ले जानेवाला विपत्ति-संकुल है। एक ही बए को हृदय से लगा, तैरती हुई, वह पार जा सकेगी। सृष्टि के सब रहस्य इस महाप्रलय में डूब गए हैं। उसका एक ही रहस्य तपस्या से प्राप्त अमर वर की तरह, उसके साथ सम्बद्ध है। शकित दृष्टि से वह इस प्रलय को देख रही है।

पार्क-स्ट्रीट आ गया। कैथरिन के मकान के सामने गाड़ी खड़ी करवा कनक उत्तर पड़ी। नौकर से ख़बर भिजवायी। कैथरिन बंगले से बाहर निकली, और बड़े स्नेह से कनक को भीतर ले गई।

कैथरिन से कनक की बातचीत अँगरेजी में ही होती थी। आने का कारण पूछने पर कनक ने साधारण कुल किस्सा बयान कर दिया। कैथरिन सुनकर पहले तो कुछ चिन्तित-सी हुई, फिर कुछ सोचकर मुस्करायी, कनक की सरल बातों से उसे बड़ा आनन्द हुआ। "तुम्हारा विवाह चर्च में नहीं, थिएटर में हुआ। तुमने एक नया काम किया।" उसने कनक को इसके लिए बधाई दी।

"कल पेशी है।" कनक उत्तर प्राप्ति की दृष्टि से देख रही थी।

"मेरे विचार से मिस्टर हैमिल्टन के पास इस समय जाना ठीक नहीं। वह ऐसी हालत में अधिक जोर-दबाव नहीं डाल सकते। और इस पत्र से उन पर एक दूसण मुकदमा चल सकता है पर यह सब मुफ़्त ही दिक्कत बढ़ाना है। अगर आसानी से अदालत का काम हो जाए तो इतनी परेशानी से क्या फ़ायदा?"

"आसानी से अदालत का काम कैसे हो?"

"तुम घर जाओ, मैं हैमिल्टन को लेकर आती हूँ। मेरी-उनकी अच्छी जान-पहचान है। खूब सज-धजकर रहना और अँगरेजी तरीके से नहीं, हिन्दोस्तानी तरीके से।" कहकर कैथरिन हँसने लगी।

आचार्य से मुक्ति का अमोध मन्त्र मिलते ही कनक ने भी परी की तरह अपने सुख के काल्पनिक पंख फैला दिए।

कैथरिन गैरेज में अपनी गाड़ी लेने चली गई, कनक रास्ते पर टहलती रही। कैथरिन हँसती हुई, "जल्दी जाओ" कहकर रोडन-स्ट्रीट की तरफ़ चली और कनक बहूबाज़ार की तरफ़।

घर आकर कनक माँ से मिली। सर्वेश्वरी दारोगा की गिरफ्तारी से कुछ व्याकुल थी। कनक की बातें से उसकी शंका दूर हो गई। कनक ने माता को अच्छी तरह, थोड़े शब्दों में, समझा दिया। माता से उसने कुल जेवर पहना देने के लिए कहा। सर्वेश्वरी हँसने लगी। नौकर को बुलाया। जेवर का बॉक्स उठवा तीन मंजिले पर कनक के कमरे की ओर चली।

सभी रंगों की रेशमी साड़ियाँ थीं। कनक के स्वर्ण-रंग को दोपहर की आभा में कौन-सा रंग ज्यादा खिला सकता है, सर्वेश्वरी इसकी जाँच कर रही थी। उसकी

देह से सटा-सटाकर उसकी और साड़ियों की चमक देखती रही। उसे हरे रंग की साड़ी पसन्द आई। पूछा, "बता सकती हो, उस समय यह रंग क्यों अच्छा होगा?"

"उहूँ।" कनक प्रश्न और कौतुक दृष्टि से देखने लगी।

"तेज धूप में हरे रंग पर नज़र ज्यादा बैठती है, उसे आराम मिलता है।"

उस बेशकीमती कामदार साड़ी को रखकर कनक नहाने चली गई। माता एक-एक कर समस्त बहुमूल्य हीरे, पन्ने, पुखराज के जड़ाऊ जेवर निकाल रही थी। कनक नहाकर धूप में, चारदीवारी के सहारे, पीठ के बल खड़ी, बाल सुखा रही थी। मन राजकुमार के साथ अभिनय की सुखद कल्पना में लीन था। वह अभिनय को प्रत्यक्ष की तरह देख रही थी। उन्होंने कहा है, सोचती, 'मैं तुम्हें कभी नहीं भूलूँगा।' अमृत-रस से सर्वांग तर हो रहा था। बाल सूख गए, पर वह खड़ी ही रही।

तभी माँ ने पुकारा, ऊँची आवाज से। कल्पना की तन्द्रा टूट गई। वह धीरे-धीरे माता के पास चली।

सर्वेश्वरी कन्या को सजाने लगी। पैर, कमर, कलाई, बाजू, वश्त, गला और मस्तक अलंकारों से चमक उठे। हरी साड़ी के ऊपर तथा भीतर से रत्नों के प्रकाश की छटा, छुरियों-सी निकलती हुई किरणों के बीच उसका सुन्दर, सुडौल चित्र-सा खिंचा हुआ मुख, एक नज़र आपाद-मस्तक देखकर माता ने तृप्ति की साँस ली।

कनक एक बड़े आईने के सामने जाकर खड़ी हो गई। देखा, राजकुमार की याद आई, कल्पना में दोनों की आत्माएँ मिल गई, देखा आईने में वह हँस रही थी।

नीचे से आकर नौकर ने ख़बर दी, मैम साहब के साथ एक साहब आए हुए हैं।

कनक ने उन्हें ऊपर ले आने के लिए कहा।

कैथरिन ने हैमिल्टन साहब से कहा था कि वह उन्हें ऐसी एके सुंदरी भारतीय पड़ी-लिखी युवती दिखाएँगी, जैसी उन्होंने शायद ही कहीं देखी हो। वह गाती भी लाजवाब है और अंग्रेजों की तरह उसी लहजे में अंग्रेजी भी बोलती है।

हैमिल्टन साहब, कुछ दिल से और कुछ पुलिस में रहने के कारण सौंदर्योपासक बन गए थे। इतनी खूबसूरत पढ़ी-लिखी भारतीय युवती से, बिना

परिश्रम के ही, कैथरिन उन्हें मिला सकती हैं, ऐसा शुभ अवसर छोड़ देता उन्होंने किसी सुंदरी के स्वयंवर में बुलाए जाने पर भी लौट आना समझा। कैथरिन ने यह भ्री कहा था कि आज अवकाश है, दूसरे दिन इतनी सुगंसता से भेंट भी नहीं हो सकती। साहब तत्काल कैथरिन के साथ चल दिए थे। रास्ते में कैथरिनं ने समझा दिया था कि किसी अशिष्ट व्यवहार मैं वह अंग्रेज जाति को कलंकित नहीं करेंगे और यदि उसे अपने प्रेम -जाल में फँसा सके, तो यह जाति के लिए गौरव की बात होगी। साहब दिलं-ही-दिल प्रेम की परीक्षा में कैसे उत्तीर्ण होंगे, इसंका प्रश्न-पत्न हल कर रहे थे, तब तक ऊपर से कनक ने बुला भेजा।

कैथरिन आगे-आगे, साहब पीछे-पीछे चले। साहब ने चलते समय चमड़े के कलाईबंद में बँधी हुई घड़ी देखी। बारह बज बहे थे।

नौकर दोनों को तीन मंजिल पर ले गया। मकान देखकर साहब के दिल में अदेख सुन्दरी के प्रति इज़्ज़त पैदा हुई थी। कमरे की सजावट देखकर साहब आश्चर्य में पड़ गए। सुन्दरी को देखकर तो साहब के होश ही उड़ गए! दिल में कुछ घबराहट हुई, घर कैचरिन कनक से बातचीत करने लगी, तो कुछ संभल गए। सामने दो कुर्सियाँ पड़ी था। कैचरिन और साहब बैठ गए। यों अन्य दिन उठकर कनक कैथरिन से मिलती, पर आज वह चैती ही रही। कैथरिन इसका कारण समझ गई। साहब ने इसे हिन्दोस्तानी कुमारियों का ढंगे समक्षा। कनक ने सूरत देखते ही साहब को पहचान लिया, पर साहब उसे नहीं पहचान सके। तब से इस सूरत में साज के कारण बड़ा फ़र्क था।

साहब अनिमेष आँखों से उस रूप की सुधा को पीते रहे। मन-ही-मन उन्होंने उसकी बड़ी प्रशंसा की। उसके लिए, यदि वह कहे तो, साहब सर्वस्व देने को तैयार थे। कैथरिन ने साहब को समझा दिया था कि उसके कई अँगरेज प्रेमी हैं, पर अभी उसका किसी से प्यार नहीं हुआ, यदि वह उसे प्राप्त कर सकें, तो राजकन्या के साथ हो राज्य भी उन्हें मिल जाएगा; कारण उसकी माँ की जायदाद पर उसी का अधिकार है।

कैथरिन ने साहब का परिचय देते हुए कहा- "मिस कनक, इनसे मिलो। यह हैं मिस्टर हैमिल्टन, पुलिस-सुपरिन्टेण्डेण्ट, 24 परगना। तुमसे मिलने के लिए आए हैं। इन्हें अपना गाना सुनाओ।"

कनक ने उठकर हाथ मिलाया। साहब उसकी सभ्यता से बहुत प्रसन्न हुए।

कनक ने कहाँ- "हम लोग पृथक् पृथक् आसन से वार्तालाप करेंगे, इससे आलाप का सुख नहीं मिल सकता। साहब अगर पतलून उतार डालें, मैं इन्हें धोती दे सकती हूँ, तो संगसुख की प्राप्ति पूरी मात्रा में हो। कुर्सी पर बैठकर पियानो, टेबल-हारमोनियम बजाये जा सकते हैं, पर आप लोग तो यहाँ हिन्दोस्तानी गीत ही सुनने के लिए आए हैं जो सितार और सुरबहार से अच्छी तरह अदा होंगे, और उनका बजाना बराबर जमीन पर बैठकर ही हो सकता है।"

कनक ने अँगरेजी में कहा। कैथरिन ने साहब की तरफ़ देखा।

नायिका के प्रस्ताव के अनुसार ही उसे खुश करना चाहिए, साहब ने अपने साहबी बरें से समझा और उन्हें वहाँ दूसरे प्रेमियों में बढ़कर अपने प्रेम की परीक्षा भी देनी थी। उधर कैथरिन की मौन चितवन का मतलब भी उन्होंने यही समझा। साहब तैयार हो गए। कनक ने एक धुली 48 इंच की बढ़िया धोती मँगा दी। कैथरिन ने साहब को धोती पहनना बतला दिया। दूसरे कमरे में साहब धोती पहन आए और कनक के बराबर गद्दी पर बैठ गए, एक तकिये का सहारा कर लिया।

कनक ने सुरबहार मँगवाया। तार स्वर में मिलाकर पहले एक गत बजायी। स्वर की मधुरता के साथ-साथ साहब के मन में उस परी को प्राप्त करने की प्रतिज्ञा भी दृढ़ होती गई।

कैथरिन ने बड़े स्नेह से पूछा, "यह किससे सीखा? अपनी माँ से?"

"जी हाँ।" कनक ने सिर झुका लिया।

"अब एक गाना सुनाओ, हिन्दोस्तानी गाना; फिर हम चलेंगे, हमें देर हो रही है।"

कनक ने एक बार स्वरों पर हाथ फेरा। और फिर गाने लगी-

गाना (सारंग)

याद रखना इतनी ही बात।
नहीं चाहते, मत चाहो तुम,
मेरे अर्घ्य, सुमन-दल-नाथ!
मेरे वन में भ्रमण करोगे जब तुम,
अपना पथ-श्रम आप हरोगे जब तुम,
ढक लूँगी मैं अपने दृग-मुख,
छिपा रहूँगी गात-
याद रखना इतनी ही बात।

सरिता के उस नीरव-निर्जन तट पर
आओगे जब मन्द चरण तुम चलकर-
मेरे शून्य घाट के प्रति करुणाकर,
हेरोगे नित प्रात-
याद रखना इतनी ही बात।

मेरे पथ की हरित लताएँ, तृण-दल
मेरे श्रम-सिंचित, देखोगे अचपल,
पलक-हीन नयनों से तुमको प्रतिपल
हेरेंगे अज्ञात-
याद रखना इतनी ही बात

मैं न रहूँगी जब, सूना होगा जग,
समझोगे तब यह मंगल-कलरव सब-
था मेरे ही स्वर से सुन्दर जगमग;
चला गया सब साथ-
याद रखना इतनी ही बात।

साहब एकटक मन की आँखों से देखते और हृदय के कानों से सुनते रहें। उस स्वर की सरिता अनेक तरंग-अंगों से बहती हुई जिस समुद्र से मिली थी, वहाँ तक सभी यात्राएँ पर्यवसित हो जाती थीं।

कैथरिन ने पूछा- "कुछ आपकी समझ में आया?"

साहब ने अनजान की तरह सिर हिलाया। कहा- "इनका स्वरों से खेलना मुझे बहुत पसन्द आया, पर गीत का अर्थ मैं नहीं समझ सका।"

कैथरिन ने थोड़े शब्दों में अर्थ समझा दिया।

"हिन्दोस्तानी भाषा में ऐसे भी गीत हैं?" साहब ताज्जुब करने लगे।

कनक को साहब देख रहा था। उसकी मुद्राएँ, भंगिमाएँ गाते समय इस तरह अपने मनोभावों को व्यजित कर रही थीं, जैसे वह स्वर के स्रोत में बहती हुई प्रकाश के द्वार पर गई हो, और अपने प्रियतम से कुछ कह रही हो, जैसे अपने प्रियतम को अपना सर्वस्व पुरस्कार दे रही हो।

संगीत के लिए कैथरिन ने कनक को धन्यवाद दिया और साहब को अपने चलने का संवाद। साथ ही उन्हें समझा दिया कि उनकी इच्छा हो, तो कुछ वक्त वहाँ ठहर सकते हैं। कनक ने सुरबहार एक बगल रख दिया।

एकान्त की प्रिय कल्पना में, अभीप्सित की प्राप्ति के लोभ से, साहब ने कहा- "अच्छा आप चलें, मैं कुछ देर बाद आ जाऊँगा।"

कैथरिन चली गई। साहब को एकान्त मिला। कनक बातचीत करने लगी।

साहब कनक पर कुछ अपना भी प्रभाव जतलाना चाहते थे और दैवात् कनक ने प्रसंग भी वैसा ही छेड़ दिया, "देखिए! हम हिन्दोस्तानी हैं, प्रेम की बातें हिन्दी में कीजिए। आप 24 परगना के पुलिस-सुपरिन्टेण्डेण्ट हैं?"

"हाँ!" ठोड़ी ऊँची कर साहब ने सगर्व कहा और जहाँ तक तनते बना, तन गए।

"आपकी शादी तो हो गई होगी?"

साहब की शादी हो गई थी, पर मैम साहब को कुछ दिन बाद आप पसन्द नहीं आए, इसलिए इनके भारत आने से पहले ही वह इन्हें तलाक दे चुकी थीं, एक साधारण से कारण को बहुत बढ़ाकर। पर यह साहब साफ़ इनकार कर गए और इसे ही उन्होंने प्रेम बढ़ाने का उपाय समझा।

"अच्छा! अब तक आप अविवाहित हैं? आपसे किसी का प्रेम नहीं हुआ?"

"हमको अभी टक कोई पसण्ड नई आया। हम टुमको पसण्ड करटा।" साहब कुछ नजदीक खिसक आए।

कनक हरी। उपाय एक ही उसने आजमाया था और उसी का उपयोग वह साहब के लिए भी कर बैठी। बोली "शराब पीजिएगा? हमारे यहाँ शराब पिलाने की चाल है।"

साहब पीछे कदम धरनेवाले न थे। उन्होंने स्वीकार कर लिया। कनक ने ईश्वर को धन्यवाद दिया।

नौकर से शराब और सोडा मँगवाया।

"तो अब तक किसी से प्यार नहीं किया? सच कहिएगा।"

"आम शच बोलटा, किसी को बी नई।"

साहब को पेग तैयार कर एक ग्लास में दिया। साहब बड़े अदब से पी गए। दूसरा, तीसरा, चौथा, पाँचवें पर इनकार कर गए। अधिक शराब जल्दी-जल्दी पी जाने से नशा तेज होता है, यह कनक जानती थी, इसीलिए वह फुर्ती कर रही थी। साहब को भी अपनी शराब-पाचन शक्ति का परिचय देना था, साथ ही अपने अकृत्रिम प्रेम की परीक्षा।

कनक ने सोचा, भूत-सिद्धि की तरह हमेशा भूत को एक काम देते रहना चाहिए। नहीं तो, कहा गया है, वह अपने साधक पर ही सवारी कस बैठता है।

कनक ने तुरन्त फ़रमाइश कि "कुछ गाओ और नाचो। मैं तुम्हारा विदेशी नाच देखना चाहती हूँ।"

"टब टुम-बी आओ, हियाँ डॉसिंग स्टेज कहाँ?"

"यहीं नाचो। पर मुझे नाचना नहीं आता, मैं तो सिर्फ़ गाती हूँ।"

"अच्छा! दुम बोलटा, टो हम नाच सकटा।"

साहब अपनी भोंपू-आवाज में गाने और नाचने लगे। कनक देख-देखकर हँस रही थी। कभी-कभी साहब का उत्साह बढ़ाती "बहुत अच्छा, बहुत सुन्दर।"

साहब की नज़र पियानो पर पड़ी। कहा- "डेखो, आबी हम पियानो बजाटा, फिर टुम कहेगा, टो हम नाचेगा।"

"अच्छा, बजाओ।"

साहब पियानो बजाने लगे। कनक ने तब तक अँगरेजी गीतों का अभ्यास नहीं किया था, पर कविता के यति-भंग की तरह सब स्वरों का सम्मिलित विद्रोह उसे असह्य हो गया। उसने कहा- "साहब, हमें तुम्हारा नाचना गाने से ज्यादा पसन्द है।"

साहब अब तक औचित्य की रेखा पार कर चुके थे। आँखें लाल हो रही थीं। प्रेमिका को नाच पसन्द है, सुनकर बहुत ही खुश हुए और शीघ्र ही उसे प्रसन्न क वर प्राप्त कर लेने की लालसा से नाचने लगे।

नौकर ने बाहर से संकेत किया। कनक उठ गई। नौकर को इशारे से आदेश लौट आई। धड़-धड़-धड़ कई आदमी जीने पर चढ़ रहे थे। आगन्तुक बिलकुल कयों के सामने आ गए। हैमिल्टन को नाचते हुए देखा। हैमिल्टन ने भी उन्हें देखा, पर उनकी परवाह न कर नाचते ही रहे।

"ओ। टुम डूसरे हो रॉबिन्सन।" हैमिल्टन ने पुकारकर कहा।

"नहीं। मैं चौथा हूँ।" रॉबिन्सन ने बढ़ते हुए जवाब दिया।

तितलियों-सी मूँछें, लम्बे-तगड़े रॉबिन्सन साहब मैजिस्ट्रेट थे। कैथरिन के पीछे-पीछे कमरे के भीतर गए। कई और आदमी भी साथ थे। कुर्सियाँ खाली थी। बैठ गए। कैथरिन ने कनक से रॉबिन्सः साहब से हाथ मिलाने के लिए कहा- "यह मैजिस्ट्रेट हैं तुम अपना कुल किस्सा इनसे बयान कर दो।"

हैमिल्टन को धोती पहने नाचता हुआ देख रॉबिन्सन बारूद हो गए थे। कनक ने हैमिल्टन की जेब से निकाली हुई चिट्ठी साहब को दे दी। पढ़ने ही आग में पेट्रोल पड़ गया।

कनक कहने लगी- "एक दिन मैं इडेन-गार्डेन में, तालाब के किनारेवाली बेच पर अकेली बैठी थी। हैमिल्टन ने मुझे पकड़ लिया और मुझे जैसे अशिष्ट शब्द कहे, मैं कह नहीं सकती। उसी समय एक युवक वहाँ पहुँच गया, उसने मुझे बचाया। हैमिल्टन उससे बिगड़ गया और उसे मारने के लिए तैयार हो गया। दोनों में कुछ देर हाथापाई होती रही। उस युवक ने हैमिल्टन को गिरा दिया। और कुछ रद्दे जमाये, जिससे हैमिल्टन बेहोश हो गया। तब उस युवक ने अपने रूमाल से हैमिल्टन का मुँह धो दिया और सिर पर उसी की पट्टी लपेट दी। फिर उसने एक चिट्ठी लिखी और उसकी जेब में डाल दी। मुझसे जाने के लिए कहा। मैंने

उससे पता पूछा, पर उसने नहीं बताया। वह हाईकोर्ट की राह चला गया। अपने बचानेवाले का पता मालूम कर लेना मैंने अपना फ़र्ज समझा, इसलिए वही फिर लौट गई। चिट्ठी निकालने के लिए जेब में हाथ डाला पर भ्रम से युवक की चिट्ठी की जगह यह मिली। एकाएक कोहनूर-स्टेज पर मैं शकुन्तला का अभिनय करने गई। देखा, वही युवक दुष्यन्त बना था। थोड़ी ही देर में दारोगा सुन्दरसिंह उसे गिरफ्तार करने गया, पर दर्शक बिगड़ गए थे, इसलिए अभिनय समाप्त हो जाने पर गिरफ्तार किया। राजकुमार का कुसूर कुछ भी नहीं; अगर है, तो सिर्फ यही कि उसने मुझे बचाया था।

अक्षर-अक्षर साहब पर चोट कर रहे थे। कनक ने कहा "और देखिए, यह हैमिल्टन के चरित्र का दूसरा पत्र।

कनक ने दारोगा की जेब से निकाला हुआ पत्र भी साहब को दिखाया। इसमें हैमिल्टन के मित्र सुपरिन्टेण्डेण्ट मिस्टर मूर ने दारोगा को बिना वजह राजकुमार को गिरफ्तार कर, बदमाशी के सबूत दिलाकर सजा करा देने के लिए लिखा था। उसमें यह भी लिखा था कि इस काम से तुम्हारे ऊपर हम और हैमिल्टन साहब बहुत खुश होंगे।

मैजिस्ट्रेट रॉबिन्सन ने उस पत्र को भी ले लिया। पढ़कर दोनों की तिथियाँ मिलायीं। सोचा। कनक की बातें बिलकुल सच जान पड़ी। रॉबिन्सन कनक से बहुत खुश हुए।

कनक ने भड़ककर कहा- "वह दारोगा साहब भी तो यहीं तशरीफ़ रखते हैं। आपको तकलीफ़ होगी, चलकर उनके भी उत्तम चरित्र का प्रमाण ले सकते हैं।

रॉबिन्सन तैयार हो गए। हैमिल्टन को साथ चलने के लिए कहा। कनक आगे-आगे नीचे उतरने लगी।

सुन्दरसिंह के कमरे की ताली नौकर को दे दी, और कुछ दरवाजे खोल देने के लिए कहा। सब दरवाजे खोल दिए गए। भीतर सब लोग एक साथ घुस गए। दारोगा साहब करवट बदल रहे थे। रॉबिन्सन ने एक छड़ी लेकर खोद दिया। तब तक नशे में कुछ उतार आ गया था, पर फिर भी वह सँभलने लायक न थे। रॉबिन्सन ने डाँटकर पुकारा। साहबी आवाज़ से वह घबराकर उठ बैठे। कई आदमियों और अँगरेजों को सामने खड़ा देख चौंककर खड़े हो गए। पर संभलने की ताब न थी कटे हुए पेड़ की तरह वहीं ढेर हो गए। होश दुरुस्त थे, पर शक्ति न थी। दारोगा साहब फूट-फूटकर रोने लगे।

"साहब खड़े हैं और आप लेटे रहिएगा?" कनक के नौकर खोद-खोदकर दारोगा साहब को उठाने लगे। एक ने बाँह पकड़कर उन्हें खड़ा कर दिया।

उन्हें विवश देख रॉबिन्सन दूसरे कमरे की तरफ़ चल दिए। कहा- "इशे पड़ा रहने डो, हम शब शमझ गया।"

यह कनक का अध्ययन कक्ष था। सजी हुई पुस्तकों पर नज़र गई। रॉबिन्सन उन्हें खोलकर देखने के लिए उत्सुक हो उठे। नौकर ने आलमारियाँ खोल दीं। साहब ने कई पुस्तकें निकालीं, उलट-पलटकर देखते रहे। इज्जत की निगाह से कनक की ओर देखकर अँगरेजी में कहा- "अच्छा, मिस कनक, तुम क्या चाहती हो?"

"सिर्फ़ इन्साफ़।" कनक ने मँजे स्वर से कहा।"

साहब सोचते रहे। निगाह उठाकर पूछा- "क्या तुम इन लोगों पर मुकद्दमा चलाना चाहती हो?

"नहीं।"

साहब कनक को देखते रहे। आँखों में ताज्जुब था और सम्मान। पूछा "कि कैसा इन्साफ़?"

"राजकुमार को बिना वजह तकलीफ़ दी जा रही है। वह छोड़ दिए जाएँ।" कनर की पलकें झुक गई।

साहब कैथरिन को देख हँसने लगे। फिर हिन्दी में बोले "अम कल ही डोर हेगा। टुमशे अम बहुट खुश हुआ।"

कनक चुपचाप खड़ी रही।

"टुमारी पटलून क्या हुआ मिस्टर हैमिल्टन?" हैमिल्टन को घृणा से देखका साहब ने पूछा।

अब तक हैमिल्टन को होश ही न था कि वह धोती पहने हुए हैं। नशा इस समय भी पूरी मात्रा में था। जब एकाएक यह मुकद्दमा पेश हो गया, तब उनके दिल से प्रेम का मनोहर स्वप्न सूर्य के प्रकाश से कटते हुए अन्धकार की तरह दूर हो गया। एकाएक चोट खाकर, नशे में होते हुए भी, वह होश में आ गए थे। कोई उपाय र था, इसलिए मन ही मन पश्चात्ताप करते हुए यन्त्रवत् रॉबिन्सन के पीछे-पीछे चल गो थे। मुकद्दमे के चक्कर से बचने के अनेक उपायों का आविष्कार करते

हुए वह अपनी हालत को भूल ही गए थे। पतलून की जगह धोती और वह भी एक दूसरे अँगरेज के सामने! उन्हें कनक पर बड़ा क्रोध आया। मन में बहुत ही क्षुब्ध हुए। अब तक वो की तरह सजा के लिए तैयार थे पर अब लज्जा से आँखें झुक गईं।

एक नौकर ने पतलून लाकर दिया। बगल के एक-दूसरे कमरे में साहब ने उसे पहन लिया।

कनक को धैर्य देकर रॉबिन्सन चलने लगे। चलते समय हैमिल्टन और दारोगा को शीघ्र निकाल देने के लिए एक नौकर से कहा। कनक ने कहा- "ये लोग शायर अकेले घर तक न जा सकेंगे। आप कहें, तो मैं ड्राइवर से कह दूँ, इन्हें छोड़ आवे।"

रॉबिन्सन ने सिर झुका लिया, मानो अपना अदब जाहिर कर रहे हों। फिर धीरे-धीर नीचे उतरने लगे। कैथरिन से उन्होंने धीमे शब्दों में कुछ कहा- नीचे उसे अलग बुलाकर। फिर अपनी मोटर में बैठ गए।

कनक ने अपनी मोटर से हैमिल्टन और दारोगा को उनके स्थान पर पहुँचवा दिया।

8

अदालत लगी हुई थी। एक हिस्सा रेलिंग से घिरा था। बीच में बड़े तख्त पर मेज और कुर्सी रखी थी। मैजिस्ट्रेट मिस्टर रॉबिन्सन बैठे थे। एक ओर कटघरे के अन्दर बन्दी राजकुमार खड़ा हुआ, एक दृष्टि में बेंच पर बैठी हुई कनक को देख रहा था और देख रहा या उन वकीलों, बैरिस्टरों और कर्मचारियों को, जो उसे देख-देखकर आपस में एक-दूसरे को खोद-खोदकर मुस्करा रहे थे, जिनके चेहरे पर, झूठ, फरेब, जाल, दगाबाजी, कठहुज्जती, दम्भ, दास्य और तोताचश्मी सिनेमा के बदलते हुए दृश्यों की तरह आ-जा रहे थे और जिनके पर्दे में छिपे हुए वे सुख-वैभव और शान्ति की साँस ले रहे थे। वहाँ के अधिकांश लोगों की दृष्टि निस्तेज, सूरत बेईमान और स्वर कर्कश था। राजकुमार ने देखा, एक तरफ़ पत्रों के संवाददाता भी बैठे हुए थे एक तराफ वकील-बैरिस्टर तथा दर्शक।

वहाँ कनक उसके लिए सबसे बढ़कर रहस्यमयी थी। बहुत कुछ मानसिक प्रयत्न करने पर भी उसके आने का कारण वह न समझ सका। स्टेज पर कनक को देखकर उसके प्रति दिल में अश्रद्धा, अविश्वास तथा घृणा पैदा हो गई थी। जिस युवती को इडेन-गार्डेन में एक गोरे के हाथों से उसने बचाया, जिसके प्रति सभ्य, सम्भ्रान्त महिला के रूप में देखकर, वह सभक्ति खिंच गया था, वह स्टेज की नायिका है, यह उसके लिए बर्दाश्त से बाहर की बात थी। कनक का समस्त सौन्दर्य उसके दिल में पैदा हुए इस घृणा-भाव को प्रशमित तथा पराजित न कर सका। उस दिन स्टेज पर राजकुमार दो पार्ट कर रहा था, एक मन से, दूसरा ज़बान से इसीलिए कनक की अपेक्षा वह कुछ उतरा हुआ समझा गया था। उसके सिर्फ़ दो-एक स्थल अच्छे हुए थे।

इजलास में कनक को बैठी देखकर उसने अनुमान लगाया, शायद पुलिस की गवाह या ऐसी ही कुछ होकर आई है। क्रोध और घृणा से हृदय ऊपर तक भर आया। उसने सोचा इडेन-गार्डन में उससे गलती हो गई। मुमकिन है, वह

साहब की प्रेमिका रही हो, और व्यर्थ ही उसने साहब को दण्ड दिया। राजकुमार के हृदय-प्राचीर पर जो अस्पष्ट रेखा कनक की थी, बिलकुल मिट गई। 'मनुष्य के लिए स्त्री कितनी बड़ी समस्या है। इसकी सोने-सी देह के भीतर कितना तीव्र जहर' राजकुमार सोच रहा था- 'मैंने भी कितना बड़ा धोखा खाया। इसका दण्ड ही से प्रायश्चित्त करना ठीक है।'

राजकुमार को देखकर कनक की आँखों में आँसू आ गए। राजकुमार तथा दूसरों को आँखें बचा रुमाल से चुपचाप उसने आँसू पोंछ लिए। उस रोज लोगों की नि में कनक ही कमरे की रोशनी थी। उसे देखते हुए सभी की आँखें औरों की आँखों को धोखा दे रही थी। सबकी आँखों की चाल तिरछी हो रही थी।

एक तरफ़ दारोगा साहब खड़े थे। चेहरा उतरा हुआ था। राजकुमार ने सोच शायद मुझे अकारण गिरफ्तार करने के विचार से यह उदास हैं। राजकुमार बिलकुल निश्चिन्त था।

दारोगा साहब ने रविवार के दिन रॉबिन्सन का जैसा रुख देखा था, उसके अनु शहादत के लिए दौड़-धूप करना अनावश्यक समझ अपने बर्खास्त होने सजा पाने न जाने किस-किस तरह की कल्पनाएँ लड़ा रहे थे। इसी समय मैजिस्ट्रेट ने दारो साहब को तलब किया। पर यहाँ कोई तैयारी थी ही नहीं। बड़े करुण भाव से, दृष्टि में कृपा चाहते हुए, दारोगा साहब मैजिस्ट्रेट को देखने लगे।

अभियुक्त को छोड़ देना ही मैजिस्ट्रेट का अभिप्राय था, इसलिए उन्होंने, उसी रोज उसके पैरवीकार सॉलिस्टर जयनारायण से उसकी भलमनसाहत के सबूत लेना आरम् किया। कनक एकाग्रचित्त हो मुकद्दमे की कार्रवाई देख रही थी।

राजकुमार के मन का एकाएक परिवर्तन हो गया। वह अपने पक्ष में प्रमाण पेश होते हुए देख चकित हो गया। कुछ समझ में न आया उसकी। उस समय कनक का उत्साह देखकर वह अनुमान करने लगा कि शायद यह सब व्यवस्था इसी की हुई है। कनक के प्रति उसकी भावनाएँ बदल गईं आँखों में श्रद्धा आ गई पर दूसरे ही क्षण, उपकृत द्वारा मुक्ति पाने की कल्पना कर, वह बेचैन हो उठा। उस जैसे निर्भीक वीर के लिए, जिसने स्वयं ही यह सब आफ़त बुला ली थी, कितनी लज्जा की बात है कि वह एक साधारण बाजारू स्त्री की कृपा से मुक्त हो। क्षोभ और घृणा से उसका सर्वांग मुरझा गया। जोश में आ वह अपने कठघरे से पुकारकर बोला- "मैंने कुसूर किया है।"

मैजिस्ट्रेट लिख रहे थे। नज़र उठाकर एक बार उसे देखा, फिर कनक को। कनक घबरा गई। राजकुमार को देखा, वह निश्चिन्त दृष्टि से मैजिस्ट्रेट की ओर देख रहा था। कनक ने वकील को देखा। राजकुमार की तरफ़ फिरकर वकील ने कहा- "तुमसे कुछ पूछा नहीं जा रहा, अतः तुम्हें कुछ कहने का अधिकार नहीं।"

फ़ैसला लेकर हँसते हुए वकील ने कहा- "राजकुमार छोड़ दिए गए।"

वकील को पुरस्कृत कर, राजकुमार का हाथ पकड़कर कनक अदालत से बाहर निकल चली। साथ-साथ कैथरिन भी चली। पीछे-पीछे हँसती हुई कुछ जनता।

रास्ते पर एक किनारे कनक की मोटर खड़ी थी। राजकुमार और कैथरिन के साथ कनक भी पीछे की सीट पर बैठ गई, ड्राइवर गाड़ी ले चला।

एक अज्ञात मनोहर प्रदेश में राजकन्या की तलाश में विचरण करते हुए पूर्वश्रुत राजपुत्र की कथा याद आई। राजकुमार निर्लिप्त द्रष्टा की तरह वह स्वर्णिम स्वप्न देख रहा था।

मकान के सामने गाड़ी खड़ी हो गई। कनक ने हाथ पकड़कर राजकुमार से उतरने के लिए कहा।

कैथरिन बैठी रही। दूसरे रोज आने का कनक ने उससे आग्रह किया। ड्राइवर उसे पार्क-स्ट्रीट ले चला।

ऊपर सीधे कनक माता के कमरे में गई। बराबर राजकुमार का हाथ पकड़े रही। राजकुमार भावावेश में यन्त्रवत् उसके साथ-साथ चल रहा था।

"यह मेरी माँ हैं। राजकुमार से कहकर कनक ने माता को प्रणाम किया। आदेश में, स्वतः प्रेरित की तरह, अपनी दशा तथा परिस्थिति के ज्ञान में रहित राजकुमार ने भी हाथ जोड़ दिए।

प्रणाम कर प्रसन्न कनक राजकुमार में सटकर खड़ी हो गई। माता ने दोनों के मस्तक पर स्नेह-स्पर्श कर आशीर्वाद दिया और नौकरों को बुलाकर, उन्हें हर्ष से एक-एक महीने की तनख्वाह देकर पुरस्कृत किया।

कनक राजकुमार को अपने कमरे में ले गई। मकान देखते ही कनक के प्रति राजकुमार के भीतर सम्भ्रम का भाव पैदा हो गया था। कमरा देखकर उस ऐश्वर्य में वह और भी नत हो गया। कनक ने उसे गद्दी पर आराम करने के लिए बैठाया। खुद भी एक बगल बैठ गई।

"दो रोज़ से आँख नहीं लगी। सोऊँगा।"

"सोइए।" कनक ने आग्रह में कहा। फिर उठकर हाथ की बुनी, बेल-बूटेदार एक पंखी ले आई और बैठकर झलने लगी।

"नहीं, इसकी जरूरत नहीं, बिजली का पंखा तो है ही, खुलवा दीजिए।" राजकुमार ने सहज स्वर में कहा।

जैसे किसी ने कनक का कलेजा मसल दिया हो, 'खुलवा दीजिए।' ओह! कितना दुराव। आँखें छलछला आईं। राजकुमार आँखें मूँदे पड़ा था। सँभलकर कनक ने कहा- "पंखे की हवा गर्म होगी।"

वह उसी तरह पंखा झलती रही। हाथ थोड़ी ही देर में दुखने लगे, कलाइयाँ भर आईं, पर वह झलती रही। उत्तर में राजकुमार ने कुछ भी न कहा। उसे नीद लग रही थी। धीरे-धीरे सो गया।

9

राजकुमार के स्नान आदि का कुल प्रबन्ध कनक ने उसके जागने से पहले ही नौकरों से करा रखा था। राजकुमार के सोते समय सर्वेश्वरी कन्या के कमरे में एक बार गई और उसे पंखा झलते देख, हँसकर लौट आई। कनक माता को देखकर उठी नहीं। लक्ज़ा से आँखें झुका उसी तरह बैठी पंखा झलती रही।

दो घण्टे बाद राजकुमार की आँखें खुली। देखा, कनक पंखा झल रही है। बड़ा संकोच हुआ। उससे सेवा लेने के कारण लज़्ज़ा भी हुई। उसने कनक की कलाई पकड़ ली। कहा- "बस! आपको बड़ा कष्ट हुआ।"

एक तीर पुनः कनक के हृदय-लक्ष्य को पार कर गया। चोट खा, काँपकर सँभल गई। कहा- "आप नहाइएगा नहीं?"

"हाँ! स्नान तो जरूर करूँगा, पर धोती?

कनक हँस पड़ी, "मेरी धोती पहन लीजिएगा।"

"मुझे इससे कोई लज्जा नहीं।"

"तो ठीक है। थोड़ी देर में आपकी धोती सूख जाएगी।"

कनक के यहाँ मर्दानी धोतियाँ भी थी पर स्वाभाविक हास्य-प्रियता के कारण नहाने के पश्चात् राजकुमार को उसने अपनी ही एक धुली हुई साड़ी दी। राजकुमार ने भी अम्लान अविचल भाव में वह साड़ी मर्दों की तरह पहन ली। नौकर मुस्कराता हुआ उसे कनक के कमरे में ले गया।

"हमारे यहाँ भोजन करने में आपको कोई एतराज तो न होगा?"

"कुछ भी नहीं। मैं तो प्रायः होटलों में खाया करता हूँ।" राजकुमार ने असंकुचित स्वर से कहा।

"क्या आप मांस भी खाते हैं?"

"हाँ! मैं सक्रिय जीवन के समय मांस को एक उत्तम खाद्य मानता हूँ, इसलिए खाता हूँ।"

"इस वक्त तो आपके लिए बाजार से भोजन मँगवाती हूँ, शाम को पकाऊँगी।" कनक ने विश्वस्त स्वर से कहा।

राजकुमार ने देखा, जैसे अज्ञात, अब तक अपरिचित शक्ति में उसका अंग-अंग कनक की ओर खिंचा जा रहा था, जैसे चुम्बक की तरफ़ लोहे की सुइयाँ। केवल हृदय के केन्द्र में द्रष्टा की तरह बैठा हुआ वह उस नवीन प्रगति से परिचित हो रहा था।

वही बैठी हुई थाली में एक-एक खाद्य पदार्थ चुन-चुनकर कनक ने रखा। एक तश्तरी पर ढक्कनदार ग्लास में बन्द वासित जल रख दिया। राजकुमार भोजन करने लगा। कनक वही एक बगल बैठकर पान लगाने लगी। भोजन हो जाने पर नौकर ने हाथ धुला दिए।

पान की रकाबी कनक ने बढ़ा दी। पान खाते हुए राजकुमार ने कहा- "आपका शकुन्तला का पार्ट उस रोज बहुत अच्छा हुआ था। हाँ। धोती तो अब सूख गई होगी?"

"इसे ही पहने रहिए! समझ लीजिए, अब आप ही शकुन्तला हैं। निस्सन्देह आपका पार्ट बहुत अच्छा हुआ था। आप कहें, तो मैं दुष्यन्त का पार्ट करने के लिए तैयार हूँ।"

मुखर कनक को राजकुमार कोई उत्तर न दे सका।

कनक उठकर दूसरे कमरे में गई और धुली हुई मर्दानी धोती ले आई।

"इसे पहन लीजिए, यह मैली हो गई है।" सहज आँखों से मुस्कराकर कहा कनक ने। राजकुमार ने धोती पहन ली। कनक फिर चली गई। अपनी एक रेशमी चादर ले आई।" "इसे ओढ़ लीजिए।"

राजकुमार ने ओढ़ लिया।

एक नौकर ने आकर कनक से कहा- "माँ जी याद कर रही हैं।"

"अभी आई।" कहकर कनक माता के पास चली गई।

हृदय के एकान्त प्रदेश में जीवन का एक नया ही रहस्य खुल रहा है। वर्षा की प्रकृति की तरह जीवन की धात्री देवी नये साज से सज रही है। एक श्रेष्ठ

पुरस्कार प्राप्त करने के लिए कभी-कभी, बिना उसके जाने हुए ही, लालसा के हाथ फैल जाते हैं। आज तक जिस एक ही स्रोत से बहता हुआ वह चला आ रहा था, अब एक दूसरा रुख बदलना चाहता है। एक अप्सरा कुमारी सम्पूर्ण ऐश्वर्य के रहते हुए भी आँखों में प्रार्थना की रेखा लिए, रूप की ज्योति से जगमग मानो, उसी के लिए तपस्या करती आ रही है। राजकुमार चित्त को स्थिर कर विचार कर रहा था, यह सब क्या...है? क्या इस ज्योति से मिल ज़ाऊँ...? न, जल जाऊँ तो? इसे निराश कर दूँ...? बुझा दूँ? न मैं इतना कर्कश, तीव्र, निर्दय न हूँगा; फिर? आह। यह चित्र कितना सुन्दर, कितना स्नेहमय है...इसे प्यार करूँ? न, मुझे अधिकार क्या? मैं तो प्रतिभूत हूँ कि इस जीवन में भोग-विलास को स्पर्श भी न करूँ प्रतिज्ञा...! की हुई प्रतिज्ञा से टल जाना महापाप है! और यह... स्नेह का निरादर?

कनक के भावों से राजकुमार को अब तक मालूम हो चुका था कि वह पुष्प उसी की पूजा में चढ़ गया है। उसके द्वारा रक्षित होकर उसने अपनी चिर रक्षा का भार उसे सौंप दिया है। उसके आकार इंगित और गति इसकी साक्षी हैं।राजकुमार धीर, शिक्षित युवक था। उसे कनक के मनोभावों को समझने में देर नहीं लगी। जिस तरह उसके उपकार का कनक ने प्रतिदान दिया, उसकी याद कर कनक के गुणों के साथ उस कोमल स्वभाव की ओर वह आकर्षित हो चुका था। केवल लगाम अभी तक उसके हाथ में थी। उसकी रस-प्रियता के अन्तर्लक्ष्य को ताड़कर मन-ही-मन वह सुखानुभव कर रहा था पर दूसरे ही क्षण इस अनुभव को वह अपनी कमज़ोरी भी समझता था। कारण, इसके पहले ही वह अपने जीवन की गति निश्चित कर चुका था, साहित्य तथा देश की सेवा के लिए वह आत्मार्पण कर चुका था। इधर कनक का इतना अधिक एहसान उस पर चढ़ गया था, जिसके प्रति उसकी मनुष्यता स्वतः नत-मस्तक हो रही थी। उसकी आज्ञा के प्रतिकूल आचरण की जैसे उसमें शक्ति ही न रह गई हो। वह अनुकूल-प्रतिकूल अनेक प्रकार की ऐसी ही कल्पनाएँ कर रहा था।

सर्वेश्वरी ने कनक को सस्नेह पास बैठाकर कहा- "ईश्वर ने तुम्हें अच्छा वरदान दिया है। वह तुम्हें सुखी और प्रसन्न करे! आज एक नयी बात सुनाऊँगी। आज तक तुम्हें अपनी माता के सिवा पिता का नाम नहीं मालूम था। अब तुम्हारे पिता का नाम तुम्हें बता देना मेरा धर्म है। कारण, तुम्हारे कार्यों से मैं देखती हूँ, तुम्हारे स्वभाव में पिता-पक्ष ही प्रबल है। बेटी तुम रणजीतसिंह की कन्या हो। तुम्हारे पिता जयनगर के महाराज थे। उन दिनों मैं वहीं थीं। उनका शरीर नहीं

रहा। होते तो वह तुम्हें अपनी ही देख-रेख में रखते। आज देखती हूँ, तुम्हारे कुल के संस्कार ही तुममें प्रबल हैं। इससे मुझे प्रसन्नता है। अब तुम अपनी अनमोल, अलभ वस्तु सँभालकर रखो, उसे अपने अधिकार में करो। आगे तुम्हारा धर्म तुम्हारे साथ है।"

माता की सहृदय बातों से कनक को बड़ा सुख हुआ। स्नेह-जल में सिक्त होकर वह बोली, "अम्मा! यह सब तो वे कुछ जानते ही नहीं। मैं कह भी नहीं सकती। किसी तरह इशारा करती हूँ तो कोई जैसे मुझे पकड़कर दबा देता है। कुछ बोलना चाहती हूँ तो कण्ठ से आवाज़ ही नहीं निकलती।"

"तुम उन्हें कुछ दिन बहलाकर रखो। समय आने पर सब बातें आप खुल जाएगी। मैं अपनी तरफ़ से कोई कार्रवाई करूँगी तो इसका उन पर बुरा असर पड़ेगा।"

नौकर से जेवर का बॉक्स बढ़ा देने के लिए सर्वेश्वरी ने कहा।

आज कनक के लिए सबसे बड़ी परीक्षा का दिन है। आज की विजय उसकी सदा की विजय है। इस विचार से सर्वेश्वरी बड़े विचार से सोने और हीरे के अनेक प्रकार के आभरणों से उसे सजाने लगी। बालों में सुगन्धित तेल लगा, किनारे से तिरछाई माँग-काढ़, चोटी गूंधकर चक्राकार जुड़ा बाँध दिया। हीरे की कनी-जड़े सोने के फूलदार काँटे जूड़े में पिरो दिए। कनक ने अच्छी तरह सिन्दूर माँग में भर लिया। उसकी ललाई उस सिर का किसी के द्वारा कलम किया जाना सुमित कर रही थी। सर्वेश्वरी ने वसन्ती रंग की साड़ी पसन्द की। सिर से पैर तक कनक को सजा दिया उसने।

"अम्मा। मुझे तो यह सब भार लग रहा है। मैं चल न सकूँगी।"

सर्वेश्वरी ने कोई उत्तर नहीं दिया। कनक राजकुमार के कमरे की ओर चली। जीने पर उतरते समय आभरणों की झंकार से राजकुमार का ध्यान आकर्षित हुआ। अलंकारों की मंजीर-ध्वनि धीरे-धीरे निकट होती गई। अनुमान से उसने कनक के आने का निश्चय कर लिया। दरवाजे के पास आते ही कनक के पाँव ठिठक गए। सर्वांग संकोच से शिथिल पड़ गया। कृत्रिमता पर बड़ी लज्जित हुई। मन को किसी प्रकार दृढ़ कर होंठ काटती, मुस्कराती, वायु को केशों की सुरभि से सुगन्धित करती हुई, धीरे-धीरे चलकर गद्दी के एक प्रान्त में, राजकुमार के बिलकुल निकट बैठ गई।

राजकुमार ने केवल एक नज़र कनक को देख लिया। हृदय ने प्रशंसा की। मन ने एकटक यह छवि खींच ली। तत्काल प्रतिज्ञा के अदम्य झटके से हृदय की प्रतिमा शून्य में परमाणुओं की तरह विलीन हो गई। राजकुमार चुपचाप बैठा रहा। हृदय पर जैसे पत्थर रख दिया गया हो।

कनक के मन में राजकुमार के बहलाने की बात उठी। उठकर वह पास ही रखा सुरबहार उठा लायी। स्वर मिलाकर राजकुमार से कहा- "कुछ गाइए।"

"मैं गाता नहीं, आप गाइए। बड़ा सुन्दर गाती हैं आप।" 'आप' फिर कनक के प्राणों में चुभ गया। तिलमिला गई। इस चोट से हृदय के तार और दर्द से भर गए। वह गाने लगी-

हमें जाना इस जग के पार।

जहाँ नयनों से नयन मिले,
ज्योति के रूप सहस्र खिले,
सदा ही बहती रे रस-धार-
वहीं जाना इस जग के पार।

कामना के कुसुमों को कीट
काट करता छिद्रों की छीट,
यहाँ रे सदा प्रेम की ईंट
परस्पर खुलती सौ-सौ बार।

डोल सहसा सशय में प्राण,
रोक लेते हैं अपना गान,
यहाँ रे सदा प्रेम में मान,
ज्ञान में बैठा मोह असार।

दूसरे को कस, अन्तर तोल,
नहीं होता प्राणों का मोल;
वहाँ के बल केवल वे लोल
नयन दिखलाते निश्चल प्यार।

अपने मुक्त पंखों से स्वर के आकाश में उड़ती हुई भावना की परी को अपलक नेत्रों से राजकुमार देख रहा था। स्वर के स्रोत में उसने भी हाथ-पैर ढीले कर दिए। अलक्ष्य अज्ञान में बहते हुए उसे अपार आनन्द मिल रहा था। आँखों में प्रेम का बसन्त फूट आया, संगीत में प्रेमिका कोकिला कूक रही थी। एक साथ प्रेम की लीला में मिलन और विरह-प्रणय के स्नेह-स्पर्श से स्वप्न की तरह जाग उठे। मोती हुई स्मृति की विद्युत शिखाएँ हृदय से लिपटकर लपटों में जलने जलाने लगीं। तृष्णा की सूखी हुई भूमि पर वर्षा की धारा बह चली। दूर की किसी भूली हुई बात को याद करने के लिए, मधुर अस्फुट ध्वनि से श्रवण-सुख प्राप्त करने के लिए, दोनों कान एकाग्र हो चले। मन्त्र-मुग्ध मन में माया का अभिराम सुख-प्रवाह भर रहा था।

वह अकम्पित-अचंचल पलकों से प्रेम की पूर्णिमा में ज्योत्स्नामृत पान कर रहा था। देह की कैसी नवीन कान्ति कैसे भरे हुए सहज-सुन्दर अंग। कैसी कटी-छटी शोभा! इसके साथ मँजा हुआ अपनी प्रगति का कैसा अबोध स्वर ! जिसके स्पर्श से जीवन अमर, मधुर कल्पनाओं का केन्द्र बन रहा है। रागिनी की तरंगों से काँपते हुए उच्छ्वास, तान मूच्र्छनाएँ उसी के हृदय-सागर की ओर अनर्गल विविध भंगिमाओं से बढ़ती चली आ रही हैं। कैसा कुशल छल। उसका सर्वस्व उसने छीन लिया और इस दान में प्राप्ति भी कितनी अधिक, जैसे इसके तमाम अंग उसके हुए जा रहे हैं और उसके-इसके।

राजकुमार एकाग्रचित्त से रूप और स्वर पान कर रहा था। एक-एक शब्द से कनक उसके मर्म तक स्पर्श कर रही थी। संगीत के नशे में रूप के लावण्य में अलंकारों की प्रभा से चमकती हुई कनक मरीचिका के उस पथिक को पथ से भुलाकर बहुत दूर, बहुत दूर ले गई। वह सोचने लगा, 'यह सुख क्या व्यर्थ है? यह प्रत्यक्ष ऐश्वर्य आकाश-पुष्प की तरह केवल काल्पनिक कहा जाएगा? यदि इस जीवन की कान्ति हृदय के मधु और सुरभि के साथ वृक्ष पर ही सूख गई, तो क्या फल?'

"कनका तुम मुझे प्यार करती हो?" सहसा वह कह उठा।

कनक को इष्ट मन्त्र के लक्ष जप के पश्चात् सिद्धि मिली। उसके हृदय-सागर को पूर्णिमा का चन्द्र दिख पड़ा। उसके यौवन का प्रथम स्वप्न, सत्य के रूप में मूर्तिमान हो, आँखों के सामने आ गया। चाहा की जवाब दे, पर लज्जा से समस्त अंग जकड़ से गए। हृदय में एक अनुभूत विद्युत प्रवेश कर गुदगुदा रही थी।

ऐसी दशा आज तक कभी न हुई थी। मुक्त आकाश में उड़ती हुई रंगीन परों की विहंगपरी राजकुमार के मन की डाल पर बैठी थी, पर किसी जंजीर से नहीं बँधी, किसी पिंजड़े में नहीं आई पर इस समय उसी की प्रकृति उसके प्रतिकूल हो रही है। वह चाहती है, कहूँ, पर प्रकृति उसे कहने नहीं देती। क्या यह प्यार वह प्रदीप है, जो एक ही एकान्त गृह का अन्धकार दूर कर सकता है? क्या वे सूर्य और चन्द्र नहीं, जो प्रति गृह को प्रकाशित करें?

इस एकाएक आए हुए लाज-पाश को काटने की कनक ने बड़ी कोशिश की, पर निष्फल हुई। उसके प्रयत्न की शक्ति से आकस्मिक लज्जा के आक्रमण में ज़्यादा शक्ति थी। कनक हाथ में सुरबहार लिए, रत्नों की प्रभा में चमकती हुई, सिर झुकाये, चुपचाप बैठी रही। इस समय राजकुमार की तरफ़ निगाह भी नहीं उठ रही थी। मानो एक 'तुम' द्वारा जिसने उसे इतना दे दिया, जिसके भार से आप ही आप उसके अंग दाता की दृष्टि में नत हो गए, उस स्नेह-सुख का भाव हटाकर आँखें उठाना उसे स्वीकार नहीं।

बड़ी मुश्किल से एक बार सजल, अनिमेष दृगों से सिर झुकाये हुए ही उसने राजकुमार की ओर देखा। वह दृष्टि कह रही थी "क्या अब भी तुम्हें अविश्वास है? क्या अभी और प्रमाण देने की आवश्यकता होगी?"

उन आँखों की वाणी पढ़कर राजकुमार एक दूसरी परिस्थिति में पहुँच गया। जहाँ प्रचण्ड कान्ति विवेक को पराजित कर लेती है, किसी स्नेह अथवा स्वार्थ के विचार से दूसरी श्रृंखला तोड़ दी जाती है, अनावश्यक परिणाम को एक भूल समझकर।

सन्ध्या हो रही थी। सूर्य की किरणों का तमाम सोना कनक के सोने के रंग में, पीत सोने-सी साड़ी और सोने के रत्नाभूषणों में, मिलकर अपनी सुन्दरता एवं अपना प्रकाश देखना चाहता था और कनक चाहती थी, सन्ध्या के स्वर्ण-लोक में अपने सफल जीवन की प्रथम स्मृति को हृदय में सोने के अक्षरों से लिख लें।

इंगित से एक नौकर को बुला कनक ने पढ़ने के कमरे से कागज, कलम और दावात ले आने के लिए कहाँ। सुरबहार वहीं, गद्दी पर, एक बग़ल रख दिया। नौकर कुल सामान ले आया।

कनक ने कुछ लिखा और गाड़ी तैयार करने की आज्ञा दी। काग़ज़ नौकर को देते हुए कहा- "यह सामान नीचे की दूकान से जल्द ले आओ।"

राजकुमार को कनक की शिक्षा के बारे में अधिक ज्ञान न था। वह उसे साधारण पढ़ी-लिखी स्त्री में शुमार कर रहा था।

कनक जब लिख रही थी, तब लिपि देखकर उसे मालूम हो गया कि कनक अँगरेजी जानती है। लिखावट सुन्दर, सधी हुई दूर से मालूम दे रही थी।

"अब हवाखोरी का समय है।" कनक एक भार-सा अनुभव कर रही थी, जो बोलते समय उसके शब्दों पर भी अपना गुरुत्व रख रहा था। राजकुमार के संकोच की अर्गला, कनक के आदर, शिष्टता और स्वभाव के अकृत्रिम प्रदर्शन से आप-ही-आप खुल गई। यों भी वह एक बहुत ही स्पष्ट, स्वतन्त्र प्रकृति का युवक था। अनावश्यक सभ्यता का प्रदर्शन उसमें नाम-मात्र को न था। जब तक वह कनक को समझ न सका, उसने शिष्टाचार बरता। फिर घनिष्ठ परिचय के पश्चात्, अभिनय से सत्य की कल्पना लेकर, दोनों ने एक-दूसरे के प्रति कार्यतः जैसा प्रेम सूचित किया था, राजकुमार उससे कनक के प्रसंग की बिलकुल खुले हुए प्रवाह की तरह, हवा की तरह स्पर्श कर, बहने लगा। वह देखता था, उससे कनक प्रसन्न होती है, यद्यपि उसकी प्रसन्नता बाढ़ के जल की तरह उसके हृदय के कूलों को छापकर नहीं छलकने पाती। केवल अपने सुख की पूर्णता, अपनी अन्तस्तरंगों की टलमल, प्रसन्नता अपनी सुखद स्थिति का ज्ञान मात्र करा देती है।

"तुम अँगरेजी जानती हो, मुझे नहीं मालूम था।"

कनक मुस्करायी, "हाँ, मुझे कैथरिन घर पर पढ़ा जाया करती थी। थोड़े ही दिन हुए, मैंने पढ़ना बन्द किया है। हम लोगों के साथ, अदालत से आते समय कैथरिन ही थी।"

राजकुमार के मानसिक सम्मान में कनक का दर्जा बढ़ गया। उसने उस ग्रन्थ को पूर्णतया नहीं पढ़ा, इस अज्ञान-मिश्रित दृष्टि से कनक को देख रहा था। उसी समय नौकर एक काग़ज़ में बँधा हुआ कुछ सामान लाकर कनक के सामने रख गया।

कनक ने उसे खोलकर देखा। फिर राजकुमार से कहा- "लीजिए, पहन लीजिए। शाम हो रही है, टहल आवें प्रिंस ऑफ वेल्स घाट की तरफ़।"

राजकुमार को बड़ा संकोच मालूम हुआ। पर कनक के आग्रह को टाल न सका वह। चुपचाप नये वस्त्र और जूते पहन लिए।

कनक ने कपड़े नहीं बदले। उन्हीं वस्त्रों में वह उठकर खड़ी हो गई। राजकुमार के सामने ही एक बड़ा शीशा दीवार पर लगा था। कनक इस तरह खड़ी हुई कि उसकी साड़ी और कुछ दाहिने अंग राजकुमार के आधे अंगों से छू गए। वह उसी तरह खड़ी हुई हृदय की आँखों से राजकुमार की दर्पण की आँखें देख रही थी। वहाँ उसे जैसे लज्जा न थी। राजकुमार ने भी छाया की कनक को देखा। दर्पण में चार असंकुचित नेत्र, जिनमें एक ही मर्म, एक ही स्नेह का प्रकाश था, मुस्करा उठे।

अलंकारों के भार से कनक की सरल गति कुछ मन्द पड़ गई थी। राजकुमार को बुलाकर वह नीचे उतरने लगी। कुछ देर तक खड़ा वह उसे देखता रहा। कनक नीचे उतर गई। राजकुमार भी चला।

कार तैयार खड़ी थी। अर्दली ने पीछे की सीट का द्वार खोल दिया। कनक ने राजकुमार को बैठने के लिए कहा। राजकुमार बैठ गया। लोगों की भीड़ लग रही थी। अवाक् नेत्रों से आला-अदना सभी कनक को देख रहे थे। राजकुमार के बैठ जाने पर कनक भी वहीं एक बगल बैठ गई। आगे की सीट पर, ड्राइवर की बायीं तरफ़, अर्दली भी बैठ गया। गाड़ी चल दी। राजकुमार ने पीछे किसी को कहते हुए सुना- "वाह रे तेरे भाग!"

गाड़ी बेलिंगटन-स्ट्रीट से होकर धरमतल्ले की तरफ़ दौड़ने लगी।

सूर्य की अन्तिम किरणें दोनों के मुख पर सीधी पड़ रही थीं, जिससे कनक पर लोगों की निगाह नहीं ठहरती थी। सामने खड़े लोग उसे एकटक देखते रहते। इस प्रकार आभूषणों से सजी हुई महिला को अनवगुण्ठित, निस्त्रस्त, चितवन, स्वतन्त्र रूप से, पत्नी मोटर पर विहार करते प्रायः किसी ने नहीं देखा था। इस अकाट्य युक्ति को कटी हुई प्रमाण के रूप में प्रत्यक्ष कर लोगों को बड़ा आश्चर्य हो रहा था। कनक के वेश में उसके मातृपक्ष की तरफ़ जरा भी इशारा न था। कारण, उसके मस्तक का सिन्दूर ऐसे समस्त सन्देह की जड़ काट रहा था। कलकत्ता की अपार जनता की मानस प्रतिमा बनी हुई, अपने नवीन नयनों की स्निग्ध किरणों से दर्शकों को प्रसन्न करती, कनक किले की तरफ़ जा रही थी।

कितने ही, छिपकर आँखों से रूप पीनेवाले, मुँहचोर हवाखोर, उसकी मोटर के पीछे अपनी गाड़ी लगाये हुए, अनर्गल शब्दों में उसकी समालोचना करते हुए, उच्च स्वर से कभी-कभी सुनाते हुए भी चले जा रहे थे। गाड़ी इडेन-गार्डन के पास से गुजर रही थी।

"अभी वह स्थान- देखिए नहीं दिख पड़ता।" कनक ने राजकुमार का हाथ पकड़कर कहा।"

"हाँ। पेड़ों की आड़ है। यह क्रिकेट ग्राउण्ड है। वह क्लब है, जो पत्तियों चें हरा-हरा दिखाई दे रहा है। एक बार फर्स्ट बटालियन से यहीं हम लोगों का फाइनल कूचबिहार-शील्ड- मैच हुआ था।" भूली बात के आकस्मिक स्मरण से राजकुमार का स्वर कुछ मन्द पड़ रहा था।

"आप किस टीम में थे?"

"विद्या-सागर-कॉलेज की टीम में। तब मैं चौथे वर्ष में था।"

"स्कोर क्या रहा?"

"356- 130 से हम लोग जीते थे।"

"बड़ा डिफरेंस रहा।"

"हाँ।"

"किसी ने सेंचुरी भी की थी?"

"हाँ! इसी से तो इतना अन्तर आ गया था। हमारे प्रो. बनर्जी बॉलिंग बहुत अच्छी करते थे।"

"सेंचुरी किसने की थी?"

राजकुमार कुछ देर चुप रहा। फिर धीमे, सहज कण्ठ से कहा- "मैंने।"

गाड़ी अब प्रिंस-ऑफ वेल्स-घाट के सामने थी।

कनक ने ड्राइवर को आदेश दिया "इडेन गार्डन लौट चलो।"

ड्राइवर ने मोटर घुमा दी।

राजकुमार किले के बेतार-के-तारवाले ऊँचे खम्भे को देख रहा था। कनक की ओर देखकर कहा- "इसकी कल्पना पहले हमारे जगदीशचन्द्र बसु के मस्तिष्क में आई थी!"

मोटर बढ़ाकर ड्राइवर ने गेट के पास रोक दी। राजकुमार उतरकर कलकत्ता ग्राउण्ड का हो-हल्ला सुनने लगा।

कनक ने कहा- "क्या आज कोई विशेष मैच था?"

"मालूम नहीं। लगता है मोहनबाग़ान तथा कलकत्ता लीग में मैच हो रहा है और शायद मोहनबाग़ान ने गोल किया है। जीतने पर अँगरेज इतना हल्ला नहीं करते।"

दोनों धीरे-धीरे सामने बढ़ने लगे। मैदान बीच से पार करने लगे। किनारे की कुर्सियों पर बहुत-से लोग बैठे थे। कोई-कोई टहल रहे थे। पश्चिम की ओर योरोपियन उनकी महिलाएँ और बालक थे, पूर्व की कतार में बंगाली, गुजराती, मराठी, मदरासी पंजाबी, मारवाड़ी, सिन्धी आदि मुक्त कण्ठ से अपनी-अपनी मातृभाषा का महत्त्वा प्रकट कर रहे थे। सहसा इन सबकी दृष्टि के आकर्षण का मुख्य केन्द्र उस समया कनक हो गई। मृत-अश्रुत, स्फुट अस्फुट अनेक प्रकार की, समीचीन-अर्वाचीन आलोचना-प्रत्यालोचनाएँ सुनती हुई, निस्संकोच, अम्लान, निर्भय, वीतराग, धीरे-धीरे, राजकुमार का हाथ पकड़े हुए, कनक फव्वारे की तरफ़ बढ़ रही थी। युवक राजकुमार की आँखों में वीर्य प्रतिभा, उच्छृंखलता और तेज झलक रहा था।

"उधर चलिए।" कनक ने एक कुंज की ओर इशारा किया। दोनों उधर ही बढ़ चले।

दूसरा छोटा मैदान पार कर दोनों उसी पूर्व-परिचित कुंज की ओर बढ़े। बेंच खाली पड़ी थी। दोनों बैठ गए। सूर्यास्त हो चुका था। बलियाँ जल चुकी थीं। कनक मजबूती से राजकुमार का हाथ पकड़े हुए पुल के नीचे से डाँड बन्द कर आते हुए नाव पर कुछ नवयुवकों को देख रही थी। वे नाव घाट की तरफ़ ले गए। राजकुमार एक दूसरी बेंच पर बैठे हुए एक नवीन योरोपीय जोड़े को देख रहा था। वह बेंच पुल के उस तरफ, खुली जमीन पर, खाई के किनारे थी। "आपने यहीं मेरी रक्षा की थी।" कुछ भरे हुए सहज स्वर में कनक ने कहा।

"दैव-योग से मैंने देख लिया था, अन्यथा..."

"अब आपको सदा मेरी रक्षा करनी होगी।" कनक ने राजकुमार के हाथ को मुट्ठी में ज़ोर से दबाया।

राजकुमार कुछ न बोला, सिर्फ़ कनक के स्वर से कुछ सजग होकर उसकी तरफ़ निहारा। उसके मुख पर बिजली का प्रकाश पड़ रहा था। आँखें एक दूसरी ही ज्योति से चमक रही थीं, जैसे बह एक प्रतिज्ञा की मूर्ति देख रहा हो।

"तुमने भी मुझे बचाया है।"

"मैंने तो अपने स्वार्थ के लिए आपको बचाया।"

"तुम्हारा कौन-सा स्वार्थ?"

कनक ने सिर झुका लिया। कहा- "मैंने अपना धर्म-पालन किया।"

"हाँ! तुमने उस दिन के उपकार का पूरे अंशों में बदला चुका दिया।"

कनक काँप उठी। 'कितने कठोर होते हैं पुरुष । इन्हें सँभलकर वार्तालाप करना नहीं आता। क्या यही यथार्थ उत्तर है?' कनक सोचती रही। फिर तमककर कहा- "हाँ। मैंने ठीक बदला चुकाया, मैं भी स्त्री हूँ।" उसने राजकुमार का हाथ छोड़ दिया।

राजकुमार को कनक के कर्कश स्वर से सख्त चोट लगी। चोट खाने की आदत न थी। आँखें चमक उठीं। हृदय-दर्शी की तरह मन ने कहा- 'इसने ठीक उत्तर दिया, बदले की बात तुम्हीं ने तो उठायी थी।' राजकुमार के अंग शिथिल पड़ गए।

कनक को अपने उत्तेजित उत्तर के लिए कष्ट हुआ। उसने पुनः राजकुमार का हाथ पकड़ स्नेह-सिक्त, कोमल स्वर में कहाँ- "बदला क्या! क्या मेरी रक्षा किसी आकांक्षा के विचार से तुमने की थी?"

'तुमने।' राजकुमार का सम्पूर्ण तेज पिघलकर 'तुमनें' में बह गया। हाथ आप-ही-आप उठकर कनक के कन्धे पर ठहर गया। विवश कण्ठ ने आप-ही-आप कहा- "क्षमा करो, गलती मेरी थी।"

सामने से बिजली की रोशनी और पत्तों के बीच से हँसती हुई चन्द्रज्योत्स्ना दोनों के मुख पर पड़ रही थी। पत्रों के मर्मर से मुखर बहती हुई अदृश्य हवा डालियों पुष्प-पल्लवों और दोनों के बँधे हुए हृदयों को सुख की लालसा से स्नेह के झूले में हिलाकर चली गई। दोनों कुछ देर चुपचाप बैठे रहे।

दोनों स्नेह-दीप के प्रकाश में एकान्त हृदय के कक्ष में, परिचित हो गए। कनक पति की पावन मूर्ति देख रही थी और राजकुमार प्रेमिका की सरस, लावण्यमयी अपराजित आँखें-संसार के प्रलय से बचने के लिए उसके हृदय में लिपटी हुई एक कृशांगी सुन्दरी।

"एक बात पूछूँ?" कनक ने राजकुमार के कन्धे पर ठोढ़ी रखते हुए पूछा।

"पूछो।"

"तुम मुझे क्या समझते हो?"

"मेरी सुबह की पलकों पर उषा की किरण।" राजकुमार कहता गया, "मेरे साहित्यिक जीवन-संग्राम की विजय।"

कनक के सूखे कण्ठ की तृष्णा को केवल तृप्त हो रहने को जल था; पूरी तृप्ति का भरा हुआ तड़ाग अभी दूर था।

राजकुमार कहता गया, "मेरी आँखों की ज्योति, कण्ठ की वाणी, शरीर की आत्मा, कार्य की सिद्धि, कल्पना की तस्वीर, रूप की रेखा, डाल की कली, गले की माला, स्नेह की परी, जल की तरंग, रात की चाँदनी दिन की छाँह...!"

"बस बसः इतनी कविता एक ही साथ कि मैं याद भी न कर सकूँ। कवि लोग, सुनती हूँ, दो-ही-चार दिन में अपनी ही लिखी हुई पंक्तियाँ भूल जाते हैं।"

"पर कविता तो नहीं भूलते?"

"तब काव्य की प्रतिमा उनके सामने दूसरे ही रूप में खड़ी होती है।"

"कवि एक ही सरस्वती में समस्त मूर्तियों का समावेश देख लेते हैं।"

"और यदि मानसिक विद्रोह के कारण सरस्वती के अस्तित्व पर भी सन्देह ने सिर उठाया?"

"तो पक्की लिखा-पढ़ी भी बेकार है। कारण, किसी अदालत का अस्तित्व मानने-न-मानने पर ही स्थिर है।"

कनक चुप हो गई। एक घण्टा रात बीत चुकी थी। उसे अपनी प्रतिज्ञा याद आई। कहा- "आज मैंने कहा था, तुम्हें खुद पकाकर खिलाऊँगी। अब चलना चाहिए।"

राजकुमार उठकर खड़ा हो गया। कनक भी खड़ी हुई। राजकुमार का बायाँ हाथ अपने दाहिने हाथ में लपेट, चाँदी में चमकती, लावण्य की नयी लता-सी हिलती-डोलती सड़क की तरफ़ चली।

"मैं अब भी तुम्हें नहीं समझ सका, कनक!"

"मैं कोई गूढ़ समस्या बिलकुल नहीं हूँ। तुम मुझी से मुझे समझ सकते हो, उसी तरह, जैसे अपने को आईने से और तुम्हारे-जैसे आदमी के लिए जिसने मेरे जीवन के कुछ अंक पढ़े हों, मुझे न समझ सकना मेरे लिए भी वैसे ही रहस्य की

सृष्टि करता है। और, यह जानकर तुम्हें कुछ लज्जा होगी कि तुम मुझे नहीं समझ सके पर अब मेरे लिए तुम्हें समझने की कोई दुरूहता नहीं रही।"

"तुमने मुझे क्या समझा?"

"यह मैं नहीं बतलाना चाहती। तुम्हें मैंने... न, नहीं बतलाऊँगी।"

"क्यों! क्यों नहीं बतलाइएगा? मैं भी आज सुनकर ही छोड़ूंगा।"

राजकुमार, कनक को पकड़कर फव्वारे के पास खड़ा हो गया। उस समय वहाँ दूसरा कोई न था।

"चलो भी, सच, बड़ी देर हो रही है, मुझे अभी बड़ा काम है।"

"नहीं! अब बतलाना होगा।"

"क्या?"

"यही! आप मुझे क्या समझीं?"

"क्या समझी?"

"हाँ! क्या समझी?"

"लो। कुछ नहीं समझे यही समझे।"

"अच्छा। अब शायरी होगी?"

"तभी तो आपके सब रूपों में कविता बनकर रहा जाएगा। नहीं। अब ठहरत ठीक नहीं। चलो। अच्छा-अच्छा, नाराजगी ठीक नहीं, मैंने तुम्हें दुष्यन्त समझा। कहीं बात अब भी साफ नहीं हुई?"

"कहाँ हुई?"

"और समझाना मेरी शक्ति से बाहर है। समझ आया, तो समझा दिया जाएगा।"

राजकुमार मन-ही-मन में सोचता रहा, 'दुष्यन्त का पार्ट जो मैंने किया था, इसने उसका मज़ाक तो नहीं उड़ाया अभिनय कहीं-कहीं बिगड़ जो गया था। और? और क्या बात होगी?' राजकुमार जितना ही बुनता, कल्पना-जाल उतना ही जटिल होता जा रहा था। दोनों गाड़ी के पास आ गए। अर्दली ने दरवाज़ा खोल दिया। दोनों बैठ गए। मोटर चल दी।

10

घर आकर कनक ने राजकुमार को अपने पढ़नेवाले कमरे में छोड़ दिया। स्वयं माता के पास चली गई। नौकर ने आलमारियाँ खोल दीं। राजकुमार किताबें निकालकर देखने लगा।

अँगरेजी-साहित्य के बड़े-बड़े कवि, नाटककार और उपन्यासकारों की कृतियाँ थीं। दूसरे देशों के बड़े-बड़े साहित्यिकों के अँगरेजी अनुवाद भी रखे थे। राजकुमार आग्रह पूर्वक किताबों के नाम देखता रहा।

कनक माता के पास गई। सर्वेश्वरी ने सस्नेह कन्या को पास बैठा लिया।

"कोई तकरार तो नहीं की?" माता ने पूछा।

"तकरार कैसी, अम्मा। पर उड़ता हुआ स्वभाव है, यह पिंजरे बाले नहीं हो सकते।" कनक ने लज्जा से रुकते हुए स्वर में कहा।

कन्या के भविष्य सुख की कल्याण-कल्पना से माँ की आँखों में चिन्ता को रेखा अकित हो गई। "तुम्हें प्यार तो करते हैं न?" पुनः प्रश्न किया उसने।

कनक का सौन्दर्य दीप्त मस्तक आप ही आप झुक गया- "हाँ। बड़े सहदय हैं, पर दिल में एक आग है, जिसे मैं बुझा नहीं सकती। और, मेरे विचार से उस आग को बुझाने की कोशिश में मुझे अपनी मर्यादा से गिर जाना होगा। मैं ऐसा नहीं कर सकूँगी। चाहती भी नहीं। बल्कि देखती हूँ, मैं स्वभाव के कारण कभी-कभी उसमें हवा का काम कर जाती हूँ।"

"इसीलिए तो मैंने तुम्हें पहले समझाया था पर तुम्हें अब अपनी तरफ़ से कोई शिक्षा मैं नहीं दे सकती।"

"आज अपने हाथों पकाया भोजन खिलाने का वादा किया है, अम्मा!" कनक उठकर खड़ी हो गई। कपड़े बदलकर नहाने के कमरे में चली गई। नौकर को तीन मंजिले वाले खाली कमरे में भोजन का कुछ सामान तैयार रखने को कहा।

राजकुमार एक कुर्सी पर बैठा संवाद-पत्र पढ़ रहा था। हिन्दी और अँगरेजी के कई पत्र कायदे से टेबिल पर रखे थे। एक पत्र में बड़े-बड़े अक्षरों में लिखा था-

"चन्दनसिंह गिरफ्तार!"

आग्रह-स्फारित नेत्रों से एक साँस में राजकुमार कुछ इबारत पढ़ गया। लखनऊ-षड्यन्त्र के मामले में चन्दन गिरफ़्तार किया गया था। दोनों एक ही साथ कॉलेज में पढ़ते थे। दोनों एक ही दिन अपने-अपने लक्ष्य पर पहुँचने के लिए मैदान में आए थे। चन्दन राजनीति की तरफ़ गया था, राजकुमार साहित्य की तरफ़। चन्दन का स्वभाव कोमल था, हृदय उग्र। व्यवहार में उसने कभी किसी को नीचा नहीं दिखाया। राजकुमार को स्मरण आया, वह जब उससे मिलता, झरने की तरह शुभ्र, स्वच्छ बहती हुई अपने स्वभाव की जल-राशि में नहला वह उसे शीतल कर देता था। वह सदा ही उसके साहित्यिक कार्यों की प्रशंसा करता रहता है। उसे बसन्त की शीतल हवा में सुगन्धित पुष्पों के प्रसन्न कौतुक हास्य के भीतर के कोयलों, पपीहों तथा अन्यान्य वन्य विलगों के स्वागत-गीत से मुखर डालों की छाया में होकर गुजरने वाला देव-लोक का यात्री ही कहता रहा है, और अपने को ग्रीष्म के तपे हुए मार्ग का पथिक, सम्पत्ति वालों की क्रूर हास्य-कुचित दृष्टि में फटा निस्सम्मान भिक्षुक गली-गली की ठोकरें खाता हुआ, मारा-मारा फिरनेवाला रसलेशरहित कंकाल बतलाया करता था। वही मित्र, दुख के दिनों का, वही साथी सुख के समय के। वही संयमी आज निस्सहाय की तरह पकड़ लिया गया।

राजकुमार क्षुब्ध हो उठा। अपनी स्थिति से उसे घृणा हो गई। एक तरफ़ उसका वह मित्र था और दूसरी तरफ़ माया के परिमल वसन्त में कनक के साथ वह? छिह-छिह, वह और चन्दन...?

राजकुमार की वृत्तियां एक ही अंकुश में सतर्क हो गई। उसकी प्रतिमा की दृष्टि से उसे देख रही थी, 'साहित्यिक। तुम कहाँ हो? तुम्हें केवल का अधिकार है, रस-ग्रहण करने का नहीं।'

उसकी प्रकृति उसका तिरस्कार करने लगी, 'आज आँसुओं में अपनी शृंगार छवि देखने के लिए आए हो? कल्पना के प्रासाद-शिखर पर एक दिन एकाकी देवी के रूप से तुमने पूजा की, आज दूसरी को प्रेयसी के रूप से हृदय से लगाना चाहते हो। छिह-छिह संसार से सहस्रों प्राणों के पावन संगीत तुम्हारी कल्पना से निकलने चाहिए। कारण, वहाँ साहित्य की देवी सरस्वती ने अपना अधिष्ठान किया, जिनका सभी के हृदयों में सूक्ष्म रूप से वास है। आज तुम इतने संकुचित

हो गए कि उस समस्त प्रसार को सीमित कर रहे हो? श्रेष्ठ को इस प्रकार बन्दी करना असम्भव है, शीघ्र ही तुम्हे उस स्वर्गीय शक्ति में रहित होना होगा। जिस मेघ ने वर्षा की जलद राशि वाष्प के आकार से संचित कर रखी थी, आज यह एक ही हवा चिरकाल के लिए उसे तृष्णार्थ भूमि के ऊपर से उड़ा देगी।'

राजकुमार त्रस्त हो उठा। हृदय ने कहा, गलती की। निश्चय ने सलाह दी, प्रायश्चित करो। बन्दी की हँसती हुई आँखों ने कहा- 'साहित्य की सेवा करते हो न मित्र? मेरी माँ थी जन्मभूमि और तुम्हारी माँ भाषा। देखो, आज माता ने एकान्त में मुझे अपनी गोद में, अन्धकार की गोद में छिपा रखा है, तुम अपनी माता के स्नेह की गोद में प्रसन्न हो न?'

व्यंग्य के सहस्रों शूल एक साथ चुभ गए। जिस माता को वह राजराजेश्वरी के रूप में ज्ञान की सर्वोच्च भूमि पर अलंकृत बैठी हुई देख रहा था, आज उसी के नयनों में पुत्र की दशा पर करुणाश्रु बरस रहे थे। एक ओर चन्दन की समादृत मूर्ति देखी दूसरी ओर अपनी तिरस्कृत।

राजकुमार अधीर हो गया। देखा! सहस्रों दृष्टियाँ उसकी ओर इंगित कर रही हैं- यही है, यही है- इसी ने प्रतिज्ञा की थी, देखा! इसके कुल अंग गल गए हैं। लोग उसे देखकर घृणा से मुँह फेर लेते हैं। मस्तिष्क पर जोर देकर आँखें फाड़कर देखा, साक्षात् देवी एक हाथ में पूजार्घ्य की तरह थाली लिए हुए, दूसरे में वासित जल, कुल रहस्यों की एक ही मूर्ति में निस्संशय उत्तर की तरह धीरे-धीरे, प्रशान्त हेरती हुई, अपने अपार सौन्दर्य की आप ही उपमा, कनक आ रही थी। जितनी दूर-जितनी दूर भी निगाह गई, कनक साथ-हीं-साथ, अपने परमाणुओं में फैलती हुई, दृष्टि की शान्ति की तरह चलती गई। चन्दन, भाषा-भूमि, कहीं भी उसकी प्रगति प्रतिहत नहीं। सबने उसे बड़े आदर तथा स्नेह की स्निग्ध दृष्टि से देखा पर राजकुमार के लिए सर्वत्र एक ही-सा व्यंग्य कौतुक और हास्य !

कनक ने टेबल पर तश्तरी रख दी। एक और लोटा रख दिया। नौकर ने ग्लास दिया, भरकर ग्लास भी रख दिया।

"भोजन कीजिए।" शान्त दृष्टि से राजकुमार को देख रही थी वह।

राजकुमार उद्विग्न था। उसके हाथ उसकी आँखें, उसकी इन्द्रिय तन्त्रियाँ उसके बश में न थी। विद्रोह के कारण सब विश्रृंखल हो गई थीं। उनका सम्राट् ही उस समय दुर्बल हो रहा था।

भर्रायी आवाज से कहा "नहीं खाऊँगा।"

कनक तड़प उठी।

"क्यों?"

"इच्छा नहीं।"

"आख़िर कोई वजह?"

"कोई वजह नहीं।"

कनक सहम गई। क्या जिसे होटल में खाते हुए कोई संकोच नहीं, वह बिना किसी कारण उसका पकाया भोजन नहीं खा रहा?

"कोई वजह नहीं?" कनक कुछ कर्कश स्वर से बोली।

राजकुमार के सिर पर जैसे किसी ने लाठी मार दी। उसने कनक की तरफ़ देखा, आँखों से दोपहर की लपटें निकल रही थीं।

कनक डर गई। खोजकर भी उसने अपना कोई कसूर नहीं पाया। आप-ही-आप साहस ने उमड़कर कहा- खायेंगे कैसे नहीं!

"मेरा पकाया हुआ है।"

"किसी का हो।"

"किसी का हो। यह कैसा उत्तर?" कनक कुछ संकुचित हो गई। अपने जीवन पर सोचने लगी। खिन्न हो गई। माता की बात याद आई, वह महाराज कुमारी है। आँखों में साहस चमक उठा।

राजकुमार तमककर खड़ा हो गया। दरवाजे की तरफ़ बढ़ा। कनक वहीं मूर्तिवत्, निर्वाक, अनिमेष नेत्रों से राजकुमार के आकस्मिक परिवर्तन को पढ़ रही थी। चलते देख स्वभावतः बढ़कर उसे पकड़ लिया।

"कहाँ जा रहे हो?"

"छोड़ दो।"

"क्यों?"

"छोड़ दो।"

राजकुमार ने झटका दिया, कनक का हाथ छूट गया। कलाई दरवाजे से लगी। चूड़ी फूट गई। हवा में पीपल के पत्ते की तरह शंका से हृदय काँप उठा। चूड़ी कलाई में गड़ गई थी, खून बह निकला।

राजकुमार का किसी भी तरफ़ ध्यान न था। वह बराबर बढ़ता गया। कलाई का खून झटकते हुए कनक ने बढ़कर बाँहों में बाँध लिया उसे।

"छोड़ दो।"

"कहाँ जाते हो?"

कनक फूट पड़ी। आँसुओं का तार बँध गया। निःशब्द कपोलों से बहते हुए कई बूँद आँसू राजकुमार की दाहिनी भुजा पर गिरे। राजकुमार की जलती आग पर आकाश के शिशिरकणों का कुछ भी असर न पड़ा।

"नहीं खाओगे?"

"नहीं।"

"आज यहीं रहो। बहुत-सी बातें है, सुन लो, फिर कभी न आना। मैं हमेशा तुम्हारी राह छोड़ दिया करूँगी।"

"नहीं।"

"नहीं?"

"नहीं।"

"क्यों?"

"तबियत।"

"तबियत?"

"हाँ।"

"जाओ।"

कनक ने छोड़ दिया। उसी जगह, तस्वीर की तरह खड़ी आँसुओं के पुन्च से, एकटक देखती रही। राजकुमार सीधा नीचे उतर आया। दरवाते से कुछ ही दूर तीन-चार आदमी खड़े आपस में बातें कर रहे थे-

"उस रोज गाना नहीं सुनाया।"

दूसरे ने कहा- "घर में कोई रहा होगा, इसीलिए बहाना कर दिया कि तबियत अच्छी नहीं।"

तीसरा बोला -"लो, एक यह जा रहे हैं।"

"अजी, यह कहाँ जाएँगे? बेटा निकाल दिए गए होंगे। देखो न, सूरत क्या कहती है।"

राजकुमार सुनता जा रहा था। पास ही एक मोटर खड़ी थी। फुटपाथ पर खड़े ये चारों बातें कर रहे थे। घृणा से राजकुमार का अंग-अंग जल उठा। इन बातों से क्या उसके चरित्र पर कहीं सन्देह करने की जगह रह गई? इससे भी बड़ा प्रमाण और क्या होगा...? छिः इतना पतन भी राजकुमार, जैसा दृढ़ प्रतिज्ञ सह सकता है? उसे लगा कि किसी अन्ध-कारागार से मुक्ति मिली, उसका उतनी देर के लिए रौरवभोग था, समाप्त हो गया।

वह सीधे कार्नवालिस स्ट्रीट की तरफ़ चला। चोरबाग़ान, अपने डेरे, पर पहुँच ससंकोच, कपड़े उतार दिए, धोती बदल डाली। नये कपड़े लपेटकर नीचे, एक बग़ल, जमीन पर रख दिए। हाथ-पैर धो अपनी चारपाई पर लेटा रहा। बिजली की बत्ती जल रही थी।

चन्दन की याद आई। बिजली से खिंची हुई-सी कनक यहाँ अपने प्रकाश में चमक उठी। राजकुमार जितनी ही घृणा, जितनी ही उपेक्षा कर रहा था, वह उतनी ही चमक रही थी। आँखों से चन्दन का चित्र उस प्रकाश में छाया की तरह विलीन हो जाता, केवल कनक रह जाती थी। कान बराबर उस मधुर स्वर को सुनना चाहते थे। हृदय से निरन्तर प्रतिध्वनि होने लगी, 'आज यहीं रहो। बहुत-सी बातें हैं, सुन लो, फिर कभी न आना, मैं हमेशा ही तुम्हारी राह छोड़ दिया करूंगी।'

राजकुमार ने नीचे देखा, अखबार वाला झरोखे से उसका अखबार डाल गया था। उठकर पढ़ने लगा। अक्षर लकीर से मालूम पड़ने लगे। जोर से पलकें दबा लीं। हृदय में उदास खड़ी कनक कह रही थी, "आज रहो...." राजकुमार उठकर बैठ गया। एक कुर्ता निकालकर पहनते हुए घड़ी की तरफ़ देखा, ठीक दस का समय था। बॉक्स खोलकर कुछ रुपये निकाले। स्लीपर पहनकर बत्ती बुझा दी। दरवाजा बन्द कर दिया। बाहर सड़क पर आ खड़ा देखता रहा।

"टैक्सी।"

टैक्सी खड़ी हो गई।राजकुमार बैठ गया।

"कहाँ चलिएगा?"

"भवानीपुर।"

टैक्सी एक दुमजिले मकान के गेट के सामने, फुटपाथ पर खड़ी हुई। राजकुणा ने भाड़ा चुका दिया। दरबान के पास जा ख़बर देने के लिए कहा।

"अरे भैया। यहाँ बड़ी आफ़त रही, अब आपको मालूम हो जाएगा। माता जी क साथ लेकर बड़े भैया लखनऊ चले गए हैं। घर में बहूरानी अकेली हैं।" एक साँग में दरबान सुना गया। फिर दौड़ता हुआ मकान के नीचे से पुकारने लगा- "महरी। अं महरी। सो गई क्या?" महरी नीचे आई।

"क्या है? इतनी रात को महरी, ओ महरी।"

"अरे भई! खफा न हो, जरा बहुरानी को ख़बर कर दे, रज्जू बाबू खड़े हैं।"

"यह बात नीचे से नहीं कह सकते थे?" तीन जगह से लोच खाती हुई, खासतौर से दरबान को अपनी नजाकत दिखाने के उद्देश्य से महरी चली गई। इस दरबान से उसका कुछ प्रेम था पर ध्वनि-तत्त्व के जानकारों को इस दरबान के प्रति बढ़ते हुए अपने प्रेम का पता लगाने का मौका अपने ही गले की आवाज़ से वह किसी तरह भी न देती थी।

ऊपर से उतरकर दासी राजकुमार को साथ ले गई। साफ़, अल्पसज्जित एक बड़े-से कमरे में 20-21 साल की एक सुन्दरी युवती पलंग पर, संध्या की संकुचित सरोजनी की तरह, उदास बैठी हुई थी। पलकों के पत्र आँसुओं के शिशिर से भारी हो रहे थे। एक ओर एक विशृंखल अँगरेजी संवाद-पत्र पड़ा हुआ था।

"कई रोज़ बाद आए रज्जू बाबू! अच्छे तो हो न?" युवती ने सहज धीमे स्वर से पूछा।

"जी।" राजकुमार ने पलंग के पास जा, हाथ जोड़ सिर झुका दिया।

"बैठो।" कन्धे पर हाथ रख युवती ने प्रति-नमस्कार किया। पास की एक कुर्सी, पलंग के बिलकुल नज़दीक खींचकर राजकुमार बैठ गया।

"रज्जू बाबू, तुम बड़े मुरझाये हुए हो। चार ही रोज में आधे रह गए, क्या बात है?"

"तबियत अच्छी नहीं थी।" इच्छा रहते हुए भी राजकुमार को अपनी विपत्ति सुनाना अनुचित जान पड़ा।"

"क्यों कुछ खाया तो होगा?" युवती ने सस्नेह पूछा।

"नहीं! इस वक्त नहीं खाया।" राजकुमार ने चिन्ता से सिर झुका लिया।

"महरी!"

महरी सुखासन में बैठी हुई कुछ बीड़ों में चूना और कत्था छोड़ चिट्ट-चिट्ट सुपारी कतर रही थी। आवाज पा, सरौता रखकर दौड़ी।

"जी।" महरी पलंग के बग़ल में खड़ी हो गई।

"मिठाई, नमकीन और कुछ फल तश्तरी में ले आ।"

महरी चली गई।

"हम लोग तो बड़ी विपत्ति में फँस गए हैं, रज्जू बाबू! अखबार में तुमने पढ़ा होगा।"

"हाँ! अभी ही पढ़ा है पर विशेष बातें कुछ समझ नहीं सका।"

मुझे भी नहीं मालूम। छोटे बाबू ने तुम्हारे भैया को लिखा था कि वहाँ किसानों का संगठन कर रहे हैं। इसके बाद ही सुना, लखनऊ षड्यन्त्र में गिरफ़्तार हो गए।" कहते-कहते युवती की आँखें भर आईं।

राजकुमार ने एक लम्बी साँस ली। कुछ देर कमरा प्रार्थना मन्दिर की तरह निस्तब्ध रहा। बात यह है कि राजकर्मचारी बहुत जगह, अकारण ही लांछन लगाकर, दूसरे विभाग के कार्यकर्ताओं को भी पकड़ लिया करते हैं।

अभी तो ऐसा ही जान पड़ता है।

"ऐसी ही बात होगी, बहूजी और, जो लोग छिपकर बाग़ी हो जाते हैं, उन्हें बाग़ी बनाने की ज़िम्मेदारी भी उन्हीं अधिकारियों पर है। उनके साथ इनका कुछ ऐसा तीखा बर्ताव होता है, ये जैसी नीची निगाह से उन्हें देखते हैं, वे बर्दाश्त नहीं कर पाते और उनकी मनुष्यता, जिस तरह भी सम्भव हुआ, इनके अधिकारों के विरुद्ध विद्रोह की घोषणा कर बैठती है।"

"मुमकिन है, ऐसा ही कुछ छोटे बाबू के साथ भी हुआ हो।"

"बहुजी, चलते समय भैया और कुछ भी तुमसे नहीं कह गए?" तेज निगाह से राजकुमार ने युवती को देखकर कहा।

"ना।" युवती सरल नेत्रों से इसका आशय पूछ रही थी।

"यहाँ चन्दन की किसी दूसरी तरह की चिट्ठियाँ तो नहीं हैं?"

युवती घबरायी, "मुझे नहीं मालूम!"

"उनकी विप्लवात्मक किताबें होंगी ही, अगर ले नहीं गए?"

"मैंने उनकी आलमारी नहीं देखी।" युवती का कलेजा धक् धक् करने

"ताज्जुब क्या, अगर कल पुलिस यहाँ सर्च करें।"

युवती त्रस्त चितवन से सहायता प्रार्थना कर रही थी। "अच्छा हुआ, तुम आ रज्जू बाबू! मुझे इन बातों से बड़ा डर लग रहा है।"

"बहुजी।" राजकुमार ने चिन्ता की नज़र से, कल्पना द्वारा दूर परिणाम पहुँचकर, पुकारा।

"क्या?" स्वर के तार में शंका थी।

"ताली तो आलमारियों की होगी तुम्हारे पास ? चन्दन की पुस्तकें और चिट्ठित जितनी हों, सब एक बार देखना चाहता हूँ।"

युवती घबरायी हुई उठकर द्वार की ओर चली। खोजकर तालियों का एक गुच्छा निकाला। राजकुमार के आगे-आगे जीने से नीचे उतरने लगी, पीछे राजकुमार अवश्यम्भावी विपत्ति पर अनेक प्रकार की कल्पनाएँ करता हुआ। नीचे एक बड़े-से हॉल के एक ओर एक कमरा था। यही चन्दन का कमरा था। वह जब यहाँ रहता था, प्रायः इस कमरे में बन्द रहा करता था। ऐसा ही उसे पढ़ने का व्यसन था। कमरे में कई आलमारियाँ थी। आलमारियों की अद्भुत किताबें राजकुमार की स्मृति में अपनी करुणा की कथाएँ कहती हुई सहानुभूति की प्रतीक्षा में मौन ताक रही थीं। कारागार उन्हें असह्य हो रहा था। वे शीघ्र अपने प्रिय के पाणिग्रहण की आशा कर रही थीं।

"बहूजी, गुच्छा मुझे दे दो।"

राजकुमार ने एक आलमारी खोली। वह एक, दो, तीन, चार, पाँच, छह, सात, आठ किताबें निकालता हुआ फटाफट फ़र्श पर फेंक रहा था।

युवती यन्त्र की तरह एक टेबल के सहारे खड़ी अपलक दृष्टि से उन किताबों को देख रही थी।

दूसरी, तीसरी, चौथी, पाँचवीं, छठी, कुल आलमारियों की राजकुमार ने अच्छी तरह तलाशी ली। जमीन पर करीब-करीब डेढ़-दो सौ किताबों का ढेर लग गया।

फ्रांस, रूस, चीन, अमेरिका, भारत, इजिप्ट, इंगलैण्ड सब देशों की, सजीव स्वर म बोलती हुई स्वतन्त्रता के अभिषेक से दृप्त-मुख, मनुष्य को मनुष्यता की शिक्षा देनेवाली किताबें थीं। राजकुमार दो मिनट तक दोनों हाथ कमर से लगाये उन किताबों को देखता रहा। युवती राजकुमार को देख रही थी। टप-टप कई बूंद-आँसू राजकुमार की आँखों से गिर गए। उसने एक ठण्डी साँस ली।

मुकुलित आँखों से युवती भविष्य की शंका की ओर देख रही थी।

"ये कुल किताबें अब चन्दन के राजनीतिक चरित्र के लिए आपत्तिकर हो सकती हैं।

"जैसा जान पड़े, करो।"

"भैयाजी शायद इन्हें जला देते।"

"और तुम?"

"मैं जला नहीं सकूँगा।"

"तब?"

"भाई चन्दन। तुम जीते। मेरी सौन्दर्य की कल्पना एक दूसरी जगह छिन गई, मेरी दृढ़ता पर तुम्हारी विजय हुई।" राजकुमार सोच रहा था। युवती राजकुमार की ओर एकटक देख रही थी।

"इन्हें मैं अपने यहाँ ले जाऊँगा।"

"अगर तुम भी पकड़ लिए गए? न, रज्जू बाबू! इन्हें फूँक दो।"

"क्या?"

राजकुमार की आँखें देख युवती डर गई।

राजकुमार ने किताबों को एकत्र कर बाँधा। फिर कहा- "और जहाँ-जहाँ आप जानती हों, जल्द देख लीजिए। अब तो दो बज रहे होंगे?"

युवती कर्तव्य-रहित-सी, निर्वाक् खड़ी राजकुमार की कार्रवाई देख रही थी। सचेत हो, ऊपर जाकर कोठरियों के काग़ज़ पत्र देखने चली। कमरे के बाहर महरी खड़ी मिली। एकाएक इस परिवर्तन को देखकर भीतर आने की उसकी हिम्मत न हुई। दहशत खायी हुई बोली, "जलपान बड़ी देर से रखा है।"

युवती लौट आई। राजकुमार से कहा- "रज्जू बाबू, पहले कुछ जलपान कर लो।"

"आप जल्द जाइए, मैं खा लूँगा। वहीं टेबल पर रखवा दीजिए।"

युवती चली गई। महरी ने वहीं चन्दन की टेबल पर, तश्तरी रख दी। जल-भरा ढक्कनदार लोटा और गिलास रख दिया।

राजकुमार शीघ्र ही दुबारा कुल आलमारियों की जाँच कर ऊपर चला गया। दो-एक घरेलू पत्र ही मिले।

"एक बात कहूँ?"

"कहो।"

"भैयाजी कब तक लखनऊ रहेंगे?"

"कुछ कह नहीं गए।"

"शायद जब तक चन्दन का फैसला न हो जाए, तब तक रहें।"के

"सम्भव है।"

"आप एक काम करें।"

"क्या?"

"चलिए। आपको आपके मायके छोड़ दूँ।"

युवती सोचती रही।

"सोचने का समय नहीं। जल्द हाँ-ना कीजिए।"

"चलो।"

"यहाँ पुलिस के लोग रहेंगे। आवश्यक चीजें, अपने गहने और नकद रुपये कुछ हों, ले लीजिए। शीघ्र ही सब ठीक कर लीजिए, ताकि चार बजे के पहले ह लोग यहाँ से निकल जाए।"

"मुझे बड़ा डर लग रहा है, रज्जू बाबू!"

"मैं हूँ ही अभी, कोई इन्सान आपका क्या बिगाड़ सकेगा? मैं लौटकर आपको तैयार देखूँ।"

राजकुमार गैरेज से मोटर निकाल लाया। किताबों का लम्बा-सा बँधा हुआ बण्डल उठाकर, सीट के बीच में रख बैठ गया। फिर कलकत्ते की तरफ़ उड़ चला।

अपने घर पहुँचा। जिस तरह फाटक का छोटा दरवाजा वह खोलकर चिपका गया था, वैसा ही था, धक्के से खुल गया। चौकीदार को फाटक बन्द करते समय छोटे दरवाजे का ख्याल नहीं आया। राजकुमार किताबों का बण्डल लेकर अपने कमरे में गया। बॉक्स का सामान निकाल किताबें भर दीं। ताला लगा दिया। जल्दी में जो कुछ सूझा, बाँधकर बत्ती बुझा दी। दरवाजा बन्द कर दिया। फिर मोटर पर अपना सामान रख भवानीपुर चल दिया। जब भवानीपुर से लौटा, तो तीन बजकर पन्द्रह मिनट हुए थे।

"क्या-क्या लिया, देखें!"

युवती अपना सामान दिखलाने लगी। एक बॉक्स में कुछ कपड़े, 8-10 हजार के गहने और 20 हजार नम्बरी नोट थे। यह सब उसका अपना सामान था। महरी को मकान की झाड़-पोंछ करने के लिए वहीं रहने दिया। रक्षा के लिए चार दरबान थे। युवती ने सबको ऊपर बुलाया। अच्छी तरह मकान की रक्षा करते हुए सुखपूर्वक समय पार करने के कुछ उपदेश दिए। दरबानों को विपत्ति की सूचना हो चुकी थी, कुछ न बोले।

महरी बाहर से दुखी थी पर भीतर एकान्त की चिन्ता से खुश थी। बहु का बॉक्स उठाकर एक दरबान ने गाड़ी पर रख दिया। वह राजकुमार के साथ-साथ नीचे उतरी। गेट की बग़ल में शिव मन्दिर था। मन्दिर में जा, भगवान विश्वनाथ को भूमिष्ठ हो प्रणाम किया।

राजकुमार ने ड्राइवर को बुलाया। गाड़ी गेट के सामने लगाये हुए चारों तरफ़ देख रहा था। अपनी रिस्टवॉच में देखा साढ़े चार हो गया था। ड्राइवर आया, राजकुमार उत्तर पड़ा।

"जल्दी कीजिए।"

बहू प्रणाम कर लौट आई।

महरी ने पीछे की सीट का दरवाज़ा खोल दिया। बहू बैठकर काली जी को प्रणाम करने लगी। बग़ल में राजकुमार बैठ गया। सामने सीट पर एक दरबान।

"अगर कोई पुलिस की तरफ़ से यहाँ आए, तो कह देना, मकान में कोई नहीं है। अगर इस पर भी वे मकान की तलाशी लें, तो घबराना मत और हर एक

की पहले अच्छी तरह से तलाशी ले लेना। रोज़ मकान देख लिया करना। अपनी तरफ़ से कोई सख्ती न करना। डरने की कोई बात नहीं।"

"अच्छा हुजूर।"

"चलो।" राजकुमार ने ड्राइवर से कहाँ- "सियालदह।"

गाड़ी चल दी। सीधे चौरंगी होकर जा रही थी। अब तक अंधेरा दूर हो गया था। उषा उगते हुए सूर्य के प्रकाश से अरुण हो चली थी, जैसे भविष्य की क्रान्ति का कोई पूर्व लक्षण हो। राजकुमार की चिन्ताग्रस्त असुप्त आँखें भी इसी तरह लाल हो रही थीं। बराल में अनवगुण्ठित बैठी हुई सुन्दरी की आँखें भी विषाद तथा निद्रा के भार से छलछलायी हुई लाल हो रही थीं।

गाड़ी सेन्ट्रल एवेन्यू पार कर अब बहूबाजार स्ट्रीट से गुजर रही थी। गर्मियों के दिन थे। सूर्य का कुछ-कुछ प्रकाश फैल चुका था। मोटर पूर्व की ओर जा रही थी। दोनों के मुख पर सुबह की किरणें पड़ रही थीं। दोनों के मुखों की क्लान्ति प्रकाश में प्रत्यक्ष हो रही थी। एकाएक राजकुमार की दृष्टि स्वतः, प्रेरित सी एक तीन मंजिले, विशाल भवन की तरफ़ उठ गई। युवती भी आकर्षक मकान देखकर उधर ताकने लगी, बरामदे पर कनक रेलिंग पकड़े हुए एक दृष्टि से मोटर की तरफ़ देख रही थी। उसकी अनिंद्य-सुन्दर आँखों में भी उषा की लालिमा थी। उसने राजकुमार को पहचान लिया था। दोनों की आँखें एक ही लक्ष्य में बिंध गईं। कनक स्थिर खड़ी ताकती रही। राजकुमार ने आँखें झुका लीं। उसे कल के लोगों की बातें याद आईं, घृणा से सर्वांग जर्जर हो गया।

"बहूजी देखा?"

"हाँ। उस खूबसूरत लड़की को न?"

"हाँ! यही ऐक्ट्रेस कनक है।"

मोटर मकान को पीछे छोड़ चुकी थी। राजकुमार बैठा रहा। युवती ने फिरकर देखा। कनक वैसे ही खड़ी ताक रही थी।

"अभी भी देख रही है। तुमको पहचान लिया है शायद।"

राजकुमार कुछ न बोला।

जब तक मोटर अदृश्य न हो गई, कनक खड़ी हुई ताकती रही।

11

पीड़ित हृदय पर पुनः चोट लगी। कनक हृदय थामकर रह गई "वज्र की तरह ऐसे ही लोग कठोर हुआ करते हैं!"

पहले जीवन में एकान्त की कल्पना ने जिन शब्दों का हार गूँथा था, उसकी लड़ी में यति-भंग हो गया। तमाम रात प्रणय देवता के चरणों में पड़ी रोकर भोर कर दिया। प्रातःकाल ही उनके सत्य आशीष का कितना बड़ा प्रमाण। अब यह समय की सरिता सागर की ओर नहीं, सूखे की ओर बढ़ रही थी। जितना ही आँसुओं का प्रवाह बढ़ रहा था, हृदय उतना ही सूख रहा था।

बरामदे से आकर वह फिर पलंग पर पड़ी रही। हृदय पर साँप लोट रहा था- "कितना अपमान! यह वही राजकुमार था, जिसने एक सच्चे वीर की तरह मेरी रक्षा की थी। छिह। उसी दृढ़-प्रतिज्ञ मनुष्य की जबान था, तुम मेरे शरीर की आत्मा, मेरी कल्पना की तस्वीर रूप की रेखा, डाल की कली, गले की माला, स्नेह की परी, जल की तरंग, रात की चाँदनी दिन की छाँह हो।"

कनक ने उठकर पंखा खोल दिया। पसीना सूख गया किन्तु हृदय का ताप और बढ़ गया। इच्छा हुई, राजकुमार को खूब खरी-खोटी सुनाये "तुम आदमी हो। एक बात कहकर फिर भूल जानेवाले तुम इन्सान हो। तुम होटलों में खानेवाले मेरे हाथ का पकाया भोजन नहीं खा सकते।"

"वह कौन थी? होगी कोई। मुझसे जरूरत। न, इधर ही गई है। पता लगाना चाहिए वह थी कौन। मयना?"

मयना आकर सामने खड़ी हो गई।

"गाड़ी जल्द तैयार कराओ।"

उसी रात, राजकुमार के चले जाने के बाद, कनक ने अपने समस्त गहने उतार डाले थे। जिन वस्त्रों में थी, उन्हीं में जूते पहन खटाखट नीचे उतर गई। इतना उत्साह था मानो तबियत खराब हुई ही नहीं।

"खोजने जाऊँ? न।"

नीचे मोटर तैयार थी, बैठ गई।

"किस तरफ़ चलूँ?" ड्राइवर ने पूछा।

राजकुमार की मोटर सियालदह की ओर गई थी। उसी ओर देखते हुए कहा- "इस तरफ।" फिर दूसरी तरफ़, वेलेस्ली स्क्वायर की ओर, चलने के लिए कहा।

मोटर चल दी। मोटर धर्मतल्ला पहुँची, तो बायें हाथ चलने के लिए कहा। वह राह भी सियालदह के करीब समाप्त हुई है। नुक्कड़ पर पहुँची तो स्टेशन की तरफ चलने के लिए कहा।

कनक ने राजकुमार की मोटर का नम्बर देख लिया था। सियालदह-स्टेशन पर कई मोटरें खड़ी थीं। उतरकर देखा, उस मोटर का नम्बर न मिला। कलेजे में फिर नयी लपटें उठने लगीं। स्टेशन पर पूछा- "क्या अभी कोई गाड़ी गई है?"

"सिक्स अप एक्सप्रेस गया है।"

कितनी देर हुई?"

"सात पाँच पर छूटता है।"

स्तब्ध खड़ी रह गई वह।

"कैसी इन्सानियत है। देखा पर मिलना भी उचित न समझा। और मैं। मैं पीछे-पीछे फिर रही हूँ। बस, अब पैरों भी पड़े तो मैं उधर न देखें।" कनक चिन्ता में डूब रही थी। भीतर-बाहर, पृथ्वी-अन्तरिक्ष, सब जगह जैसे आग लग गई हो। संसार आँखों के सामने रेगिस्तान-सा तप रहा था। शक्ति का, सौन्दर्य का एक भी चित्र नहीं देख पड़ता था। पहले की जितनी सुकुमार मूर्तियाँ कल्पना के जाल में आप ही फँस जाया करती थी, अब वे सब जैसे जकड़ ली गई हों, मानो किसी ने उन्हें इस प्रलय के समय अन्यत्र कहीं विचरण करने के लिए छोड़ दिया हो।

लौटकर कनक मोटर में बैठ गई। "घर चलो।" कहा उसने।

ड्राइवर मोटर ले चला।

कनक उतरी कि एक दरबान ने कहा- "मैम साहब बैठी हैं।" वह सीधे अपने पढ़नेवाले कमरे में चली गई।

सर्वेश्वरी मिसेज कैथरिन के पास बैठी बातें कर रही थी। राजकुमार के जाने के बाद से सर्वेश्वरी के मन में एक आकस्मिक परिवर्तन हो गया था। वह अब कनक पर नियन्त्रण करना चाहती थी। उसे मानव स्वभाव की बड़ी गहरी पहचान थी। कुछ दिन अभी कुछ न बोलना ही वह उचित समझती थी। कैथरिन की इस सम्बन्ध में उसने सलाह माँगी। बहुत कुछ वार्तालाप के बाद उसने कैथरिन को कनक के गार्जियन के तौर पर, कुछ दिनों के लिए, नियुक्त कर लेना उचित समझा, कैथरिन ने भी छह महीने तक के लिए आपत्ति न की। फिर उसे योरोप जाना था। उसने कहा- "अच्छा हो अगर उस समय आप कनक को पश्चिमी-आर्ट, नृत्य, गीत और अभिनय की शिक्षा के लिए योरोप भेज दें।"

कनक में जैसा एकाएक परिवर्तन हो गया था, उसका ख्याल कर सर्वेश्वरी इस शिक्षा पर उसके प्रवृत्त होने की शंका कर रही थी। अतएव कैथरिन को मोड़-फेर देने के लिए नियुक्त कर लिया। कनक के आने की खबर मिलते ही सर्वेश्वरी ने उसे बुलवाया।

"माँ जी बुलाती हैं।" मयना ने आकर कहा।

कनक माता के पास गई।

"मैम साहब से अभी तुम्हारे ही विषय में बातें हो रही थीं।"

कनक की भौंहों में बल पड़ गए। कैथरिन ताड़ गई। बोली- "यही कि अगर कुछ दिन और पढ़ लेतीं, तो अच्छा होता।"

कनक खड़ी रही।

"तुम्हारी तबियत कैसी है?"

"अच्छी है।" कनक ने तीव्र दृष्टि से कैथरिन को देखा।

"योरोप चलने का विचार है?"

"हाँ। सेप्टेम्बर में तय रहा।"

"अच्छी बात है।"

सर्वेश्वरी कनक की बेफाँस आवाज़ से प्रसन्न हो गई। माता की बग़ल में ही बैठ गई कनक।

"विजयपुर के राजकुमार का राजतिलक है।"

कनक काँप उठी, जैसे जल की तरंग। मन में बहती हुई सोचने लगी, 'राजकुमार का राजतिलक।'

"हमने बयाना भी ले लिया है- दो सौ रुपये रोज, खर्च अलग।"

"कब है?"

"हमें परसों पहुँच जाना चाहिए।"

"मैं चलूँगी।"

"तुम्हें बुलाया था पर हमने इनकार कर दिया।"

कनक माता की और प्रश्न-सूचक दृष्टि से देखने लगी।

"क्या करते। हमने सोचा, शायद तुम्हारा जाना न हो।"

"नहीं। मैं चलूँगी।"

"तुम्हारे लिए तो विशेष आग्रह था उनका। मैम साहब! क्या साथ चलने के लिए आपको फुर्सत होगी?"

"फुर्सत कर ली जाएगी।" कैथरिन की आँखें रुपयों की चर्चा से चमक उठी थीं।

"तुम्हें 501 रुपये रोज़ देंगे अगर तुम महफिल में जाओ।"

कनक के हृदय में मानो एक साथ किसी ने हज़ार सुइयाँ चुभो दी। दर्द को दबाकर बोली, "सोचूँगी।"

सर्वेश्वरी की मुरझायी हुई लता पर आषाढ़ की शीतल वर्षा हो गई। "यह बात है, अपने को सँभाल लो, तमाम उम्र बर्बाद करने से फ़ायदा क्या?"

हृदय की खान में बारूद का धड़ाका हुआ।

करुण अधखुली चितवन से कनक राजकुमार का चित्र देख रही थी, जो किसी तरह भी हृदय-पट से नहीं मिट रहा था। मन में कह रही थी, 'सुनते हो पुरुष। यह सब मुझे किसको गलती से सुनना पड़ रहा है, चुपचाप दर्द को थामकर?'

"तो तय रहा?"

"हाँ।"

"तार कर दिया जाए?" "कर दीजिए।"

"तुम खुद लिखो अपने नाम से।"

कनक झपटकर उठी। अपने पढ़नेवाले कमरे से एक तार लिखकर ले आई- "राजा साहब तार मिला। अपनी माता के साथ महफ़िल करने आ रही हूँ।"

सर्वेश्वरी तार सुनकर बड़ी प्रसन्न हुई।

"सुनो।" कैथरिन कनक को अलग बुला ले गई। उसके चेहरे पर हवाइयाँ उड़ रही थीं। कनक के स्वभाव का ऐसा चित्र उसने आज ही देखा था। वह उसे ऊपर उसके कमरे में ले गई। वहाँ अँगरेजी में कहा- "तुम्हारा जाना अच्छा नहीं।"

"बुरा क्या है? मैं इसीलिए पैदा हुई हूँ!"

"राजा लोग! मैंने सुना है, बहुत बुरी तरह पेश आते हैं।"

"हम रुपये पाने पर सब तरह का अपमान सह लेती हैं।"

"तुम्हारा स्वभाव पहले ऐसा नहीं था।"

"पहले बयाना भी न आता था।"

"तुम योरोप चलो। यहाँ के आदमी तुम्हारी क्या कद्र करेंगे? मैं वहाँ तुम्हें किसी लार्ड से मिला दूँगी।"

कनक की नसों में मानो किसी ने तेज झटका दिया। वह कैथरिन को घूरकर रह गई।

"तुम क्रिश्चियन हो जाओ। राजकुमार तुम्हारे लायक नहीं। वह क्या तुम्हारी कद्र करेगा। वह तुमसे दवता है, रद्दी आदमी।"

"मैडम!" कड़ी निगाह से कनक ने कैथरिन को देखा। आँखों की बिजली से कैथरिन काँप उठी। कुछ समझ न सकी।

"मैं तुम्हारे भले के लिए कहती हूँ, तुम्हें ठीक राह पर ले चलने का मुझे अधिकार है।"

कनक संभल गई, "मेरी तबियत अच्छी नहीं, माफ़ कीजियेगा, इस वक्त मुझे अकेली छोड़ दीजिए।"

कनक को एक तीव्र दृष्टि से देखती हुई कैथरिन खड़ी हो गई। कनक पूर्ववत् बैठी रही। कैथ्ररिन तेजी से पीछे उतर गई। "इसका दिमाग़ इस वक्त कुछ ख़राब हो रहा है। आप डॉक्टर की सलाह लें।" सर्वेश्वरी से कहकर कैथरिन चली गई।

12

कनक की आँखों के झरोखे से, प्रथम यौवन के प्रभातकाल में, तमाम स्वप्नों की सफलता के रूप में राजकुमार ने ही झाँका था और सदा के लिए उसमें एक शून्य रखकर तिरोहित हो गया। आज कनक के लिए संसार में ऐसा कोई नहीं; जितने हैं, टूटे हुए यन्त्र को बार-बार छेड़कर उसके बेसुरेपन का मज़ाक उड़ानेवाले ! इसीलिए अपने आपमें चुपचाप पड़े रहने के सिवा उसके पास दूसरा उपाय न रह गया था।

जो प्रेम कभी थोड़े समय के लिए उसके अन्धकारमय हृदय को मणि की तरह प्रकाशित कर रहा था, वही अब दूसरों की परिचित अस्त्रों के प्रकाश में जीवन के कलंक की तरह स्याह पड़ गया है। अन्धकार-पथ पर जिस एक ही प्रदीप को हृदय के अंचल में छिपा वह अपने जीवन के तमाम मार्ग को आलोकमय कर लेना चाहती थी, हवा के अकारण झोंके से ही गुल हो गया। उस हवा के आने की पहले ही उसने कल्पना क्यों नहीं की।... अब? अभी तो पूरा पथ ही पड़ा हुआ है। अब उसका कोई लक्ष्य नहीं। वह दिग्यंत्र ही अचल हो गया है, अब वह केवल प्रवाह की अमुगामिनी है। और राजकुमार? प्रतिश्रुत युवक के हृदय को आग रह, रहकर आँखों से निकल पड़ती है। उसने जाति, देश, साहित्य और आत्मा के कल्याण के लिए अपने समस्त सुखों का बलिदान कर देने की प्रतिज्ञा की थी पर प्रथम ही पदक्षेप में ही इस तरह आँखों में आँखें बिंध गई कि पथ का ज्ञान ही जाता रहा। अब वह बार-बार अपनी भूल के लिए पश्चाचाप करता है, पर अभी उसकी दृष्टि पूमेवत् साफ़ नहीं हुई।

कनक की कल्पना-मूर्ति उसकी तमाम प्रगतियों को रोककर खड़ी हो जाती और प्रत्येक समर में राजकुमार की वास्तव शक्ति उस छाया शक्ति से परास्त हो जाती है। तमाम बाहरी कार्यों के भीतर राजकुमार का यह मानसिक द्वन्द्व चलता जा रहा है।

आज दो दिन से वह युवती के साथ उसके मायके में है। वहीं से उसने याह खुका तार द्वारा लखनऊ भेज दी। चन्दन के बड़े भाई नन्दनसिंह ने तार से सूचित किया कि कोई चिन्ता न करें। मुमकिन है, चन्दन को मुक्ति मिल जाए। इस खबर से घर के सभी लोग प्रसन्न हैं। राजकुमार भी कुछ निश्चिन्त हो गया। गर्मियों की छुट्टी थी। कलकर के लिए विशेष चिन्ता न थी। युवती को उसके पिता-माता, बड़े भाई और भावजें ताग कहकर पुकारती थी तभी राजकुमार को भी उसका नाम ज्ञात हुआ। राजकुमार को नाम मालूम हो गया है, जानकर युवती कुछ लज्जित हुई।

राजकुमार का अस्त-व्यस्त सामान युवती के सुपुर्द था। पहले दो-एक रोज़ तक सँभालकर रखने की उसे फुर्सत न मिली। अब एक दिन अवकाश पा, राजकुमार के कपड़े झाड़-झाड़कर, तह कर रखने लगी। कनक के मकानवाले कपड़े एक ओर लिपटे, अछूत की तरह एक बाल्टी की डण्डी में बँधे हुए थे। युवती ने पहले वही गठरी खोली भीतर एक जोड़ी जूते भी थे। सभी कपड़े कीमती थे। युवती उनकी दशा देख राजकुमार के गार्हस्थ्य-ज्ञान पर खूब हँसी। जूते, धोती, कमीज़, कोट अलग कर लिए। कुमीत और कोट से सेण्ट की महक आ रही थी। झाड़-झाड़कर कपड़ों की चमक देखने लगी वह। कोट की दाहिनी बाँह पर एक लाल धब्बा था। देखा, ग़ौर से फिर देखा, सन्देह जाता रहा। वह सिन्दूर ही का धब्बा था। अब राजकुमार पर उसको सन्देह हुआ।

रज्जू बाबू को वह महावीर तथा भीष्म ही की तरह चरितवान् समझती थी। उसके पति भी रज्जू बाबू की इज्जत करते थे। उसकी सास उन्हें चन्दन से बढ़कर समझती थी पर यह क्या?

यह सिन्दूर, सूँघा, ठीक, सिन्दूर ही था।

युवती ने सन्देह को सप्रमाण सत्य कर लेने के निश्चय से राजकुमार को बुलाया। एकान्त था। युवती के हाथ में कोट देखते ही राजकुमार की दृष्टि में अपराध की छाप पड़ गई। युवती हँसने लगी "मैं समझ गई।"

राजकुमार ने सिर झुका लिया।

"यह क्या है?" युवती ने पूछा।

"कोट।"

"अजी, यह देखो। यह।" धब्बा दिखाती हुई वह बोली।

"मैं नहीं जानता।"

"नहीं जानते"

"नहीं।"

"यह किसी की माँग का सेंदुर है जनाब।"

सुनते ही राजकुमार चौंक पड़ा "सेंदुर।"

"हाँ-हाँ, सेंदुर सेंदुर। देखो।"

राजकुमार को नज़रों से वास्तव जगत ग़ायब हो रहा था। क्या यह कनक की माँग का सेंदुर है? तो क्या कनक ब्याहता है? हृदय को बड़ी लज्जा हुई। कहा- "बहुजी। इसका इतिहास बहुत बड़ा है। अभी तक मैं चन्दन की चिन्ता में फंसा था, इसलिए नहीं बता सका।"

"अब बताओ।"

"हाँ! मुझे कुछ छिपाना थोड़े ही है। लेकिन बड़ी देर होगी।"

"अच्छा, ऊपर चलो।"

युवती राजकुमार को ऊपर एक कमरे में ले गई।

युवती चित्त को एकाग्र कर कुल कहानी सुनती रही।

"कहीं-कहीं छूट रही है। जान पड़ता है, सब घटनाएँ तुम्हें नहीं मालूम। जैसे- उसे तुम्हारी पेशी की बात कैसे मालूम हुई, उसने कौन-कौन-सी तदवीर की?" युवती ने कहा।

"हाँ! मुमकिन है। जब मैं चलने लगा, तब उसने कहा भी था कि बस, आज के लिए रह जाओ, तुमसे बहुत कुछ कहना है।"

आह! सब तुम्हारा कुसूर है। तुम इतने पर भी उस पर कलंक की कल्पना करते हो?" राजकुमार को एक हुक-सी लगी। घबराया हुआ युवती की ओर देखने लगा।

"जिसने तुम्हारी सबसे नज़दीक की बनने के लिए इतना किया, तुम्हें उसे इसी तरह का पुरस्कार देना था। प्रतिज्ञा तो तुमने पहले की थी, कनक क्या तुम्हें पीछे नहीं मिली?"

राजकुमार की छाती धड़क रही थी।

"लोग पहले किसी सुन्दर वस्तु को उत्सुक आँखों से देखते हैं पर जब किसी दूसरे स्वार्थ की याद आती है, आँखें फेरकर चल देते हैं। क्या तुमने उसके साथ ऐसा ही नहीं किया?" युवती ने प्रश्न किया।

राजकुमार के हृदय ने कहा- 'हाँ। ऐसा ही किया।' जबान से उसने कहा- "नीचे कुछ लोगों को उसके चरित्र की अश्रव्य आलोचना करते हुए मैंने सुना है।"

"झूठ बात। मुझे विश्वास नहीं। तुम्हारे कानों ने धोखा दिया होगा। और, किसी के कहने ही पर तुम क्यों गए? इसलिए कि तुम खुद उस तरह की कुछ बातें उसके सम्बन्ध में सुनना चाहते थे।

राजकुमार का मन युवती की तराफ हो गया।

युवती मुस्करायी, "तो यह चलते समय की धर-पकड़ का दाग़ है क्यों?"

राजकुमार ने गर्दन झुका ली।

"अब भी नहीं समझे। रज्जू बाबू? यह आप ही के नाम का सेंदुर है।" राजकुमार को असंकुचित देखती हुई युवती हँस रही थी "आपसे प्रेम की भी कुछ बातें हुई?"

"मैंने कहा था, तुम मेरी कविता हो!"

युवती खिलखिलाकर हँसी "कैसा चोर पकड़ा। फिर आपकी कविता ने क्या जवाब दिया?"

"कवि लोग अपनी ही लिखी पंक्तियाँ भूल जाते हैं।"

"कितना सही उत्तर दिया। क्या अब भी आपको सन्देह है?"

राजकुमार के मस्तक पर एक भार-सा आ पड़ा।

"रज्जू बाबू! तुम ग़लत राह पर हो।"

राजकुमार की आँखें छलछला आई।

"मैं बहुत शीघ्र उससे मिलना चाहती हूँ। छिह रज्जू बाबू, किसी की ज़िन्दगी बर्बाद कर दोगे? और उसकी जबान से जिसके हो चुके?"

"हम भी जाएगे दीदी!" एक आठ साल का बालक दौड़ता हुआ ऊपर चढ़ गया और दोनों हाथों में अपनी बैठी हुई बहन का गला भर लिया "दीदी! आज राजा साहब के यहाँ गाना होगा। बड़े दादा जाएँगे, मुन्नी जाएगी, हम भी जाएगे।" बालक उसी तरह अपनी बहन के गले में बाँहें डाले थिरक रहा था।

"किसका गाना है?" युवती ने बच्चे से पूछा।

"कनक, कनक, कनक का।" बालक आनन्द से थिरक रहा था।

युवती और राजकुमार गम्भीर हो गए। बच्चे ने गला छोड़ दिया। बहन कई मुद्रा देखी, फिर फुर्ती से जीने से उत्तर दौड़ता हुआ ही, मकान से बाहर निकल गया।

युवराज का अभिषेक है, यह दोनों जानते थे। विजयपुर वहाँ से मोल-भर है। युवती के पिता स्टेट के कर्मचारी थे। बालक की बात पर अविश्वास करने का कोई कारण न था।

"देखा, बहूजी!" राजकुमार ने अपने अनुभव सत्य की दृढ़ता से कहा।

"अभी कुछ कहा नहीं जा सकता। रज्जू बाबू, किसके मन में कौन-सी भावना है, इसका दूसरा अनुमान लगाये, तो ग़लती का होना ही अधिक सम्भव है।"

"अनुमान कभी-कभी सत्य भी होता है।"

"पर तुम्हारी तरह का अनुमान नहीं।"

अब तक कई लड़के आँगन में खड़े हुए, तालियाँ पीटते थिरकते हुए, 'हम भी जाएगे, हम भी जाएगे' सम-स्वर में घोर संगीत छेड़े हुए थे।

युवती ने झरोखे से लड़कों को एक बार देखा। फिर राजकुमार की तरफ़ मुँह करके कहा- "अच्छा हो, अगर आज स्टेशन पर कनक से मिला जाए। पूरब से एक ही गाड़ी चार बजे आती है।"

"नहीं! यह उचित न होगा। आपको तो मैं मकान से बाहर निकलने की राय दे ही नहीं सकता, और इस तरह के मामले में!"

"किसी बहाने मिल लेंगे।" युवती उत्सुक हो रही थी।"

"किसी बहाने भी नहीं! बहूजी स्टेट की बातें आपको नहीं मालूम।"

राजकुमार गम्भीर हो गया। युवती त्रस्त हो संकुचित हो गई।

"पर मुझे एक दफ़ा जरूर दिखा दो।" करुणाश्रित सहानुभूति की दृष्टि से देखती हुई युवती ने राजकुमार का हाथ पकड़कर कहा।

"अच्छा।"

13

दो रोज़ और बीत गए। अंगों के ताप से कनक का स्वर्ण-रंग और चमक उठा। आँखों में भावना मूर्तिमती हो गई। उसके जीवन के प्रखर स्रोत पर मध्याह्न का तपन तप रहा था, जिसके वाष्प के बाह्यावरण के भीतर प्रवाह पर भावनाओं के सूर्य के सहस्रों ज्योतिर्मय पुष्प खुले हुए थे पर उसे इसका ज्ञान न था। वह केवल अपने बाहरी आवरण को देखकर दैन्य से मुरझा रही थी। जिस स्नेह की डोर से उसके प्रणय के हाथों ने राजकुमार को बाँधा था, केवल वही अब उसके रिक्त हाथों में रह गई है।

अब उसकी दृष्टि में कर्तव्य का ज्ञान न रहा। स्वयं ही संचालित की तरह बाड वस्तुओं पर बैठती और फिर वहाँ से उसी तरह हताश हो उठ आती है। उनसे उसकी आत्मा का संयोग नहीं रहता, जैसे वह स्वयं अब अकेली रह गई हो। इस आकांक्षा और अप्राप्ति के अपराजित समर में उन्हीं की तरह वह भी उच्छृंखल हो गई। इसीलिए माता के साथ अलक्ष्य गति पर चलती हुई, वह गाने के लिए राजी हो गई। जिस जीवन का राजकुमार की दृष्टि में ही आदर न हुआ, उसका अब उसकी दृष्टि में भी कोई महत्त्व न रहा।

सर्वेश्वरी कनक को प्रसन्न रखने के हर तरह के उपाय करती पर वह उसे सदा ही वीतराग देखती, अतः भावी सुख के प्रति उसका सन्देह बढ़ रहा था। वह देखती, चिन्ता से उसके अचंचल कपोलों पर आत्म-सम्मान की एक दिव्य ज्योति खुल पड़ती थी, जिससे उसे कुछ त्रस्त हो जाना पड़ता और कनक की देह की हरियाली के ऊपर से जेठ की लू बह जाती थी। जल की मराल-बालिका को स्थल से फिर जल में ले जाने की सर्वेश्वरी कोशिश किया करती थी पंर उसका इच्छित तड़ाग दूर था। जिस सरोवर में बह उसे छोड़ना चाहती, वह उसे पंकिल देख पड़ता स्वयं निर्भित रूप का जब अस्तित्व ही नहीं रहा; तब कला की निर्जीव मूर्तियों पर कब तक उसकी दृष्टि रम सकती थी?

सर्वेश्वरी के चलने का समय आया। तैयारियाँ होने लगीं। कपड़े, अलंकार, पेशबाज़, साज-सामान आदि बंधने लगे। आकाश में उड़ती हुई परी, पर काटकर, कमरे में क़ैद की जाने लगी। सुख के सागर की बालिका जी बहलाने के लिए कृत्रिम सरोवर में छोड़ दी गई। जीवन के दिन सुख से काटने के विचार से कनक को अपना पेशा इख़्तियार करने की पुनश्च सलाह दी जाने लगी। सर्वेश्वरी के साथ वाद्यकार भी जमा हो गए और अनेक तरह की स्तुतियों से कनक को प्रसन्न करने लगे। कनक रात्रि के सौंदर्य की तरह इन सबकी आँखों से छिप गईं। रही केवल गायिका - नायक कनक। अपनी तमाम चंद्रिकाओं के साथ बादलों की आड़ से ज्योत्स्वा, दूसरे ही लोक में पहुँच गई थी, यहाँ उसकी छाया-मात्र रह गई थी।

कनक तार कर चुकी थी। चलते समय इनकार नहीं किया। सर्वेश्बरी कुछ देर तक कैथरिन की प्रतीक्षा करती रही पर जब गाड़ी के लिए, सिर्फ़ आधा घंटा समय रह गया, तब परमात्मा को मन-ही-मन स्मरण कर, मोटर पर बैठ गई। कनक भी बैठ गई। कनक समझ गईं, कैथरिन के न आने का कारण उस रोज़ का जवाब होगा।

कनक और सर्वेश्वरी को फर्स्ट क्लास का किराया मिला था। कनक को नहीं मालूम था कि कभी कुँवर साहब को वह इतनी तेज निगाह में देख चुकी है कि देखते ही पहचान लेगी। सर्वेश्वरी भी न जानती थी कि कुँवर साहब के आदमी कभी उसके मकान पर आकर लौट गए थे, वही कुँवर साहब बालिग होकर अब राजा साहब के आसन पर लाखों प्रजाओं पर शासन करेंगे।

रेल समय पर, ठीक चार बजे शाम को, विजयपुर-स्टेशन पहुँची। विजयपुर वहाँ में तीन कोस था पर स्टेशन का नाम विजयपुर ही रखा गया था। राजा साहब, वर्तमान राजा साहब के पिता, ने स्टेशन का यही नाम रखवाने के लिए बड़ी लिखा-पढ़ी की थी। कुछ रुपये भी दिए थे। कम्पनी तो उन्हीं के नाम से स्टेशन कर देना चाहती थी पर राजा साहब को कम्पनी की माँगी हुई रकम देना मंजूर न था। वह पुराने विचारों के मनुष्य थे। रुपये को नाम से अधिक महत्त्व देते थे। कहते हैं एक बार स्वाद की बातचीत हो रही थी तो उन्होंने कहा था कि बासी दाल में सरसों का तेल डालकर खाए तो ऐसा स्वाद और किसी सालन में नहीं मिलता। वह नहीं रहे पर ग़रीबों में उनकी यह कीर्ति-कथा रह गई थी।

स्टेशन पर कनक के लिए कुँवर साहब ने अपनी मोटर भेज दी थी। सर्वेश्वरी के लिए विजिटर्स कार और उसके आदमियों के लिए एक लारी।

तार पाने के पश्चात् अपने कर्मचारियों में कुँवर साहब ने कनक की बड़ी तारीफ़ की थी, जिससे 6-7 कोस के इर्द-गिर्द एक ही दिन में ख़बर फैल गई कि कलकत्ते की मशहूर तवायफ़ आ रही है, जिसका मुकाबला हिन्दोस्तान की कोई भी गानेवाली नहीं कर सकती। आज दो ही बजे से तमाम गाँवों के लोग एकत्र होने लगे थे। आज से ही महफ़िल शुरू होनेवाली थी।

कनक माता के साथ ही विजिटर्स कार पर बैठने लगी तो एक सिपाही ने कहा- "कनक साहिबा के लिए महाराज ने अपनी मोटर भेजी है।"

"तुम उस पर बैठ जाओ।" सर्वेश्वरी ने कहा।

"नहीं! इसी पर चलूँगी।"

"यह क्या। हम जैसा कहें, वैसा कीजिए।" सिपाही ने कहा।

कनक उठकर राजा साहब की मोटर पर चली गई। ड्राइवर कनक को ले चला। सर्वेश्वरी की मोटर खड़ी रही। कहने पर भी ड्राइवर "चलते हैं, चलते हैं" कहकर इधर-उधर करता रहा। कभी पानी पीता, कभी पान खाता, कभी सिगरेट सुलगाता। सर्वेश्वरी का कलेजा काँपने लगा। शंका की अनिमेष दृष्टि से कनक की मोटर की त्तरफ़ ताकती रही। मोटर अदृश्य हो गई।

कनक भी पहले घबरायी पर दूसरे ही क्षण संभल गई। एक अमोध मन्त्र जो उसके पास था, वह अब भी है, उसने सोचा। रही शरीर की बात, इसका सदुपयोग दुरुपयोग भी उसके हाथ में है। फिर शंका किस बात की? जिसका कोई लक्ष्य ही न हो, उमे किसी भी प्रगति का विचार ही क्या?

कनक निस्त्रस्त एक बग़ल पीछे की सीट पर बैठी थी। मोटर उड़ी जा रही थी। ड्राइवर को निश्चित समय पर कुँवर साहब के पास पहुँचना था। भावी के दृश्य कनक के मन को सजग कर रहे थे पर उसका हृदय बैठ चुका था। अब उसमें उत्साह न रह गया था। रास्ते के पेड़ों, किनारे खड़े हुए आदमियों को देखती, सब-कुछ अपरिचित था। हृदय की शून्यता बाहर के अज्ञात शून्य से मिल जाती। मार्ग पार हो रहा था। आगे क्या होगा, उसकी माँ उसके साथ क्यों नहीं आने पायी, आदि प्रश्न मन में उभरते और फिर डूब जाते थे। जो एक निरन्तर मरोड़ उसके हृदय में थी, उससे अधिक प्रभाव ये न डाल पा रहे थे।

सहसा उसकी तमाम शून्यता एकबारगी भर गई। हृदय से आँखों तक पिचकारी की तरह स्नेह का रंग भर गया, उसने देखा, रास्ते के किनारे राजकुमार खड़ा है। हृदय उमड़कर फिर बैठ गया, अब यह मेरे नहीं हैं।

दर्शन के बाद मोटर एक फर्लांग बढ़ गई। दूसरे प्रेम के दबाव से वह कुछ कह भी न सकी। राजकुमार खड़ा खड़ा देखता रहा। कनक ने दो बार फिर-फिरकर देखा। राजकुमार को बड़ी लज्जा लगी, मानो उसी के कलंक की मूर्ति सहस्रों इंगितों से कनक के द्वारा उसके अपयश की घोषणा कर रही थी।

राजकुमार बिलकुल सादी वेश-भूषा में था। गाना सुनने के लिए जा रहा था, दूसरे के मत से; अपने मत से कनक को तारा से मिलाने। तारा ने जब से कहा कि गलती तुम्हारी है, तब से कनक को पाने के लिए उसके दिल में पुनः लालसा का अंकुर फूटने लगा था, पर फिर अपनी प्रतिज्ञा याद कर हताश हो जाता। कनक से मुलाकात तो हुई, दो बार उसने फिर-फिरकर देखा भी। क्या वह अब भी मुझे चाहती है? वह राजा साहब के यहाँ जा रही है। मुमकिन है। मुझे रोब दिखलाया हो। मैं क्या कहूँगा? न, लौट जाऊँ, कह दूँ, यह मुझसे न होगा। लौटकर कलकत्ते जाएगी, तब क्या कहूँगा? करना चाहें, कर लीजियेगा।

अनेक हर्ष और विषाद की तस्वीरों को देखता हुआ, आशा और नैराश्य के जाल में उलझा, राजकुमार विजयपुर की ही ताक परमार बाया की तरह मार्ग रोककर खड़ी हो जाती रहने पर लौटने की इच्छा जाल जाने एक और का प्रबल जिसकी दृष्टि से उसे हिम्मत बंधती। बाधा के रहने पर भी अज्ञात पदक्षेप उधर ही हो रहे थे। ज्यादा जोश में आने पर राजकुमार भूल जाता था, कुछ समझ नहीं सकता था कि कनक से आखिर वह क्या कहेगा। बेहोशी के वक्त कल्पना के लोक में तमाम सष्टि उसके अनुकूल हो जाती, कनक उसकी, छाया-लोक उसके, बारा इमारत, आकाश, पृथ्वी, सब उसके। उसके एक-एक इंगित पर कनक उठती-बैठती जैसे कभी तकरार हुई ही नहीं, कभी हुई थी, इसकी भी याद नहीं। राजकुमार इसी द्विधा में धीरे-धीरे चला जा रहा था।

पीछे में एक मोटर और आ रही थी। यह सर्वेश्वरी की मोटर थी। कनक जब चली गई, तब सर्वेश्वरी को ज्ञात हुआ कि उसने ग़लती की। वहाँ सहायक कोई न था। दूसरा उपाय भी न था। कनक की रक्षा के लिए वह उतावली हो रही थी। इसी समय उसकी दृष्टि राजकुमार पर पड़ी। उसने हाथ जोड़ लिए फिर बुलाया। राजकुमार समझ गया, डेरे पर मिलने के लिए इशारा किया। हृदय में आशा की समीर वह चली। पैर कुछ तेजी से उठने लगे।

कनक की मोटर एकान्त बंगले के द्वार पर आ ठहर गई। यहाँ कुँवर साहब अपने कुछ घनिष्ठ मित्रों के साथ कनक की प्रतीक्षा कर रहे थे। एक अर्दली कनक को उतारकर कुँवर साहब के बंगले में ले गया।

कुँवर साहब का नाम प्रतापसिंह था, पर थे बिलकुल दुबले-पतले। इक्कीस वर्ष की उम्र में ही हाथ-पैर सूखी डाली की तरह, मुँह सीप की तरह पतला हो गया था। आँखों के लाल डोरे अत्यधिक अत्याचार का परिचय दे रहे थे। राजा साहब ने उठकर कनक से हाथ मिलाया और एक कुरसी की तरफ़ बैठने के लिए इशारा किया। वह बैठ गई। देखा, वहाँ जितने आदमी थे, सब आँखों ही आँखों में इशारे कर रहे थे। देखकर उसे बड़ा भय लगा। उधर अनर्गल शब्दों के अव्यर्थ बाण एक ही लक्ष्य, सातों महारथियों ने निश्शंक होकर छोड़ना प्रारम्भ कर दिए, "उस रोज जब हम आपके यहाँ गए थे, पता नहीं, आपकी बाँहें किसके गले में थी।" इसी तरह के और भी चुभते हुए व्यंग्य-वाक्य।

कनक को आज तक ऐसे व्यंग्य सुनने का मौका न पड़ा था। यहाँ सुनकर चुपचाप सह लेने के सिवा दूसरा उपाय भी न था और इतनी सहनशीलता भी उसमें न थी। कुँवर साहब जिस तीखी कामुक दृष्टि से एकटक देखते हुए इस मधुर आलाप का आनन्द ले रहे थे, कनक के रोएँ रोएँ से घृणा का जहर निकल रहा था।

"मेरी माँ अभी तक नहीं आई?" कुँवर साहब की तरफ़ मुखातिब होकर कनक ने पूछा। कुँवर साहब के कुछ कहने से पहले ही परिषद्-वर्ग बोल उठे, "अच्छा! अब माँ की याद की जाएगी?"

सब अट्टहास करने लगे।

कनक सहम गई। उसने निश्चय कर लिया कि अब यहाँ से निस्तार पाना कठिन है। याद आई, एक बार राजकुमार ने उसे बचाया थाः वह राजकुमार आज भी है पर उसने उस उपकार का उसे जो पुरस्कार दिया, उससे उसे नफ़रत है, इसलिए आज वह उसकी विपत्ति का सहायक नहीं, केवल दर्शक होगा। वह पहुँच से दूर, अकेला है। यहाँ वह पहले की तरह होता भी, तो उसकी रक्षा न कर सकता। कनक इसी तरह सोच रही थी कि कुँवर साहब ने कहा- "आपकी माँ के लिए दूसरी जगह ठीक की गई है, यहाँ सिर्फ़ आप ही रहेंगी।"

कनक के होश उड़ गए। रास्ता भूली हुई दृष्टि से चारों तरफ़ देख रही थी। तभी कुँवर साहब ने कहा- "आपको महफ़िल लगने पर ले जाने के लिए यह

मोटर है। आप किसी तरह घबराइए मत। यहाँ एकान्त है। आपको आराम रहेगा। इसी ख्याल से आपको यहाँ लाया गया है। चारों तरफ़ से जल से भीगी हवा आ रही है। छोटी-छोटी नावें भी हैं। आप जब चाहें, जल-विहार कर सकती है। भोजन भी आपके लिए यहीं आ जाएगा।

"आपको कोई तकलीफ़ न होगी-एक खुक-खुक खुक-खुक-खो-ओ-ओ-खो -ओ-", मुसाहबों का अट्टहास गूंज उठा।

"मुझे महफ़िल में जाने से पहले अपनी माँ के पास जाना होगा, क्योंकि पेशवाज वगैरा उन्हीं के पास हैं।"

"अच्छा तो घण्टे भर पहले चली जाइएगा।" कुँवर साहब ने मुसाहिबों की तरफ़ देखकर कहा।

"रास्ते की थकी हुई हूँ, माफ़ फ़रमाएँ, कुछ देर आराम करना चाहती हूँ। आपके दर्शनों से कृतार्थ हो गई।"

"कमरे में पलंग बिछा है, आराम कीजिए।"

कुँवर साहब की इस श्रुति मधुर स्तुति में जो लालसा छिपी हुई थी, कनक उस ताड़ न सकी। शायद अनाभ्यास के कारण पर उसका जी इतनी ही देर में हद में ज्यादा ऊब गया था। उसने स्वाभाविक ढंग से कहा- "यहाँ मैं आराम न कर सकूँगी। नयी जगह है। मुझे मेरी माँ के पास भेज दीजिए। फिर जब आपकी आज्ञा होगी चली आऊँगी।"

कुँवर साहब ने कनक को भेज दिया।

सर्वेश्वरी वहाँ ठहरायी गई, जहाँ बनारस, लखनऊ, आगरे की और तवायफ़ें भी ठहरी थी। सर्वेश्वरी का स्थान सबसे ऊँचा, सजा हुआ तथा सुखद था। सभी तवायफों पर पहले ही से उसका रोब ग़ालिब था। वहाँ कनक को न देख सर्वेश्वरी अपने को जाल में फंसी जानकर बड़ी व्याकुल हुई। और भी जितनी तवायफ़ें थीं, सबसे यह समाचार कहा। सभी त्रस्त हो रही थीं। उसी समय उदास कनक को लेकर मोटर पहुंची। सर्वेश्वरी की जान में जान आई। अन्य तवायफ़ें आँखें फाड़-फाड़कर उसके अपार रूप पर विस्मय प्रकट कर रही थी और इस तरह का खतरा साथ में रखकर भी खतरे से बची रहने के ख्याल पर "बिस्मिल्ला, तोबा, अल्लाह ताला ने आपको कैसी अक्ल दी... इतना जमाना देखकर भी आपको पहले नहीं सूझा" आदि-आदि सहानुभूति के शब्दों से अभिनन्दित कर रही थी।

सर्वेश्वरी आशा कर रही थी कि कनक अपनी दुःख, कथा कहेगी पर वह उस प्रसंग पर कुछ बोली ही नहीं। चुपचाप आकर माता के बिस्तरे पर बैठ गई। अन्य कई अपरिचित तवायफ़ें परिचय के लिए पास आ, घेरकर बैठ गईं। मामूली कुशल-प्रश्न होते रहे। सबने अनेक उपायों से कनक के एकान्त वास का हाल जानना चाहा पर वह टाल गई "कुछ नहीं, सिर्फ़ मिलने के लिए कुँवर साहब ने बुलवाया था।"

वह भी एकान्त स्थान था। गढ़ के बाहर एक बड़ा-सा बंगला बाग़ के बीच में था। इनके रहने के लिए खाली कर दिया गया था। चारों तरफ़ हजारों किस्म के सुगन्धित फूल लगे हुए थे। बीच-बीच में पक्की, टेढ़ी, सर्प की गति की नकल पर, राहें कटी हुई थीं।

राजकुमार भटकता-फिरता-पूछता बाग़ के फाटक पर आया। एक बार तो जी में आया भीतर जाए पर लज्जा से उधर ताकने की भी हिम्मत न होती थी। सूर्यास्त हो चुका था। गोधूलि का समय था। गढ़ के द्वार पर खड़ा रहना भी उसे अपमान जनक जान पड़ा। वह बाग़ में घुसकर एक बेंच पर बैठ गया और जेब से एक सिगरेट निकालकर पीने लगा। वह जिस जगह बैठा था, वही से कनक के सामने ही, एक झरोखा था और उससे वहाँ तक नज़र साफ़ चली जाती थी पर अंधेरे के कारण बाहर का आदमी नहीं देख सकता था।

कनक वर्तमान समय की उलझी हुई ग्रन्थि खोलने के लिए मन-ही-मन सहस्रों बार राजकुमार को याद कर चुकी थी और हर प्रत्युत्तर में उसे निराशा ही मिलती, "राजकुमार यहाँ क्यों आएगा?"

कनक की माता भी उसकी फ़िक्र में थी। कारण वह जानती थी कि किसी भी अनिश्चित कार्य के लिए दबाव पड़ने पर उसकी कन्या जान पर खेल जाएगी। वह कनक के लिए दीन-दुनिया सब कुछ छोड़ सकती थी।

राजकुमार के हृदय में लज्जा, अनिच्छा, घृणा, प्रेम, उत्सुकता, कई विरोधी गुण थे, जिनका कारण बहुत कुछ उसकी प्रकृति थी और घोड़ा-सा उसका पूर्व संस्कार तथा भ्रम। सन्ध्या हो गई, नौकर भोजन पकाने में लगे। कमरों की बत्तियाँ जल गई। बाहर के लाइट पोस्ट भी जला दिए गए। राजकुमार की बैंच एक लाइट पोस्ट के नीचे थी। बत्ती जलानेवाला राज्य का मशालची था। उसने राजकुमार को तबलची आदि समझकर कोई पूछताछ न की। कन्धे की सीढ़ी पोस्ट से लगाकर, बत्ती जलाकर, राजकुमार की तरफ़ से घृणा से मुँह फेर, उस तबलची से वह

मशालची होने पर भी अपने धर्म में रहने के कारण कितना बड़ा है, सिर झुकाये हुए इसका निर्णय करता हुआ चला गया। राजकुमार को दुबारा देखने पर वह शायद ही पहचानता, घृणा के कारण उसकी नहर राजकुमार पर इतनी कम ठहरी थी।

प्रकाश के कारण अब बाहर से राजकुमार भी भीतर देख रहा था। कनक को उसने एक बार, दो बार, कई बार देखा। राजकुमार के हृदय के भाव उसके आँसुओं में झलक रहे थे। मन उसके विशेष आचरणों की आलोचना कर रहा था।

उस समय कनक की अचानक उस पर निगाह पड़ी। सर्वांग काँप उठा। इतना सुख उसे कभी नहीं मिला था। राजकुमार से मिलने के समय भी नहीं। फिर देखा। आँखों की प्यास बढ़ती ही गई। उत्कण्ठा की तरंग उठी। वह भी उठकर खड़ी हो गई और राजकुमार की तरफ़ चली। कनक को राजकुमार ने देखा। समझ गया, वह उसी से मिलने आ रही है।

राजकुमार को बड़ी लज्जा लगी, कनक के वर्तमान व्यवसाय पर और उससे अपनी घनिष्ठता के कारण। वह हिम्मत करके भी उस जगह, उजाले में, न रह सका। तारा से कनक को यदि न मिलाना होता, तो शायद कनक को इस परिस्थिति में देखकर वा एक क्षण भी वहाँ न ठहरता।

कनक ने देखा, राजकुमार एक अंधेरे कुंज की तरफ़ धीरे-धीरे बढ़ रहा है। कनक भी उधर ही चली। इतने समय की तमाम बातें एक ही साथ निकलकर हृदय और मस्तिष्क को मथ रही थीं। राजकुमार के पास पहुँचते ही कनक को चक्कर आ गया। उसे जान पड़ा कि वह गिर जाएगी। बचाव के लिए स्वभावतः एक हाथ उठकर राजकुमार के कन्धे पर पड़ा। अज्ञात चालित राजकुमार ने उसे आपृष्ठ कमर एक हाथ से लपेटकर थाम लिया। कनक अपनी देह का तमाम भार राजकुमार पर रखे आराम करने लगी, जैसे अब तक की, की हुई तपस्या का फल भोग कर रही हो। राजकुमार थामे खड़ा रहा।

"तुमने मुझे भुला दिया, मैं अपना अपराध भी न समझ सकी।"

तकिए के तौर से राजकुमार के कन्धे पर कपोल रखे हुए अधखुली, सप्रेम-दृष्टि से कनक उसे देख रही थी। इतनी मधुर आवाज कानों के इतने नज़दीक हसे राजकुमार ने कभी नहीं सुनी थी। उसके तमाम विरोधी गुण उस ध्वनि के तत्व में डूब गए। उसे तारा की याद आई। वह उसकी तमाम बातों को परस्पर जोड़ने लगा। यह वही कनक है जिस पर उसे सन्देह था। कुंज में बाहर की बत्तियों का

प्रकाश क्षीण होता हुआ भी पहुँच रहा था। उसने एक बिन्दी कनक के मस्तक पर लाल-लाल चमकती हुई देखी। सन्देह हुआ कि उसके साथ कनक का विवाह कब हुआ। द्विधा ने मन के विस्तार को संकुचित कर एक छोटी-सी सीमा में बाँध दिया। प्रतिज्ञा जाग उठी, मानो किसी ने कई कोड़े कस दिए हों। कलेजा काँप उठा। भीनी-भीनी हवा बह रही थी। कनक ने सुख से पलकें मूँद लीं। निर्वाक सचित्र राजकुमार को अपनी रक्षा का भार सौंपकर विश्राम करने लगी। राजकुमार ने कई बार पूछने का इरादा किया पर हिम्मत न हुई कितनी अशिष्ट, अप्रासंगिक बात!

राजकुमार कनक को प्यार करता था पर उस प्यार का रंग बाहरी आवरणों से दबा हुआ था, वह समझकर भी नहीं समझ पाता था। इसका बहुत कुछ कारण कनक के इतिहास के सम्बन्ध में उसका अज्ञान था। बहुत कुछ उसके पूर्व संचित संस्कार थे। उसके भीतर एक इतनी बड़ी प्रतिज्ञा थी, जिससे बड़े-बड़े शब्द दूसरों के दिल में त्रास पैदा करनेवाले थे, जिसका उद्देश्य जीवन की महत्ता थी, प्रेम नहीं। प्रेम का छोटा-सा चित्र वहाँ टिक ही नहीं पाया था, इसलिए प्रेम की छाया में पैर रखते ही चौंक पड़ता था। अपने सुख की कल्पना कर दूसरों की निगाहों में अपने को बहुत छोटा देखने लगता था, इसलिए उसका प्यार कनक के प्यार के सामने हल्का पड़ जाया करता था, पानी के तेल की तरह उसमें रहकर भी उससे जुदा रहता था, ऊपर-ही-ऊपर तैरता फिरता था। अनेक प्रकार की शंकाएँ जाग उठतीं, दोनों की आत्मा की ग्रन्थि को एक से खुला कर दोनों को जुदा कर देती थीं।

इसी अवस्था में कुछ देर बीत गई। थकी हुई कनक प्रिय की बाँहों में विश्राम कर रही थी पर हृदय में जागती थी। अपने सुख को आप ही अकेली तौल रही थी। उसी समय राजकुमार ने कहा- "बहूजी ने तुम्हें बुलाया है, इसीलिए आया था।"

कनक की आत्मा में अव्यक्त प्रतिध्वनि हुई "नहीं तो न आते।" फिर एक जलन पैदा हुई। शिराओं में तड़ित् का तेज प्रवाह बहने लगा। कितनी असहृदय बात! कितनी नफ़रत! कनक राजकुमार को छोड़, अपने ही पैरों सँभलकर खड़ी हो गई। चमकीली निगाह से एक बार देखा। पूछा "नहीं तो न आते?"

इस उत्तर की राजकुमार को आशा न थी। विस्मयपूर्वक खड़ा कनक को एक विस्मय की ही प्रतिमा के रूप में देखता रहा। अपने वाक्य के प्रथम अंश पर ही उसका ध्यान था, पर कनक को राजकुमार की बहुजी की अपेक्षा राजकुमार की

ही ज्यादा जरूरत थी, इसलिए उसने दूसरे वाक्य को ही प्रधान माना। राजकुमार के भीतर जितन दुराव कुछ विरोधी गुणों के कारण कभी-कभी आ जाया करता था, वह उसके दूयो वाक्य में अच्छी तरह खुल रहा था पर उसकी प्रकृति के अनुकूल होने के कारण उस जैसा विद्वान मनुष्य भी उस वाक्य की फाँस नहीं समझ सका। कनक उसकी दृष्टि में प्रिय अभिनेत्री, केवल संगिनी थी।

"तुम्हीं ने कहा था, याद तो होगा, तुम मेरी कविता हो। इसका जवाब भी, जो मैंने दिया था, याद होगा।"

लौटकर कनक डेरे की तरफ़ चली। उसके शब्द राजकुमार को पार कर गए। वह खड़ा देखता और सोचता रहा- "कब! कहाँ ग़लती से एक बात निकल गई, उसका इतना बड़ा ताना! मैं साहित्य की बुद्धि के विचार से अभिनय किया करता हूँ। स्टेज की मित्रता मानकर इनका बाँकपन (अहह, कैसा बल खाती हुई जा रही है) नाजोअदा नज़ाकत बर्दाश्त कर लेता हूँ। आई हैं रुपये कमाने, ऊपर से मुझ पर गुस्सा झाड़ती हैं। न जाने किसके कपड़ों का बोझ गधे की तरह तीन घण्टे तक लादे खड़ा रहा। काम की बात कही नहीं कि आँखें फेर लीं, मचलकर चल दीं। आखिर जात कौन है। अब मैं पैरों पड़ता फिरूँ? न बाबा, इतनी कड़ी मेहनत मुझसे न होगी। बहुजी से कह दूँगा, यह काम मेरे मान का नहीं। उसे भेजो। जिसे मनाने का अभ्यास हो।

राजकुमार धीरे-धीरे बगीचे के फाटक की तरफ़ चला। निश्चय कर लिया कि सीधे बहुजी के पास ही जाएगा। सर्वेश्वरी भी बड़ी देर तक कनक को न देख खोज रही थी। बाहर आ रही थी कि उससे मुलाकात हुई।

"अम्मा! वह आए हैं, और आए हैं, इसलिए कि उनकी बहूजी मुझसे मिलना चाहती हैं।" कनक ने सरोष कहा- "मैं चली आई, उधर कुँवर साहब के रग-ढंग भी मुझे बहुत बुरे मालूम दे रहे थे। अम्मा मुझे तो देखकर डर लग रहा था। ऐसा देखता था, जैसे खा जाएगा मुझे। छोड़ता ही न था। जब मैंने कहा- अभी अपनी माँ से मिल लूँ, फिर जब आप याद करेंगे, मिल जाऊँगी, तब आने दिया।"

"तुमने कुछ कहा भी राजकुमार से?" सर्वेश्वरी ने पूछा।"

"नहीं। मुझ पर उन्हें विश्वास नहीं, अम्मा!" कनक की आँखें छलछला आयीं।

अभी बाग में है?" सर्वेश्वरी ने कुछ सोचते हुए पूछा।

"थे तो।"

"अच्छा, जरा में भी मिल है।"

कनक खड़ी-खड़ी देखती रही। सर्वेश्वरी बात की तरफ चली। राजकुमार फाटक पार कर चुका था।

"भैया, कहाँ जाते हो?" घबरायी हुई सर्वेश्वरी ने पुकारा।

"घर।" वहीं से, बिना रुके हुए, रुखाई से राजकुमार ने कहा।

"तुम्हारा घर यहीं पर है?" बढ़ती हुई सर्वेश्वरी ने आवाज दी।

"नहीं! मेरे दोस्त का घर है।" राजकुमार और तेज चलने लगा।

"भैया, जरा ठहर जाओ। सुन तो लो।"

"अब माफ़ कीजिए, इतना बहुत हुआ।"

सामने से एक आदमी आता हुआ दिख पड़ा। सर्वेश्वरी रूक गई। भय हुआ, बुला न सकी। राजकुमार पेड़ों के अंधेरे में अदृश्य हो गया।

"कुँवर साहब ने महफ़िल के लिए जल्द बुलाया है।" उस आदमी ने कहाँ।

"अच्छा।" सर्वेश्वरी की आवाज़ क्षीण थी।

"आप लोगों ने खाना न खाया हो, तो जल्दी कीजिए।"

सर्वेश्वरी डेरे की तरफ़ चली। आदमी दूसरी तवायफ़ों को सूचना देने चला।

"क्या होगा। अम्मा?" कनक ने त्रस्त निगाह से देखते हुए पूछा।

"जो भाग्य में होगा, हो लेगा। तुमसे भी नहीं बना।"

कनक सिर झुकाये खड़ी रही। और, और तवायफ़ भोजन-पान में लगी हुई थीं। सर्वेश्वरी थोड़ा-सा खाना लेकर आई और कनक से खा लेने के लिए कहा। स्वयं भी थोड़ा-सा जलपान कर तैयार होने लगी।

14

राजकुमार बाहर, एक रास्ते पर, कुछ देर खड़ा सोचता रहा। दिल को सख्त चोट लगी थी। बहू से नाराज था। सोच रहा था, चलकर खूब फटकारूँगा। रात एक पहर बीत चुकी थी, भूख लग रही थी। बहू के मकान की ओर चला, पर दिल पीछे खींच रहा था, तरह-तरह से आरजू-मिन्नत कर समझा रहा था, 'बहुत दूर चलना है।' बहू का मकान वहाँ से मील ही भर के फ़ासले पर था, 'अब वहाँ खाना-पीना हो गया होगा। सब लोग सो गए होंगे।'

राजकुमार को दिल की यह तजवीज पसन्द आई।

रास्ते में एक पुल मिला। वह वहीं बैठकर फिर सोचने लगा। कनक उसके शरीर में प्राणो की ज्योति की तरह समा गई थी, पर बाहर से वह बराबर उससे लदत्त रहा। 'कनक स्टेज पर नाचेगी, गायेगी, दूसरों को खुश करेगी, खुद भी प्रसन्न होगी और मुझसे ऐसा ज़ाहिर करती है, गोया दूध की धुली हुई है, इन सब कामों में दिल से उसकी बिलकुल दिलचस्पी नहीं और वह ऐसी कनक का महफ़िल में बैठकर गाना सुनना चाहता है।' राजकुमार के रोएँ-रोएँ से नफ़रत की आग निकल रही थी, जिसमें तपकर कनक की कल्पना-मूर्ति उसे और भी चमकती हुई स्नेह मयी बनकर घेर लेती। हृदय उमड़कर उसे स्टेज की तरफ़ चलने के लिए प्रेरित करता। उसके तमाम विरोधी प्रयत्न विफल हो रहे थे।

अन्ततः उसने यन्त्रवत् हृदय की इस सलाह को मान लिया और इसके अनुकूल युक्तियाँ भी निकाल लीं। सोचा, 'अब बहुत देर हो गई है, बहू सो गई होंगी। अच्छा हो, यहीं चलकर कहीं जरा जलपान कर लूँ और रात महफ़िल के एक कोने में बैठकर पार कर दूँ। कनक मेरी है कौन? फिर मुझे इतनी ग्लानि क्यों? जिस तरह मैं स्टेज पर जाया करता हूँ, उसी तरह यहाँ भी बैठकर बारीकियों की परीक्षा करूंगा। कनक के सिवा और भी कई तवायफ़े हैं। उनके सम्बन्ध में मैं कुछ नहीं जानता। उनके संगीत से लेने लायक मुझे कुछ मिल सकता है।

बस, निश्चय हो गया। फिर बहू का मील-भर दुर मकान मंजिलों दूर सूझने लगा। राजकुमार लौट पड़ा।

चौराहे पर कुछ दीपक जल रहे थे, उसी ओर चला। कई दूकानें थी, पूड़ियों को भी एक दूकान थी। उसी तरफ़ बढ़ा। सामने कुरसियाँ पड़ी थीं, बैठ गया। आराम की एक ठण्डी साँस ली। पाव भर पूड़ियाँ तोलने के लिए कहा।

भोजन के पश्चात् हाथ-मुँह धोकर दाम दे दिए। इसी समय गढ़ के भीतर कुँवर साहब की सवारी का डका सुनायी पड़ा। दुकानदार लोग चलने के लिए व्यग्र हो उठे। उन्हीं से उसे मालूम हुआ कि अब कुँवर साहब महफ़िल में जा रहे हैं। दुकानदार अपनी-अपनी दूकानें बन्द करने लगे। राजकुमार भी भीतर से पुलकित हा उठा। एक पानवाले की दूकान से दो बीड़े लेकर खाता हुआ गढ़ की तरफ़ चला।

बाहर, खुली हुई जमीन पर, एक विशाल मण्डप बना था। एक तरफ़ स्टेज था, तीन तरफ़ से गेट। हर पल संगीन बन्द सिपाही पहरे पर था। भीतर बड़ी सजावट थी। विद्युदाधार मंगवाकर कुँवर साहब ने भीतर और बाहर बिजली की बत्तियों से रात में दिन कर रखा था। राजकुमार ने बाहर से देखा, स्टेज जगमगा रहा था। फुटलाइट का प्रकाश कनक के मुख पर पड़ रहा था, जिससे रात में उसकी सहस्रोगुणा शोभा बढ़ गई थी। गाने की आवाज़ आ रही थी। लोग बातचीत कर रहे थे कि आगरे वाली गा रही है। राजकुमार ने बाहर ही से देखा, तवायफ़ें दो कतारों में बैठी हुई हैं। दूसरी कतार की पहली तवायफ़ गा रही है। इस कतार में कनक ही सबके आगे थी, बराल में उसकी माता। लोग मन्त्र-मुग्ध होकर रूप और स्वर की सुधा पी रहे थे, अचंचल आँखों से कनक को देख रहे थे। कनक भी दीपक की शिखा की तरह स्थिर बैठी थी। यौवन की उस तरुण ज्योति की तरफ़ कितने ही पतिंगे बढ़ रहे थे। कुँवर साहब एकटक उसे ही देख रहे थे।

राजकुमार को बाहर-ही-बाहर घूमते हुए देखकर एक ने कहा- "बाबूजी, भीतर जाइए, आपके लिए कोई रोक थोड़े ही है। रोक तो हम लोगों के लिए है, जिनके पास मजबूत कपड़े नहीं। जब कुँवर साहब चले जाएगे, तब पिछली रात को कहीं मौका लगेगा।"

राजकुमार को हिम्मत हुई। एक गेट से भीतर घुसा। सभ्य वेश देख सिपाही ने रास्ता छोड़ दिया। पीछे जगह बहुत खाली थी, एक जगह बैठ गया। उसे आते हुए कनक ने देख लिया। वह बड़ी देर से, जब से स्टेज पर आई, उसे खोज

रही थी। कोई भी नया आदमी आता, तो उसकी आँखें जाँच करने के लिए बढ़ जाती थीं।

कनक राजकुमार को देख रही थी। राजकुमार ने भी कनक को देखा और समझ गया कि उसका आना कनक को ज्ञात हो गया है, फिर भी आँखें फेरकर एक ओर बैठ गया। कनक कुछ देर तक अचंचल दृष्टि से देखती ही रही। मुख पर किसी प्रकार का विकार न था। राजकुमार के विचार को जैसे वह समझ रही थी पर चेष्टाओं में किसी प्रकार की भावना न थी।

क्रमशः दो-तीन गाने हो गए। दूसरी तरफ़ वाली कतार ख़त्म होने पर थी। एक-एक संगीत की बारी थी। कारण, कुँवर साहब शीघ्र ही सबका गाना सुनकर चले जानेवाले थे। इधर की कतार में कनक का पहला नम्बर था, फिर उसकी माता का। कुँवर साहब उसके गाने के लिए उत्सुक हो रहे थे और अपने पास के मुसाहिवों से पहले ही से उसके मँजे हुए गले की तारीफ़ कर रहे थे और इस प्रतियोगिता में सबको वही परास्त करेगी, इसका निश्चय भी दे रहे थे। कुँवर साहब के जल्द उठ जाने का एक और कारण था और इस कारण में उनके साथ कनक का भी बंगले पर जाना निश्चित था। इसकी कल्पना कनक ने पहले ही कर ली थी परन्तु मुक्ति का कोई उपाय न सोच सकी थी। कोई युक्ति थी भी नहीं। एक राजकुमार था, अब उससे वह निराश हो चुकी थी। राजकुमार के प्रति कनक के मन में क्रोध कम न था।

फ़र्श बिछा था। ऊपर इन्द्रधनुषी रंग के रेशमी थानों को और बीच में सोने की चित्रित चर्खी में उन्हीं कपड़ों को पिरोकर नये ढंग की चाँदनी बनायी गई थी। चाह तरफ़ लोहे के लट्ठे गड़े थे, उन्हीं के सहारे मण्डप खड़ा था। लोहे की उन कड़िय में वही कपड़े लिपटे थे। दो-दो कड़ियों के बीच एक तोरण उन्हीं कपड़ों से सजाय गया था। मण्डप 100 हाथ से भी लम्बा और 50 हाथ से भी चौड़ा था। लम्बाई की सीध में, सटा हुआ, पर मण्डप से अलग, स्टेज था, स्टेज ही की तरह सजा हुआ फुट-लाइटें जल रही थीं, साजिदे विंग्स के भीतर बैठे साज बजा रहे थे। कुँवर साहय की गद्दी के दो-दो हाथ के फ़ासले से सोने की कामदार छोटी रेलिंग चारों तरफ़ लगी थी। दोनों बगल गुलाब-पाश, इत्रदान, फूलदान आदि सजे हुए थे। गद्दी पर रेशमी मोटी चादर बिछी थी, चारों तरफ एक-एक हाथ सुनहला काम था और पन्ने तथा हीरे कॉ कन्नियाँ जड़ी हुई थी, दोनों बग़ल दो छोटे-छोटे कामदार मखमली तकिए, वैसा ही पीठ की तरफ़ बड़ा गिरदा। कुँवर साहब की

दाहिनी तरफ़ उनके परिवार के लोग थे, और बायीं तरफ़ राज्य के अफ़सर। पीछे आनेवाले सभ्य दर्शक तथा राज्य के पढ़े-लिखे और रईस लोग। राजकुमार यहीं बैठा था।

कनक उठ गई। राजकुमार ने देखा। भीतर ग्रीन-रूम में जाकर उसने कुँवर साहब के नाम एक चिट्ठी लिखी और अपने जमादार को खूब समझाकर चिट्ठी दे दी। इस काम में उसे पाँच मिनट से अधिक समय न लगा। वह फिर अपनी जगह आकर बैठ गई।

जमादार ने चिट्ठी कुँवर साहब के अर्दली को दी। अर्दली से कह भी दिया कि ज़रूरी चिट्ठी है। छोटी बाईजी ने जल्द पेश करने के लिए कहा है।

कुँवर साहब के रंग-ढंग वहाँ के तमाम नौकरों को मालूम हो गए थे। छोटी बाईजी के प्रति कुँवर साहब की कैसी कृपा दृष्टि है और परिणाम आगे चलकर क्या होगा, इसकी चर्चा नौकरों में छिड़ गई थी। अतः उसने तत्काल चिट्ठी पेशकार को दे दी, और साथ ही जल्द पेश कर देने की सलाह भी दी।

पेशकार साहब मौका न होने के बहाने पत्र लेकर बैठे ही रहना चाहते थे पर जब उसने बुलाकर एकान्त में समझा दिया कि छोटी बाई इस राज्य के नौकरों के लिए कोई मामूली बाईजी नहीं; यदि जल्द पत्र न गया, तो कल ही उससे ताल्लुक रखनेवालों पर बड़ी-बड़ी विपत्तियाँ आ सकती हैं; उसने इशारे से सारा मतलब समझा दिया, तब पेशकार मन-ही-मन पुरस्कार की कल्पना करते हुए कुँवर साहब की गद्दी की तरफ़ बढ़े और झुककर पत्र पेश कर दिया।

प्रकाश आवश्यकता से अधिक था। कुँवर साहब पढ़ने लगे। पढ़कर, बिना तपस्या के वर-प्राप्ति का सुन्दर सुयोग देख खुले हुए कमल पर बैठे भौरे की तरह प्रसन्न हो गए। पत्र में कनक ने शीघ्र ही कुँवर साहब को ग्रीन-रूम में बुलाया था।

एकाएक वहाँ से उठकर कुँवर साहब न जा सकते थे, शान के खिलाफ़ था। उधर गाने से तृप्ति करने की अपेक्षा जाने की उत्सुकता प्रवल थी, अतः मुग्राहियों को ही निर्णय के लिए छोड़ उठकर खड़े हो गए। पालकी लग गई। कुँवर साहब प्रासाद चले गए।

इधर आम जनता के लिए द्वार खुल गया। सब तरह के आदमी भीतर भँस गए। महफ़िल ठसाठस भर गई। अब तक दूसरी कतार का गाना ख़त्म हो चुका था। कनक को बारी थी। लोग सिर उठाये आग्रह से मुँह ताक रहे थे। सर्वेश्वरी ने

धीरे से उसे कुछ समझाया। कनक के उस्तादों ने स्वर भरा। कनक ने एक अलाप ली, फिर गाने लगी-

"दिल का आना था कि काबू से था जाना दिल का;
ऐसे जाने से तो बेहतर था न आना विल का।

हम तो कहते थे, मुहब्बत की बुरी हैं रस्में;
खेल समझे थे मेरी जान, लगाना दिल का।

स्वर की तरंग से पूरी महफ़िल को डुबो दिया। लोगों के हृदय में एक नया स्वप्न. सौन्दर्य के आकाश के नीचे शिशिर के स्पर्श से धीरे-धीरे पलक खोलती हुई चमेली की तरह विकसित हो गया। उसी स्वप्न के भीतर से लोग उस स्वर की परी को देख रहे थे। साधारण लोग अपने उमड़ते हुए उच्छ्वास को न रोक सके। एक तरफ़ से आवाज आई- "उबह कनकौआ, जस सुनत रहील, तइसै हऊ राजा!"

सभ्य जन सिर झुका मुस्कराने लगे। कनक उसी धैर्य में अप्रतिभ बैठी गाती रही। एक बार राजकुमार को देखा, फिर आँखें झुका लीं।

राजकुमार कलाविद् था। संगीत का उस पर पूरा असर पड़ गया था। एक बार, जब कनक के कला-ज्ञान की याद आती हृदय के सहस्र कण्ठों से उसकी प्रशंसा करने लगता पर दूसरे ही क्षण उस सोने की मूर्ति में भरे हुए ज़हर की कल्पना उसके शरीर को जर्जर कर देती थी। चित्त की यह डावाँ डोल स्थिति उसकी आत्मा को क्रमशः कमज़ोर करती जा रही थी, हृदय में स्थायी प्रभाव ज़हर का ही रह जाता। एक अज्ञात वेदना उसे क्षुब्ध कर देती थी। कनक के स्वर, सौन्दर्य, शिक्षा आदि की वह जितनी ही बातें सोचता और ये बातें उसके मन के यन्त्र को आप ही चला चलाकर, उसे कल्पना के अरण्य में भटकाकर निवासित कर देती थीं, उतनी ही उसकी व्याकुलता बढ़ जाती थी। तृष्णार्त को ईप्सित सुस्वादु जल नहीं मिल रहा था, सामने महासागर था पर हाय, वह लवणाक्त था!

कुँवर साहब प्रासाद में पोशाक बदलकर सादे, सभ्य वेश में कुछ विश्वासपात्र अनुचरों को साथ ले, प्रकाश-हीन मार्ग से स्टेज की तरफ़ चल दिए। उनके अनुचर उन्हें चारों ओर से घेरे हुए थे, जिससे दूसरों की दृष्टि उन पर न पड़े। स्टेज के बहिर्दार से कुँवर साहब भीतर ग्रीनरूम की ओर चले एक आदमी को साथ ले और सबको वहीं, इधर-उधर प्रतीक्षा करने के लिए कह दिया। ग्रीनरूम से कुँवर साहब

ने अपने आदमी को कनक को बुला लाने के लिए भेज दिया। खबर पा, उँगली मुँह के नजदीक तक उठा, दर्शकों को अदब दिखला सामने के विंग से भीतर चलने लगी। दर्शकों की तरफ मुँह किये विंग की ओर फिरते समय एक बार फिर राजकुमार की ओर देखा। दृष्टि नीची कर मुस्करायी, क्योंकि राजकुमार की आँखों में वह आग थी, जिससे वह जल रही थी।

कनक ग्रीनरूम की तरफ़ चली। शंकित हृदय काँप उठा पर कोई चारा न था। राजकुमार की तरफ़ असहाय आँखें प्रार्थना की अनिमेष दृष्टि से आप ही आप बढ़ गईं और हताश होकर लौट आईं। कनक के अंग-अंग राजकुमार की तरफ़ से प्रकाश-हीन संध्या में कमल के दलों की तरह संकुचित हो गए। हृदय को अपनी शक्ति की किरण दिख पड़ी, दृष्टि ने स्वयं अपना पथ निश्चित कर लिया।

कनक एक विंग के भीतर सोचती हुई खड़ी हो गई थी। चली। कुँवर साहब ने बड़े आदर से उठकर उसका स्वागत किया।

"बैठिए।" कहकर कनक उनके बैठने की प्रतीक्षा किये बिना कुर्सी पर बैठ गई। कुँवर साहब नौकर को बाहर जाने के लिए इशारा कर बैठ गए।

कनक ने कुँवर साहब पर एक तेज़ दृष्टि डाली। देखा, उनके अपार ऐश्वर्य पर तृष्णा की विजय थी। उनकी आँखें उसकी दृष्टि से नहीं मिल सकीं। वे कुछ चाहती हैं, इसलिए झुकी हुई हैं। उन पर कनक का अधिकार जम गया।

"देखिए।" कनक ने कहा- "यहाँ एक आदमी बैठा है, उसको कैद कर लीजिए।"

आज्ञा-मात्र से प्रबल-पराक्रमी कुँवर साहब उठकर खड़े हो गए "कौन है?"

"आइए।" कनक आगे-आगे चली !

स्टेज के सामने के गेटों की दराज से राजकुमार को दिखाया। उसके शरीर, मुख, कपड़े, रंग आदि की पहचान कराती रही। कुँवर साहब ने अच्छी तरह देख लिया। कई बार दृष्टि पर जोर दे देकर देखा; दूसरी कतार की तवायफ़ें ताज्जुब की निगाह से उस मनुष्य तथा कनक को देख रही थीं। गाना हो रहा था।

कनक को उसकी इच्छा पूर्ति से उपकृत करने के निश्चय से कुँवर साहब को उसे 'तुम' सम्बोधन करने का साहस तथा सुख मिला। कनक भी कुछ झुक गई, जब उन्होंने कहा- "अच्छा तुम ग्रीनरूम में चलो, तब तक अपने आदमियों को बुलाकर इन्हें दिखा दूँ।"

कनक चली गई। कुँवर साहब ने दरवाजे के पास से बाहर देखा। कई आदमी आ गए। दो को साथ भीतर ले गए। उसी जगह से राजकुमार को परिचित करा दिया और खूब समझा दिया- "महफ़िल उठ जाने पर एकान्त रास्ते में अलग बुलाकर वह ज़रूर गिरफ़्तार कर लिया जाए। किसी को कानोकान खबर न हो। आपस के सब लोग उसे पहचान लें।"

कुँवर साहब के मनोभावों पर चढ़ा हुआ भेद का पर्दा कनक के प्रति किये गए उपकार की शक्ति से ऊपर उठ गया। सहस्रों दृश्य दिखाई पड़े। आसक्ति के उद्दाम प्रवाह में संसार अत्यन्त रमणीय, चिरन्तन सुखों से उमड़ता हुआ एकमात्र उद्देश्य स्वर्ग देख पड़ने लगा। ऐश्वर्य की पूर्ति में उस समय किसी प्रकार का दैन्य न था। जैसे उनकी आत्मा में संसार के सब सुख व्याप्त हो रहे हों। उद्दाम प्रसन्नता से कुँवर साहब कनक के पास आए।

जाल में फंसी हुई मृगी जिस तरह अपनी आँखों को विस्फारित कर मुक्त शून्य के प्रति मुक्ति के प्रयत्न में निकलती रहती है, उसी दृष्टि में कनक ने कुँवर साहब को देखा। इतनी सुन्दर दृष्टि कुँवर साहब ने कभी नहीं देखी थी। किन्हीं आँखों में उन्हें वश करने का जादू न था। आँखों के जलते हुए दो स्फुलिंग उनकी प्रणय-वाटिका में खिले हुए दो गुलाब थे। प्रतिहिंसा की गर्म साँस वसन्त की शीतल समीर, और उस रूप की आग में तत्काल जल जाने के लिए वह अधीर पतंग। स्टेज पर लखनऊ की नव्वाबजान गा रही थीं-

"तू अगर शमा बने, मैं तेरा परवाना बनूँ।"

कुँवर साहब ने असंकुचित, अकुण्ठित भाव से कनक की उन्हीं आँखों में अपनी दृष्टि गड़ाते हुए निर्लज्ज स्वर से दोहराया-

"तू अगर शमा बने, मैं तेरा परवाना बनूँ।"

कनक ने उसी तरह असंकुचित स्वर से जवाब दिया-

"मैं तो शमा बनकर ही दुनिया में आई हूँ जनाब!"

"फिर मुझे परवाना बना लो।"

परवाने ने परवाने के सर्वस्व दानवाले स्वर से नहीं, तटस्थ रहकर कहा।

कनक ने एक बार आँख उठाकर देखा।

"किस्मत!" कहकर अपनी ही आँखों की बिजली में दूर तक रास्ता देखने लगी।

क्या सोचती हो तुम भी; दुनिया में हँसने खेलने के सिवा और है क्या?"

"कुँवर साहब का हितोपदेश सुनकर एक बार कनक मुस्करायी। जलती आग में आहुति डालती हुई बोली- "आप ठीक कहते हैं। आप, जैसा जहाँ परवाना हो, वहाँ तो शमा को अपनी तमाम खूबसूरती से जलते रहना चाहिए। लेकिन, मैं सोचती है, मेरी माँ जब तक यहाँ है, मैं शीशे के अन्दर हूँ। शमा से मिलने से पहले आप उसक शीशे को निकाल दीजिए।"

"जैसा कहो, वैसा किया जाए।" उत्सुकता प्रसन्नता से कुँवर साहब ने कहा।

"ऐसा कीजिए कि वह आज ही सुबह यहाँ से चली जाए, और तवायों हैं, मैं भी हूँ, जलसा फीका न होगा। आप मुझे इस वक्त बंगले ले चलना चाहेंगे?"

कृतज्ञ प्रार्थना से कुँवर साहब ने कनक की ओर देखा। कनक समझ गई। बोली- "अच्छा, ठहरिए, मैं जरा माँ से मिल लूँ।"

कुँवर साहब खड़े रहे। माता को विंग्स की आड़ से बुलाकर, थोड़े शब्दों में कुछ कहकर कनक चली गई।

गाना ख़त्म होने का समय आ रहा था। कुँवर साहब एक पालकी पर कनक को चढ़ा, दूसरी के बन्द पर्दे में खुद बैठकर बंगले चले गए।

15

राजकुमार को नये कण्ठों के संगीत से कुछ देर तक आनन्द मिलता रहा पर कुँवर साहब के चले जाने के बाद महफ़िल कुछ बेसुरी-सी लगने लगी, मानो सबके प्राणों से आनन्द की तरंग लुप्त हो गई हो, जैसे मनोरंजन की जगह तमाम महफ़िल कार्य-क्षेत्र हो रही हो।

गायिका कनक के संगीत का उस पर कुछ प्रभाव पड़ा था, विदुषी कुमारी कनक उसकी नज़रों में गिर चुकी थी। अज्ञात भाव से इसके लिए उसे अन्दर-ही-अन्दर बड़ी पीड़ा मालूम हो रही थी। वह कुछ देर तक तो बैठा रहा पर जब कनक भीतर चली गई और थोड़ी ही देर में कुँवर साहब भी उठ गए और कनक बड़ी देर तक न आई, फिर जब आई, तो बाहर ही से माँ को बुलाकर लौट गई, यह सब देखकर वह स्टेज, गाना, कनक और अपने प्रयत्न की तरफ़ से वीतराग हो चला। फिर उसके लिए वहाँ एक-एक क्षण पहाड़ की तरह बोझिल हो उठा।

राजकुमार उठकर खड़ा हो गया और बाहर निकलकर धीरे-धीरे डेरे की तरफ़ चला। बहूजी के मायके की याद से शरीर से जैसे एक भूत उतर गया हो। नशे के उतार की शिथिलता थी। धीरे-धीरे चला जा रहा था। कनक की तरफ़ से जो दिल को चोट लगी थी, रह-रहकर नफ़रत से उसे और बढ़ाता, तरह-तरह की बातें सोचता हुआ बला जा रहा था। ज्यादा झुकाव कलकत्ते की तरफ़ था, सोच रहा था, इसी गाड़ी से कलकत्ते चला जाएगा।

जब गढ़ के बाहर निकलकर रास्ता चलने लगा, तो उसे मालूम हुआ, कुछ आदमी और उसके साथ आ रहे हैं। सोचा, ये लोग भी अपने-अपने घर जा रहे होंगे। धीरे-धीरे चलने लगा। वे लोग निकट आ गए। चार आदमी थे। राजकुमार ने अच्छी तरह नज़र गड़ाकर देखा, सब साधारण सिपाही दर्जे के आदमी थे। कुछ न बोला, चलता रहा।

हटिया से निकलकर बाहर सड़क पर आया। वे लोग भी आए। सामने दूर तक रास्ता-ही-रास्ता था, दोनों बग़ल खेत। राजकुमार ने उन लोगों की तरफ़ फिरकर पूछा, "तुम लोग कहाँ जाओगे?"

"कहीं नहीं, जहाँ-जहाँ आप जाएगे।"

"मेरे साथ चलने के क्या माने?"

"तारा बहन ने हमें आपकी ख़बरदारी के लिए भेजा था। साथ चन्दन बाबू भी थे।"

"चन्दन?"

"हाँ! वह आज सुबह की गाड़ी से आ गए हैं।"

राजकुमार की आँखों पर दूसरा पर्दा उठा। संसार अस्तित्वयुक्त, सुखद और सुन्दर मालूम देने लगा। आनन्द के उच्छ्वसित कण्ठ से पूछा- "कहाँ हैं वह?"

"अब आपको घर चलकर मालूम हो ही जाएगा।"

ये चारों उसी गाँव के आत्माभिमानी अशिक्षित वीर आजकल की भाषा में गुण्डे थे, प्रचित्य रूढ़ियों के अनुसार चलनेवाले। किसी ने रूढ़ि के ख़िलाफ़ किसी तरफ कदम बढ़ाया कि उसका सिर काट लेनेवाले। गाँव की बहुओं और बेटियों की इज़्ज़त तथा सम्मान की रक्षा के लिए अपना सर्वस्व स्वाहा कर देनेवाले। अँगरेजों और मुसलमानों पर विजातीय घृणा की आग भड़कानेवाले मलखान और ऊदल के अनुयायी। महावीर जी के अनन्य भक्त। लुप्त-गौरव क्षत्रिय, ज़मींदार घराने के सुबह के नक्षत्र, जो अपने स्वल्प प्रकाश में टिमटिमा रहे थे। रिश्ते में ये तारा के भाई लगते थे।

राजकुमार के चले जाने पर तारा को इनकी याद आई, तो जाकर नम्र शब्दों में कहा- "भैया! आप लोग चन्दन के साथ जाओ और राजकुमार को देखते रहना, कहीं टण्टा न हो जाए।" तदनुसार ये लोग चन्दन के साथ चले गए थे। चन्दन ने जैसा बताया, वैसा ही करते रहे। खानदान की लड़की तारा अच्छे घराने में गई है, वहाँ वाले सब ऊँचे दर्जे के पढ़े-लिखे आदमी हैं, इसका इन लोगों को गर्व था।

धीरे-धीरे गाँव नज़दीक आ गया। राजकुमार ने तारा का मतलब दूर तक समझकर फिर ज्यादा बातचीत इस प्रसंग में न की। चन्दन के लिए दिल में तरह-

तरह की जिज्ञासा उठ रही थी, 'वह क्यों नहीं आया, तारा ने सब बातें उससे ज़रूर कह दी होंगी, वह उसी चक्कर में तो नहीं घूम रहा? पर ये लोग क्यों नहीं बतलाते?'

राजकुमार इसी अधैर्य में जल्दी-जल्दी कदम बढ़ा रहा था। मकान आ गया। गाँव के आदमियों ने दरवाजे पर "बिट्टो-बिट्टो!" की असंकुचित, निर्भय आवाज़ लगायी। तारा ने दरवाज़ा खोला। राजकुमार को खड़ा देख स्नेह-स्वर से कहा- "आ गए तुम?"

"सुनो।" एक ने गम्भीर कण्ठ से तारा को एक तरफ़ अलग बुलाया।

तारा निःसंकोच बढ़ गई। उसने धीरे-धीरे कुछ कहा। बात समाप्त कर चारों ने तारा के पैर छुए।

चारों एक तरफ़ चले गए। चिन्ता युक्त तारा राजकुमार को साथ लेकर चली गई और दरवाज़ा बन्द कर लिया।

तारा के कमरे में जाते ही राजकुमार ने पूछा- "चन्दन कहाँ है बहूजी? इतनी जल्दी आ गया?"

"पुलिस के पास कोई मज़बूत काग़ज़ात उनके बाग़ीपन के सुबूत में न थे, सिर्फ़ सन्देह पर गिरफ्तार किये गए थे। पुलिस के साथ खासतौर से पैरवी करने पर जमानत पर छोड़ दिए गए हैं। इस पैरवी के लिए वह बड़े भाई से नाराज़ भी हैं। मुझे कलकत्ता ले जाने के लिए आए थे। पर यहाँ तुम्हारा हाल मुझसे सुना, तो बड़े खुश हुए और तुमसे मिलने चले गए, पर रज्जू बाबू...!" कहते-कहते युवती की आँखें भर आईं।

राजकुमार चौंक उठा। उसे विपत्ति की शंका हुई। चकित हो, युवती के दोनों हाथ पकड़कर आग्रह और उत्सुकता से पूछा "पर क्या? बताओ, मुझे यह शंका हो रही है।"

"तुम्हारा भी तो वही खून है।"

राजकुमार जिज्ञासा-भरी दृष्टि से उसका आशय पूछ रहा था। युवती ने अधिक बातचीत करना अनावश्यक समझा। राजकुमार उठकर बाहर चलने लगा पर युवती ने पकड़कर डाँट दिया- "थोड़ी देर में सब मालूम हो जाएगा, घर के आदमियों के आने पर। खबरदार, अगर बाहर कदम बढ़ाया।"

वीर युवक तारा के पलंग पर तकिये में सिर गड़ाए पड़ा रहा। तारा उसके हाथ-मुँह धोने और जलपान करने का इन्तजाम करने लगी। धैर्य का बाँध तोड़कर कभी-कभी दृष्टि से अपार चिन्ता झलक पड़ती थी।

16

कनक ने बंगले में पहुँचकर जो दृश्य देखा, उससे उसकी रही, सही आशा निर्मूल हो गई। बंगले में कुँवर साहब के मेहमान टिके हुए थे, जिनमें एक को कनक पहले से जानती थी। वह थे मिस्टर हैमिल्टन। अधिकांश मेहमान कुँवर साहब के कलकत्ते के मित्र थे, बड़े-बड़े ताल्लुकेदार और गोरे साहब। ये लोग उसी रोज़ गाड़ी से उतरे थे। बंगले में इनके ठहरने का खास इन्तजाम था। ये सभी कुँवर साहब के अन्तरंग मित्र थे, अन्तरंग आनन्द के हकदार। अपने स्थानों से इसी आशा से प्रयाण किया था।

कुँवर साहब ने पहले ही से वादा कर रखा था कि अभिषेक हो जाने के समय से अन्त तक वह अपने मित्रों को दर्शाते रहेंगे कि मित्रों की खातिरदारी किस तरह से की जाती है। मित्र-मण्डली कभी-कभी इसका तक़ाज़ा भी करती रही है। कनक के आने का तार मिलते ही इन्होंने अपने मित्रों को आने के लिए तार कर दिया था। करीब-करीब वे लोग भी कनक का नाम सुन चुके थे।

कुँवर साहब की थोड़ी-सी ज़मींदारी 24 परगने में थी, जिससे कभी-कभी हैमिल्टन साहब से मिलने-जुलने का अवसर आ जाता था। धीरे-धीरे यह मित्रता और भी दृढ़ हो गई। कारण, दोनों एक ही घाट पानी पीनेवाले थे, कई बार पी भी चुके थे, इससे हृदय भेद-भाव रहित हो गया था। हैमिल्टन साहब तार पाकर बड़े प्रसन्न हुए। हिन्दोस्तानी युवती को साहबी उद्दण्डता, क्रूरता तथा कटुता का ज्ञान करा देने के लिए वह तैयार हो रहे थे, उसी समय उन्हें तार मिला। एक बार कुँवर साहब के मानवीय मित्र की हैसियत से क्षुद्र नर्तकी देखने की लालसा प्रबल हो गई। वह कुछ दिन की छुट्टी लेकर चले आए।

कनक ने सोचा था, कुँवर साहब को वह अपने इंगित पर नचायेगी। राजकुमार को गिरफ़्तार करा, जब इच्छा हो, उसे मुक्त कर उसकी सहायता से स्वयं भी मुक्त हो जाएगी पर यहाँ और ही रंग देखा। उसने सोचा था, कुँवर साहब

अकेले रहेंगे। वह भय से पीली पड़ गई। हैमिल्टन उसे देखकर मुस्कराया। दृष्टि में व्यंग्य फूट रहा था। अंकुश कनक के हृदय को पार कर गया। चारों तरफ से कटाक्ष हो रहे थे। सब उसकी लज्जा को भेदकर उसे देखना चाहते थे। कनक व्याकुल हो उठी। आवाज़ में कहीं भी अपनापन न था।

कुँवर साहब पालकी से उतरे। सब लोगों ने शैतान की सूरत का स्वागत किया। कनक खड़ी सबको देख रही थी।

"अजी, आप बड़ी मुश्किलों में मिली हैं। और, सौदा भी बड़ा महँगा रहा।" कुँवर साहब ने अपने मित्रों से कनक की तरफ़ इशारा कर कहा।

कनक कमल-कलिका-सी संकुचित खड़ी रही। हृदय में आग धधक रही थी। कभी-कभी आँखों से ज्वाला फूट पड़ती थी। याद आया, वह भी महाराजकुमारी है पर हृदय उमड़कर आप ही बैठ गया, "मुझमें और इनमें कितना फ़र्क है। ये मालिक हैं, और मैं इनके इशारे पर नाचनेवाली! और यह फ़र्क केवल इसी सीमा तक है। चरित्र में ये किसी भी तवायफ़ से श्रेष्ठ नहीं। पर फिर भी समाज इनका है, इसलिए ये अपराधी नहीं। नीचता से ओत-प्रोत ऐसी वृत्तियाँ लिए हुए भी ये समाज के प्रतिष्ठित, सम्मान्य, विद्वान् और बुद्धिमान मनुष्य है। और मैं?"

कनक को चक्कर आने लगा। एक खाली कुरसी पकड़कर उसने अपने को सँभाला। इस तरह तप-तपकर वह और सुन्दर हो रही थी और चारों तरफ़ से उसके प्रति आक्रमण भी वैसे ही और चुभीले।

कुँवर साहब मित्रों से खूब खुलकर मिले। हैमिल्टन की उन्होंने बड़ी आवभगत की। कुँवर साहब हैमिल्टन की जितनी ही कद्र कर रहे थे, वह उतना ही कनक को अकड़-अकड़कर देख रहा था।

मुस्कराते हुए कुँवर साहब ने कनक से कहा- "बैठो, इस बालवाली कुर्सी पर अपने ही आदमियों की एक बैठक होगी, दो मंजिले पर। यहाँ भी हारमोनियम पर सुनाना होगा। सुरेश बाबू, दिलीपसिंह भी गायेंगे। तुम्हें आराम के लिए फुर्सत मिल जाया करेगी।" कहकर चालाक पुतलियाँ फेर लीं

एक नौकर ने आकर कुँवर साहब को ख़बर दी "सर्वेश्वरी बाई यहाँ से स्टेशन के लिए रवाना हो गई है। उनका हिसाब भी कर दिया गया है।" कहकर नौकर चला गया।

एक दूसरा नौकर आया। सलाम कर उस आदमी के गिरफ़्तार होने की खबर दी। कुँवर साहब ने कनक की तरफ़ देखा। कनक ने हैमिल्टन को देखकर राजकुमार को बुलवाना उचित न समझा। दूसरे, जिस अभिप्राय से उसने राजकुमार को कैद कराया था, यहाँ उसकी सफलता की कोई सम्भावना भी न थी।

कनक को मौन देख कुँवर साहब ने कहा- "यहाँ ले आओ उसे।"

कनक चौंक पड़ी। जल्दी में कहा- "नहीं-नहीं, अब उसकी कोई जरूरत नहीं। उसे छोड़ दीजिए।" कनक का स्वर काँप रहा था।

"जरा देख तो लें उस इशारेबाज को।" कुँवर साहब ने नौकर को संकेत किया।

चार सिपाही अपराधी को लेकर बंगले के भीतर आए। भीतर आते ही, किसी तरफ़ नजर उठाये बिना, अपराधी ने झुककर तीन बार सलाम किया।

उसका शरीर और रंग-ढंग राजकुमार से मिलता-जुलता था पर कनक ने देखा, वह राजकुमार न था। उसका चेहरा रूखा, कपड़े मोटे, बाल छोटे-छोटे, बराबर। उम्र राजकुमार से कुछ कम जान पड़ती थी।

कुँवर साहब ने कहा- "क्योंजी, यह इशारेबाजी तुमने कहाँ सीखी?"

अपराधी ने सिर झुकाकर तीन बार पुनः सलाम किया और कनक को एक तेज़ निगाह से देखा।

"यह वह नहीं है।" कनक ने जल्दी में कहा।

कुँवर साहब देखने लगे। पहचान न सके। स्टेज पर ध्यान आदमी की तरफ़ से ज्यादा कनक की तरफ़ था। पहले के आदमी से इसमें कुछ फ़र्क अवश्य देखते थे।

अपराधी ने किसी तरफ़ देखे बिना फिर सलाम किया और जैसे दीवार से कह रहा हो, "हुजूर, गवालियर में पखावज सीखकर कुछ दिनों तक रामपुर, जयपुर, अलवर, इन्दौर, उदयपुर, बीकानेर, टीकमगढ़, रीवाँ, दरभंगा, बर्दवान इन सभी रियासतों में मैं गया हूँ और सभी राजा-महाराजों को पखावज सुनायी है। हुजूर के यहाँ जलसा सुनकर आया था।" कहकर उसने फिर सलाम किया।

"अच्छा, तुम पखावजिए हो?"

"हुजूर!" उसने पुनः सलाम किया।

"हैमिल्टन की तरफ़ मुड़कर कुँवर साहब ने अँगरेजी में कहा- "अब बन गया काम।"

कनक आगन्तुक और कुँवर साहब को देख रही थी। रह-रहकर एक अज्ञात भय से कलेजा काँप उठता था।

"एक पखावज ले आओ।" सिपाही से कुँवर साहब ने कहा। बंगले की दूसरी मंजिल पर फ़र्श बिछा हुआ था, मित्रों को साथ लेकर चले। आगन्तुक से कनक को ले आने के लिए कहा। सिपाही पखावज लेने चला गया। और लोग बाहर फाटक पर थे।

कुँवर साहब और उनके मित्र ऊपर चले गए। पीछे से दो ख़िदमतदार भी चले। कमरा सूना देख, युवक ने कनक के कन्धे पर हाथ रखकर फिसफिसाते हुए कहा- "मैं राजकुमार का मित्र हूँ।"

कनक की आँखों से प्रसन्नता का स्रोत फूट पड़ा। अपलक देखने लगी। युवक ने कहा- "यही समय है। तीन मिनट में हम खाई पार कर जाएगे। तब तक वे लोग हमारी प्रतीक्षा करेंगे। देर हुई, तो इन राक्षसों से मैं अकेले तुम्हें बचा न सकूँगा।

कनक आवेग में भरकर युवक से लिपट गई और हृदय से रेलकर उतावली के कहा- "चलो।"

"तैरना जानती हो?" शीघ्रता से खाई की तरफ़ बढ़ते हुए कहा।

"न।" शंका से देखती हुई।

"पेशवाज भीग जाएगी। अच्छा, हाँ।" कमर-भर पानी में खड़े होकर युवक ने कहा- "धीरे से उतर पड़ो, घबराओ मत।"

कनक उतर पड़ी।

युवक ने अपनी चादर भिगोकर, पानी में हवा भरकर, गुब्बारे-सा बना कनक को पकड़ा दिया। ऊपर से आवाज़ आई "अभी ये लोग आए नहीं। जरा नीचे आकर देखो तो।"

युवक कनक की बाँह पकड़कर चुपचाप तैरकर खाई पार करने लगा। लोग नीचे आए। फाटक की तरफ दौड़े। युवक खाई पार कर चुका था।

उस पार घोर जंगल था। युवक कनक को साथ ले पेड़ों के बीच अदृश्य हो गया। बंगले के चारों तरफ़ खाई थी। केवल फाटक से जाने की राह थी। फाटक के पास से बड़ी सड़क कुँवर साहब की कोठी तक चली गई थी।

शोर-गुल उठ रहा था। इस पार से ये लोग सुन रहे थे।

"हम लोग पकड़ लिए गए, तो बड़ी बुरी गति होगी।" कनक ने धीरे-से युवक से कहा।

"अब हजार आदमी भी हमें नहीं पकड़ सकते। यह छह कोस का जंगल है। रात है। तब तक हम घर पहुँच जाएगे।" कपड़े निचोड़ते हुए युवक ने कहा।

"क्या आपका घर भी यहीं है?" चलते हुए स्नेह-सिक्त स्वर से कनक ने पूछा।

"मेरा नहीं, मेरे भाई की ससुराल है। राजकुमार भी वही होंगे।"

"वे लोग जंगल चारों तरफ़ से घेर लें, तो?"

"ऐसा नहीं हो सकता और जंगल की बहाल में ही वह गाँव है, इस तरफ़ तीन मील।"

"आपको मेरे बारे में कैसे मालूम हुआ?"

"भाभी ने मुझे राजकुमार की मदद के लिए भेजा था। उसे उन्होंने तुम्हें ले आने के लिए भेजा था न।"

कनक के क्षुद्र हृदय में रस का सागर उमड़ रहा था।

"आपकी भाभी को राजकुमार क्या कहते हैं?"

"बहुजी।"

"आपकी भाभी मायके कब आईं?"

"तीन-चार रोज़ हुए।"

कनक अपनी एक स्मृति पर जोर देने लगी।

साथ राजकुमार थे?

"हाँ।"

"आप तब कहाँ थे?"

"लखनऊ। किसानों का संगठन कर रहा था पर बचकर, क्योंकि मुझे काम ज्यादा प्यारा है।"

"फिर?"

"लखनऊ में सरकारी ख़ज़ाने पर डाका पड़ा। शक पर मैं भी गिरफ्तार कर लिया गया, पर मेरी गैर हाजरी ही साबित रही। पुलिस के पास कोई बड़ा सबूत न था, सिर्फ़ नाम दर्ज था। खुफ़ियावाले मुझे भला आदमी जानते थे। कोई सुबूत न रहने से जमानत पर छोड़ दिया गया।"

"आप कब गिरफ्तार किये गए?"

"छह-सात रोज़ हुए होंगे अखबारों में भी छपा था।"

"राजकुमार को कब मालूम हुआ?"

"जिस रोज़ भाभी को यहाँ ले आए, उसी रात को तुम्हारे यहाँ..."

कनक एक बार प्रणय से पुलकित हो गई।

"देखिए, कैसी चालाकी, मुझे कुछ नहीं बतलाया। मुझसे नाराज होकर आए थे।" कहा कनक ने।

"हाँ! सुना है, तुमसे नाराज़ हो गए थे। भाभी से बतलाया भी नहीं था पर एक दिन-उनकी चोरी भाभी ने पकड़ ली। तुम्हारे यहाँ से जो कोट पहनकर गए थे, उयव सिन्दूर लगा था।"

कनक शरमा गई- "अच्छा! यह सब भी हो चुका है?" हँसती हुई चल रही थी वह।

"हाँ! राजकुमार की मदद के लिए यहाँ आने पर मुझे मालूम हुआ कि कैवा साहब ने उन्हें गिरफ्तार करने का हुक्म दिया है। यहाँ मेरी भाभी के पिता नौकर हैं। गिरफ्तार करनेवालों में उनके गाँव का भी एक आदमी था। उसने उन्हें खबर दी। तभी मैंने उसे समझाया कि अपने आदमियों को बहकाकर मुझे ही गिरफ्तार होनेवाला आदमी बतलाए और गिरफ़्तार करा दे। राजकुमार की रक्षा के लिए दूसरे कई आदमियों को छोड़कर मैं गिरफ़्तार हो गया। मैं जानता था, तुम मुझे नहीं पहचानतीं, इसलिए छूट जाऊँगा। राजकुमार की गिरफ्तारी की वजह भी समझ में नहीं आ रही थी।"

कनक ने बतलाया- "हमी ने अपनी सहायता के लिए, राजकुमार को गिरफ्तार कराने का कुँवर साहब से आग्रह किया था।"

धीरे-धीरे गाँव नज़दीक आ गया। कनक ने थककर कहा- "अभी कितनी दूर है?"

"बस, आ गए।"

"आपने अभी अपना नाम नहीं बतलाया?"

"मुझे चन्दन कहते हैं। हम लोग अब नज़दीक आ गए। इन कपड़ों से गाँव के भीतर जाना ठीक नहीं। मैं पहले जाता हूँ, भाभी की एक साड़ी ले आऊँ फिर तुम्हें पहनाकर ले जाऊँगा। एक दूसरे कपड़े में तुम्हारे ये सब कपड़े बाँध लूँगा। घबराना मत। इस जंगल में कोई बड़े जानवर नहीं रहते।

कनक को ढाढ़स बँधाकर चन्दन भाभी के पास चला। वहाँ से गाँव चार फर्लांग के करीब था। रात थोड़ी रह गई थी।

दरवाज़े पर धक्का सुनकर तारा पलंग से उठी। नीचे उतरकर दरवाज़ा खोला। चन्दन को देखकर चाँद की तरह खिल गई- "आ गए तुम?"

स्नेहार्थी शिशु की दृष्टि से भाभी को देखकर चन्दन ने कहा- "भाभी! मैं रावण से सीता को भी जीत लाया।"

तारा तरंगित हो उठी- "कहाँ है वह?"

"पीछेवाले जंगल में। बंगले से खाई तैराकर लाया। वहाँ बड़ी ख़राब स्थिति हो रही थी। अपनी एक साड़ी दो, बहुत जल्द और एक चादर ओढ़ने के लिए और एक उसके कपड़े बाँधने के लिए भी।"

तुरन्त एक अच्छी साड़ी और दो चादरें निकालकर चन्दन को देते हुए तारा ने कहा- "हाँ! एक बात याद आई, जरा ठहर जाओ, मैं भी चलती हूँ। मेरे साथ आएगी, तुम अलग हो जाना। जरा कड़े और छड़े निकाल लूँ।"

तारा का दिया हुआ कुल सामान चन्दन ने लपेटकर ले लिया। फिर आगे-आगे तारा को लेकर जंगल की तरफ़ चला।

कनक प्रतीक्षा कर रही थी। शीघ्र ही दोनों उसके पास पहुँच गए। कनक को देखकर तारा से न रहा गया। "बहन! ईश्वर की इच्छा से तुम राक्षसों के हाथ से बच गईं!" कहकर तारा ने कनक को गले से लगा लिया।

हृदय में जैसी सहानुभूति का मुख कनक को मिल रहा था, ऐसा उसे आज जीवन में नया ही मिला था। स्त्री के लिए! स्त्री की सहानुभूति कितनी प्रखर और कितनी सुखद होती है, इसका आज ही उसे अनुभव हुआ।

तारा ने साड़ी देकर कहा- "यह सब उतारकर इसे पहन लो।"

कनक ने गीले वस्त्र उतार दिए। तारा ने चन्दन से कहा- "छोटे साहब, ये कड़े पहना दो। देखे, कलाई में कितनी ताकत है!"

चन्दन ने कनक के पैरों में कड़े डालकर, दोनों हाथ घुटनों के बीच रखकर, ज़ोर लगाकर पहना दिए, फिर छड़े भी। युवती ने चन्दन की इस ताकत के लिए तारीफ़ की, फिर कनक से चद्दर ओढ़कर साथ चलने के लिए कहा। कनक चादर ओढ़ने लगी, तो युवती ने कहा- "नहीं, इस तरह नहीं, इस तरह।" कनक को चादर ओढ़ा दी।

आगे-आगे तारा, पीछे-पीछे कनक चली। चन्दन ने कनक के कपड़े बाँध लिए और दूसरी राह के मिलने तक साथ-साथ चला।

तारा चुटकियाँ लेती हुई बोली- "छोटे साहब, इस वक्त आप क्या हो रहे है?"

कनक हँसी। चन्दन ने कहा- "एक दर्जा महावीर से बढ़ गया। केवल खबर लेने ही नहीं गया, बल्कि सीता को जीत भी लाया।"

थोड़ी ही दूर पर एक दूसरी राह मिली। चन्दन उससे होकर चला। युवती कनक को लेकर दूसरे रास्ते में चली। प्रथम ऊषा का प्रकाश कुछ-कुछ फैलने लगा था। उसी समय तारा कनक को लेकर पिता के मकान पहुँची और अपने कमरे में, जहाँ राजकुमार सो रहा था, ले जाकर दरवाज़ा बन्द कर लिया।

कुछ देर में चन्दन भी आ गया। कनक पक गई थी। युवती ने पहले राजकुमार के पलंग पर सोने के लिए इंगित किया। कनक को लज्जित खड़ी देख, बग़ल के दूसरे पलंग पर सस्नेह बाँह पकड़कर बैठा दिया और कहा- "आराम करो, बड़ी तकलीफ़ मिलीं।"

कनक के मुरझाये अधर खिल गए।

चन्दन ने पेशवाज सुखाने के लिए युवती को दिया। उसने लेकर कहा- "देखो, वहाँ चलकर इसका अग्नि-संस्कार करना है।"

चन्दन थक रहा था, राजकुमार की बग़ल में लेट गया।

युवती सबकी देख-रेख में रही। धीरे-धीरे चन्दन भी सो गया। कनक कुछ देर तक पड़ी सोचती रही। माँ की याद आई। कहीं ऐसा न हो कि उसकी खोज में उसी वक्त स्टेशन मोटर दौड़ायी गई हो, और तब तक गाड़ी न आई हो, वह पकड़ ली गई हो। समय का अन्दाजा लगाया। गाड़ी साढ़े तीन बजे रात को आती है, चढ़ जाना सम्भव है।

फिर राजकुमार की बातें सोचती कि न जाने यह सब इनके मन में क्या भाव पैदा करे। कभी चन्दन की और कभी तारा की बातें सोचती, ये लोग कैसे सहृदय हैं! चन्दन और राजकुमार में कितना स्नेह! तारा उसे कितना चाहती है! इस प्रकार, न-मालूम, उसकी सुख-कल्पना के बीच कब उसके पलकों के दल मुँद गए।

17

कुछ दिन चढ़ आने पर राजकुमार की आँखों ने एक बार चिन्ता के जाल से बाहर प्रकाश के प्रीत देखा। चन्दन की याद आई। उठकर बैठ गई। बहुजी झरोखे के पास, एक बाजू पकड़े बाहर सड़क की तरफ़ देख रही थीं। कोलाहल, कौतूहलपूर्ण, हास्य तथा वार्तालाप के अशिष्ट शब्द सुन पड़ते थे।

राजकुमार ने उठकर देखा, बग़ल में चन्दन सो रहा था। एक पलंग और बिछा था। कोई सिर से पैर तक चादर ओढ़े सो रहा था। चन्दन को देखकर चिन्ता की तमाम गाँठें आनन्द के मरोर से खुल गईं। जगाकर उससे अनेक बातें पूछने के लिए इच्छाओं के रंगीन उत्स रोएँ-रोएँ से फूट पड़े।

उठकर बहू के पास जाकर पूछा- "यह कब आए? जगा दूँ?"

"बात इस तरह करो कि बाहर किसी के कान में आवाज़ न पड़े। और, जरूरत पड़ने पर तुम्हें साड़ी पहनकर रहना होगा।"

"बड़ी नाजुक स्थिति है, तुम्हें सब मालूम हो जाएगा।"

"पर मैं साड़ी नहीं पहन सकता। अभी से कहे देता हूँ।"

"अर्जुन तो साल-भर विराट के यहाँ साड़ी पहनकर नाचते रहे, तुम्हें क्या हो गया?" वह उस वक्त नपुंसक थे।

"और इस वक्त तुम! उससे पीछा छुड़ाकर नहीं भागे?"

हैं?" राजकुमार लज्जित प्रसन्नता से टल गया। पूछा- "यह है कौन जो पलंग पर पड़े

"मुँह खोलकर देखो।"

"नाम से ही पता चल जाएगा।"

"हमें नाम से ज्यादा काम पसन्द है।"

"अगर कोई अनजान आदमी हो?"

"तो जान-पहचान हो जाएगी।"

"सो रहे हैं, नाराज़ होंगे।"

"कुछ बक-झक लेंगे, पर जहाँ तक मेरा अनुमान है, जीत नहीं सकते।"

"कोई रिश्तेदार हैं शायद?"

"तभी तो इतनी दूर आ पहुँचे हैं।"

राजकुमार पलंग के पास गया। चादर रेशमी और मोटी थी, मुँह दिख नहीं पड़ता था।

धीरे-से उठाने लगा। तारा खड़ी हँस रही थी। खोलकर देखा, विस्मय से फिर चादर ओढ़ाने लगा। कनक की आँखें खुल गई थीं। चादर ओढ़ाते हुए राजकुमार को देखा, उठकर बैठ गई। देखा सामने खड़ी तारा हँस रही है। लज्जा से उठकर खड़ी हो गई। फिर तारा के पास चली गई। सिर उसी तरह खुला रखा।

वार्तालाप तथा हँसी-मजाक की ध्वनि से चन्दन की नींद उखड़ गई। उठकर देखा तो सब लोग उठे हुए थे। राजकुमार ने बड़े उत्साह से बाँहों में भरकर, उसे उठाकर खड़ा कर दिया। तारा और कनक दोनों को देख रही थी। दोनों एक ही-से थे। राजकुमार कुछ बड़ा था। शरीर भी कुछ भरा हुआ। लोटे में जल रखा था। राजकुमार ने चन्दन को मुँह धोने के लिए दिया। खुद भी उसी में ढालकर मुँह धोते हुए पूछा- "कल जब मैं आया, लोगों से मालूम हुआ तुम आए हो। पर कहाँ हो, क्या बात है

बहुजी से बहुत पूछा, वह टाल गईं।"

"फिर बताऊँगा। अभी समय नहीं। बहुत-सी बातें हैं। अन्दाजा लगा लो। मैं न जाता तो इनकी बड़ी संकटमय स्थिति थी। उन लोगों से इनकी रक्षा न होती।"

"हाँ, कुछ-कुछ समझ में आ रहा है।"

"देखो, हम लोगों को आज ही चलने के लिए तैयार हो जाना चाहिए, ऐसी सावधानी में कि पकड़ में न आए।"

"मतलब?"

"तुम्हें गिरफ्तार करने का पहले ही हुक्म था, और आज्ञा तुम्हारी इन्होंने निकलवायी थी। उसी पर मैं गिरफ़्तार हुआ, तुम्हें बचाने के लिए, क्योंकि तुम सब जगहों से परिचित न थे। फिर जब पेश हुआ, तब इनके दुबारा गाने का प्रकरण चल रहा था। बंगले में ख़ास महफ़िल थी।" चन्दन ने हाथ पोछते हुए कहा!

"हैमिल्टन साहब भी आए थे।" कनक ने कहा।

"फिर? राजकुमार ने चन्दन से पूछा।"

संक्षेप में कुल हाल चन्दन बतला गया। युवती कनक को लेकर बगल वाले कमरे में चली गई।

"आज ही चलना चाहिए। चन्दन ने कहा।"

"चलो।"

"जलो नहीं, चारों तरफ़ लोग फैल गए होगे। इस ब्यूह से बचकर निकल पाना बहुत मामूली बात नहीं। और, कोई ताज्जुब नहीं, लोगों को दो-एक रोज़ में बात मालूम हो जाए।"

"गाड़ी सजा लें, और उसी पर चले चलेंगे।"

"कहाँ?"

"स्टेशन।"

"खूब! तो फिर पकड़ जाने में कितनी देर है?"

"फिर?"

"औरत बन सकते हो?"

"न।"

चन्दन हँसने लगा। कहा- "हाँ भई, तुम औरत वाले कैसे औरत बनोगे, पर मैं तो बन सकता हूँ।"

"यह तो पहले ही से बने हुए हैं।" कहती हुई मुस्कराती कनक के साथ युवती कमरे में आ रही थी।

युवती कनक को वहीं छोड़कर भोजन-पान के इन्तजाम के लिए चली गई। चन्दन को कमरा बन्द कर लेने के लिए कहती गई। चन्दन ने कमरा बन्द कर लिया।

कनक निष्कृति के मार्ग पर आकर देख रही थी, उसके मानसिक भावों में युवती के संग-मात्र से तीव्र परिवर्तन हो रहा था। इस परिवर्तन-चक्र पर जो सान उसके शरीर और मन को लग रही थी, उससे उसके चित्त की तमाम वृत्तियों एक दूसरे ही प्रवाह में तेज़ी से बह रही थी, और इस धारा में पहले ही तमाम प्रखरता मिटती जा रही थी। केवल शान्त, शीतल अनुभूति चित्त की स्थिति को दृढ़तर कर रही थी। अंगों की चपलता उस प्रवाह से, तट पर तपस्या करती हुई-सी, निश्चल हो रही थी।

राजकुमार चन्दन से उसका पूर्वापर कुछ प्रसंग एक-एक कर पूछ रहा था। चन्दन बतला रहा था। दोनों के वियोग के समय से अब तक की सम्पूर्ण घटनाएँ एवं उनके पारस्परिक सम्बन्ध वार्तालाप से जुड़ते जा रहे थे।

"तुम विवाह से घबराते क्यों हो?" चन्दन ने पूछा।

"प्रतिज्ञा तुम्हें याद होगी?" राजकुमार ने शान्त स्वर से कहा।

"वह मानवीय थी, यह सम्बन्ध दैवीय है। इसमें शक्ति ज़्यादा है।" चन्दन ने तर्क रखा।

"जीवन का अर्थ समर है।"

"पर जब तक वह कायदे से, सतर्क, सरस और अविराम होता रहे। विक्षिप्त का जीवन, जीवन नहीं और न उसका समर, समर।"

"मैं अभी विक्षिप्त नहीं हुआ।"

चोट खाकर वर्तमान स्थिति को कनक भूल गई। अत्रस्त दृष्टि, अकुण्ठित कण्ठ से कह उठी- "मैंने विवाह के लिए कब, किससे प्रार्थना की?"

चन्दन देखने लगा। ऐसी आँखें उसने कभी नहीं देखी थी। कितना तेज़ था उनमें!

कनक ने फिर कहा- "राजकुमार जी, आपने स्वयं जो प्रतिज्ञा की है, शायद ईश्वर के सामने की है, और मेरे लिए जो शब्द आपके हैं, आप इडेन-गार्डेन की बातें भूले नहीं होंगे, वे शायद वीरांगना के प्रति हैं!"

चन्दन एक बार कनक की आँखें और एक बार नत राजकुमार को देख रहा था। दोनों के चित्र सत्य का फ़ैसला कर रहे थे।

18

तारा ने दो नौकरों को बारी-बारी से दरवाजे पर बैठे रहने के लिए तैनात कर दिया कि बाहरी लोग उससे पूछकर भीतर आएं।

शोर-गुल सुनकर वह ऊपर चली गई। देखा, कनक जैसे एकान्त में बैठी हुई हो। उसके चेहरे की उदास, चिन्तित चेष्टा में तारा के हृदय में उसके स्नेह का स्रवण खुल गया। उसने युवकों की तरफ़ देखा। राजकुमार मुँह मोड़कर पड़ा हुआ परिस्थिति का पूर्ण परिचय दे रहा था। भाभी को गम्भीर मुद्रा में देखते हुए देखकर चन्दन ने अकुण्ठित स्वर में कह डाला- "महाराज दुष्यन्त को इस समय दिमाग़ की गर्मी से विस्मरण हो रहा है। असगरअली के यहाँ का गुलाब-जल चाहिए।

कनक मुस्करा दी। तारा हँसने लगी।

"तुम यहाँ आकर आराम करो।" कनक से कहकर तारा ने चन्दन से कहा- "छोटे साहब, ज़रा तकलीफ़ कीजिए। इस पलंग को उठाकर उस कमरे में डाल दीजिए। दूसरे किसी को अब इस वक्त न बुलाना ही ठीक है।"

कनक को लेकर तारा दूसरे कमरे में चली गई।

"उठो जी, पलंग बिछाओ।" चन्दन ने राजकुमार को खोदकर कहा।

राजकुमार पड़ा रहा। चन्दन ने हँसते हुए पलंग उठाकर बगल वाले कमरे में डाल दिया। बिस्तर बिछाने लगा। तारा ने बिस्तर छीन लिया। खुद बिछाने लगी। कनक की इच्छा हुई कि तारा से बिस्तर लेकर बिछा दे पर इच्छा को कार्य का रूप न दे सकी, खड़ी ही रह गई, तारा के प्रति एक श्रद्धा का भाव लिए। और, इसी गुरुता में उसे लगा कि जैसे उसका मेरुदण्ड झुककर टूट जाएगा।

तारा ने चन्दन से कहा- "ज़रा यहीं दो घड़े पानी भी ले आइए।"

चलते-चलते चन्दन ने कहा- "एक स्टेशन आगे चलकर ही गाड़ी पर चढ़ना है।"

चन्दन चला गया। तारा कनक को बैठाकर बैठ गई और राजकुमार की बातें साद्यन्त पूछने लगी।

चन्दन पानी ले आया, तो तारा ने कहा- "एक काम और है। आप लोग भी पानी भरकर जल्द नहा लीजिए, और ज़रा नीचे मुन्नी से कह दीजिए कि वह हरपालसिंह को बुला लाए। अम्मा शायद अब रोटियाँ सेंकती होंगी। आज खुद ही पकाने लगी। कहा- अब चलते वक्त रोटियों से हैरान क्यों करें।"

चन्दन चला गया। तारा फिर कनक से बातचीत करने लगी। तारा के प्रति पहले ही व्यवहार से कनक आकर्षित हो चुकी थी। धीरे-धीरे वह देखने लगी, संसार में उसके साथ पूरी सहानुभूति रखनेवाली केवल तारा है। कनक ने पहले-पहल तारा को जब दीदी कहा- उस समय उसके हृदय पर रखा हुआ जैसे तमाम बोझ उतर गया। दीदी की एक स्नेह-सिक्त दृष्टि से उसकी कुल थकावट, अशान्ति मिट गई। पारिवारिक सुख से अपरिचित कनक ने स्नेह का यथार्थ मूल्य उसी समय समझा। उसकी बाधाएँ आप-ही-आप दूर हो गई। अब जैसे भूली हुई वह एकाएक राजपथ पर आ गई हो। राजकुमार के प्रथम दर्शन से लेकर अब तक का पूरा इतिहास, अपने चित्त के विपक्ष की सारी कथा, राजकुमार में कुछ कह न सकने की लज्जा, सरल, सलज्ज, मन्द स्वर से कहती रही।

राजकुमार बाल वाले कमरे में जाग रहा था। अपनी पूरी शक्ति से, आई हुई अड़चन को पार कर जाने के लिए, चिन्ताओं की छलाँग मार रहा था। कभी-कभी उठती हुई हास्य-ध्वनि से चौंककर, अपने वैराग्य की माला बढ़ाकर वह चुप हो जाता।

चन्दन अपना काम पूरा कर आया। पलंग पर बैठकर कहा "उठो, तुम्हें एक मज़ेदार बात सुनाऊँ।

राजकुमार जागता ही था, उठकर बैठ गया।

सुनो, कान में कहूँगा। चन्दन ने धीरे से कहा।

राजकुमार ने चन्दन की तरफ़ सिर बढ़ाया।

चन्दन ने पहले इधर-उधर देखा, फिर राजकुमार के कान के पास मुँह ले गया। राजकुमार जब सुनने के लिए खूब एकाग्र हो गया, तो चुपके से कहा- "नहाओगे नहीं?"

विरक्त-भाव से राजकुमार पुनः लेटने लगा। चन्दन ने हाथ पकड़ लिया "बस! अब उधर देखो। मुक़दमा दायर है। अभी पुकार होती ही है।"

"रहने भी दो। मैं नहीं नहाऊँगा। राजकुमार लेटे रहा।"

एक बगल चन्दन भी लेट गया- "मैं तो प्रातः ही स्नान कर चुका हूँ।"

नीचे हरपालसिंह खड़ा था। मुन्नी 'दीदी-दीदी' पुकारती हुई ऊपर चढ़ आई। कमरे से निकलकर तारा ने हरपालसिंह को ऊपर बुलाया।

चन्दन और राजकुमार उठकर बैठ गए। उसी पलंग पर तारा ने हरपालसिंह को भी बैठाया।

हरपालसिंह चन्दन और राजकुमार को पहचानता था।

"कहिए बाबू, कल आप बच गए!" राजकुमार से कहता और इशारे करता हुआ बैठ गया। फिर राजकुमार की दाहिनी बाँह पकड़कर, मुस्कराते हुए कहा- "बड़े कस हैं।"

राजकुमार बैठा रहा। तारा स्नेह की दृष्टि से राजकुमार को देख रही थी, मानो उस दृष्टि से कह रही हो, आपकी सब बातें मालूम हो गई हैं। दृष्टि का कौतुक बतला रहा था, अपराध तुम्हारा ही है।

तारा का मौन फ़ैसला समझकर चन्दन चुपचाप मुस्करा रहा था।

रात की घटना अब तक तीन कोस से ज्यादा फ़ासले तक फैल चुकी थी।, हरपालसिंह को भी ख़बर मिली थी। चन्दन के भाग आने का उसने निश्चय कर लिया था, पर बाईजी के भगाने का कारण नहीं समझ सका था। कमरे में इधर-उधर नज़र दौड़ायी। बाईजी को न देखकर कुछ व्यग्र-सा हो रहा था, जैसी व्यग्रता किसी सत्य की श्रृंखला न मिलने पर होती है।

इसी समय तारा ने धीमे स्वर से कहा "भैया, तुम तो सब हाल जानते ही हो। बल्कि सारी कामयाबी तुम्हीं से हुई। अब थोड़ा-सा सहारा और कर दो, तो खेवा पार हो जाए।"

हरपालसिंह ने फटाफट तम्बाकू झाड़कर, अन्तरदृष्टि होते हुए, फाँककर जीभ से नीचे के होठ में दबाते हुए, सीना तानकर, सिर के साथ पलकें एक तरफ़ मरोड़ते हुए कहा- "हूँ..."

तम्बाकू की झाड़ से चन्दन को छींक आ गई। किसी को छींक से शुभ वार्तालाप के समय शंका न हो, इस विचार से सचेत हरपालसिंह ने एक बार सबको देखा, फिर कहा- "असगुन नहीं है, तम्बाकू की झार से छींक आई है।"

तारा ने कहा- "भैया, आज शाम को अपनी गाड़ी ले आओ। चार आदमी और साथ ले लेना। अगले स्टेशन पर हमें छोड़ आओ। छोटे साहब बाईजी को भी बचाकर साथ ले आए हैं न, वरना वहाँ उन बदमाशों से छुटकारा न होता। बाईजी ने बचाने के लिए कहा- फिर संकट में भैया, आदमी ही आदमी का साथ देता है। भला, कैसे छोड़कर आते?"

हरपालसिह ने डण्डा सँभाल, मुट्ठी से ज़मीन में दबाते हुए, एक पीक वहीं थूककर कहा- यह तो छत्री का धर्म है। गोसाईजी ने कहा है-

"रघुकुल-रीति सदा चलि आई;
प्रान जायँ, पर वचन न जाई।"

फिर राजकुमार का कल्ला दबाते हुए कहा- "आप तो अँगरेजी पढ़े हो, हम तो बस थोड़ी-बाड़ी हिन्दी पढ़े ठहरे, है न ठीक बात?"

राजकुमार ने जहाँ तक गम्भीर होते बना, वहाँ तक गम्भीर होकर कहा- "ठीक कहते हैं आप।"

तारा ने कहा- "तो भैया, शाम को आ जाओ, कुछ रात बीते चलना है।"

"बस बैल चरकर आए कि हम जोतकर चले। कुछ और काम तो नहीं है?"

"नहीं भैया! और कुछ नहीं।"

हरपालसिंह ने उठकर तारा के पैर छुए और खटाखट जीने से उतरकर, बाहर आ आल्हा अलापना शुरू कर दिया,

"दूध लजावे ना माता को, चाहे तन धजी-धजी उड़ जाये,
जीते बैरी हम ना राखे, हमरो क्षत्री धरम नसाय।"

गाते हुए चला गया वह।

"रज्जू बाबू, गलती आपकी है।" तारा ने सहज स्वर में कहा।

"लो मैं कहता न था, मुक़दमा दायर है। फ़ैसला छोटी अदालत का ही रहा।" चन्दन ने हँसते हुए कहा।

राजकुमार कुछ न बोला। उनका गाम्भीर्य तारा को अच्छा न लगा। बोली, "यह सब वाहियात है। क्यों रज्जू बाबू, मेरी बात नहीं मानोगे? देखो! मैं तुम्हें यह सम्बन्ध करने के लिए कहती हूँ।"

"अगर यह प्रस्ताव है, तो मैं इसका अनुमोदन और समर्थन करता हूँ।" चन्दन ने हँसते हुए कहा।

चन्दन की हँसी राजकुमार के अंगों में तीर की तरह चुभ रही थी।

"और अब आज से वह मेरी छोटी बहन है।" तारा ने जोर देते हुए कहा।

"तो मेरी कौन हुई?" चन्दन ने शब्दों को दबाते हुए पूछा।

तारा अप्रतिभ हो गई, पर सँभलकर कहा "यह दिल्लगी का वक्त नहीं।"

चन्दन चुपचाप लेट गया। दूसरी तरफ़ राजकुमार को खोदकर फिसफिसाते हुए कहा- "आप कर क्या रही हैं?"

"यार! तुम्हार लड़कपन नहीं छूटा अभी।" राजकुमार ने डाँट दिया।

चन्दन भीतर-ही-भीतर हँसते-हँसते फूल गया। तारा नीचे उतर गई। एक बार तारा को झाँककर उसने राजकुमार से कहा- "तुम्हारा जवानपन बलबलाता रहा है, यह तो देख ही रहा हूँ।"

तारा नीचे से लोटा और एक साड़ी लेकर आ रही थी। राजकुमार के कमरे में आकर कहा- "नहा डालो रज्जू बाबू। देर हो रही है। भोजन तैयार हो गया होगा।"

"आज नहाने की इच्छा नहीं है।"

"व्यर्थ तबियत ख़राब करने से क्या फ़ायदा?" हँसती हुई तारा ने कहा- "न नहाने से यह बला टल थोड़े ही सकती है।"

"उठो भी, अघोर-पन्थ से घिनवाकर लोगों को भगाओगे क्या? साबुन और सेण्ट-पन्थियों से पाला पड़ा है। तुम्हारे अघोर-पन्थ के भूत उतार दिए जाएगे।" चन्दन ने पड़े हुए कहा।

"और आप..., आप भी जल्दी कीजिए।" हँसती हुई तारा ने चन्दन से कहा।

"अब बार-बार क्या नहाऊँ? पिछली रात नहा तो चुका, और ऐसा-वैसा स्नान नहीं, स्त्री-रूपी नदी को छूकर पहला स्नान, सरोवर में दूसरा, फिर डेढ़ घण्टे तक ओस में तीसरा, और जो गीले कपड़ों में रहा, वह सब बट्टे-खाते।" चन्दन ने हँसते हुए कहा।

तारा हँसती रही। राजकुमार से एक बार और नहाने के लिए कहकर कनक के कमरे में चली गई।

मकान में ही कुआँ था। महरी पानी भर रही थी। राजकुमार नहाने चला गया। मुन्नी भोजन के लिए राजकुमार और चन्दन को बुलाने आई थी। कुएँ पर राजकुमार को नहाते देखकर बाहर चली गई।

अभी तक घर की स्त्रियों को कनक की ख़बर न थी। अकारण घृणा की शंका कर तारा ने किसी से कहा भी नहीं था। अधिक भय उसे रहस्य के खुल जाने का था। कनक को नहलाकर, वह माता के पास जाकर एक थाली में भोजन परोसवा लायी। माता ने पूछा भी "यह किसका भोजन है?"

"एक मेहमान आए है। आपसे फिर मिला दूँगी।" संक्षेप में समाप्त कर तारा थाली लेकर चली गई।

कनक बैठी हुई तारा की सेवा, स्नेह, सहृदयता पर विचार कर रही थी। बातचीत से कनक को मालूम हो गया कि तारा पढ़ी-लिखी है, और मामूली अँगरेजी भी अच्छी जानती है। उसके इतिहास के प्रसंग पर जो अँगरेजी के नाम आए थे, तारा ने उनका बड़ा सुन्दर उच्चारण किया था, और अपनी तरफ़ से भी एकाध अँगरेजी के शब्द कहे थे। 'तारा का जीवन कितना सुखमय है! ' कनक सोच रही थी। और, जितनी ही उसकी आलोचना कर रही थी, अपने सारे स्त्री-स्वभाव से उसके उतने ही निकट आ रही थी, जैसे लोहे को चुम्बक देख पड़ा हो। तारा ने जमीन पर आसन डालकर थाली रख दी, और भोजन के लिए सस्नेह कनक का हाथ पकड़, उठाकर बैठा दिया। कनक के पास इस व्यवहार का, वश्यता स्वीकार के सिवा और कोई प्रतिदान न था। वह चुपचाप आसन पर बैठ गई, और भोजन करने लगी। वहीं तारा भी बैठ गई।

"दीदी, मैं अब आप ही के साथ रहूँगी।"

तारा का हृदय भर आया। कहा- "मैंने पहले ही यह निश्चय कर लिया है। हम लोगों में पुराने ख्यालात के जो लोग हैं, उन्हें तुमसे कुछ दुराव रह सकता है,

क्योंकि ये लोग उन्हीं ख्यालात के भीतर पले हैं। उनसे तुम्हें कुछ दुःख होगा पर बहन, मनुष्य के अज्ञान की मार मनुष्य ही तो सहते हैं। फिर स्त्री तो अपनी क्षमा और सहिष्णुता के कारण ही पुरुष से बड़ी है। उसके ये ही गुण तो पुरुष की जलन को शीतल करते हैं!"

कनक सोच रही थी, उसकी दीदी इसीलिए मोम की प्रतिमा बन गई है।

तारा ने पुनः कहा- "मेरी अम्मा। छोटे साहब की माँ, शायद वहाँ तुमसे कुछ नफ़रत करें। अगर उनमें तुम्हारी मुलाकात होगी, तो मैं उनमें कुछ छिपाकर न कह सकूँगी। तुम्हारा वृत्तान्त सुनकर वह जिस स्वभाव की हैं, तुम्हें छूने में तथा अच्छी तरह बातचीत करने में ज़रूर कुछ संकोच करेंगी। वह शीघ्र ही काशी चली जानेवाली है। अब वही रहेंगी। मैं अब की जाते ही उनके काशीवास का प्रबन्ध करवाऊँगी।

कनक को हिन्दू-समाज से बड़ी घृणा हुई, यह सोचकर कि क्या वह मनुष्य नहीं है। अब तक मनुष्य कहलानेवाले समाज के बड़े-बड़े अनेक लोगों के जैसे आचरण उसने देखे हैं। क्या वह उनसे किसी प्रकार भी पतित है? कनक ने भोजन बन्द कर दिया। पूछा, "दीदी, क्या किसी जात का आदमी तरक्की करके दूसरी जात में नहीं, जा सकता?"

"बहन, हिन्दुओं में अब यह रिवाज नहीं रहा। यों, पौराणिक काल में, ऋषि विश्वामित्र का उदाहरण हमारे सामने अवश्य है। तुम्हें छोटे साहब विस्तार में बता सकेंगे। वह यह सब नहीं मानते। काफ़ी पढ़ा भी है। वह कहते हैं, आदमी आदमी है, और ऊँचे शास्त्रों के अनुसार सब लोग एक ही परमात्मा से हुए हैं। यहाँ जिस तरह शिक्षा-क्रम से बड़े-छोटे का अन्दाज लगाया जाता है, पहले इसी तरह शिक्षा, सभ्यता और व्यवसाय का क्रम रखकर ही जातियों का वर्गीकरण हुआ था। वह और भी बहुत-सी बातें कहते हैं।

कनक ने इस प्रसंग के पहले गुस्से से भोजन बन्द कर दिया था; अब खुश होकर फिर खाने लगी। दिल-ही-दिल चन्दन से मिलकर तमाम बातें पूछने की तैयारी कर रही थी।

तारा निविष्ट चित्त से कनक का भोजन करना देख रही थी। जब से कनक मिली, तारा तभी से उसकी सब प्रकार में परीक्षा कर रही थी। कनक में बहुत बड़े-बड़े लक्षण उसने देखे। उसने किसी भी बड़े खानदान में इतने बड़े लक्षण नहीं

देखे। उसका चाल-चलन, उठना-बैठना, बोलना-चालना, सब उसके बड़े खानदान में पैदा होने की सूचना दे रहे थे। उसके एक-एक इंगित में आकर्षण था। सत्रह साल की युवती की इतनी पवित्र चितवन उसने कभी नहीं देखी। सिर्फ़ एक दोष तारा को मिल रहा था, वह थी कनक की तीव्रता।

मुन्नी बाहर से घूमकर आ गई। राजकुमार नहाकर ऊपर चला गया। उसने उँगली पकड़कर कहा- "चलिए, खाना तैयार है।" फिर उसी तरह चन्दन की उँगली पकड़कर खींचा, "उठिए।"

राजकुमार और चन्दन भोजन करने चले गए।

तारा डिब्बा उठाकर पान लगाने लगी। कनक भोजन समाप्त कर उठी। तारा ने पानी दिया। पलंग पर आराम करने के लिए कहा, और कह दिया कि तीसरे पहर उसके घर की स्त्रियाँ और उसकी माता मिलेंगी। अभी तक उनको कनक के आने के सम्बन्ध में विशेष कुछ मालूम नहीं है। साथ ही यह भी बतला दिया कि एक झूठा परिचय दे देने से नुकसान कुछ नहीं, बल्कि फ़ायदा ज़्यादा है; यों उन लोगों को पीछे से तमाम इतिहास मालूम हो ही जाएगा।

कनक यह परिचय छिपाने का मतलब कुछ-कुछ समझ रही थी। उसे अच्छा नहीं लगा पर तारा की बात उसने मान ली। चुपचाप सिर हिलाकर सम्मति दी।

तारा भी भोजन करने चली गई। कनक को इस व्यक्तिगत घृणा में एक जलन हो रही थी। वह समझने की कोशिश करके भी समझ न पाती थी। एक सांत्वना उसके तत्कालीन जीवन के लक्ष्य में तारा थी। तारा के मौन प्रभाव की कल्पना करते-करते उसकी आँख लग गई।

राजकुमार और चन्दन भोजन करके आ गए। चन्दन को नींद लग रही थी। राजकुमार स्वभावतः गम्भीर हो चला था। कोई बातचीत न हुई। दोनों लेटे रहे।

19

कुछ दिन के रहते अपना असबाब बँधवाकर तारा कनक को देखने गई। चन्दन सो रहा था। राजकुमार एक किताब बड़े ग़ौर से पढ़ रहा था। कनक को देखा, सो रही थी। जगा दिया। घड़े से पानी ढालकर मुँह धोने के लिए दिया। फिर पान लगाने लगी।

कनक मुँह धो चुकी। तारा ने पान दिया। एक बार फिर समझा दिया कि अब घर की स्त्रियों से मिलना होगा, खूब सँभलकर बातचीत करेगी। फिर वह चन्दन के पास गई। चन्दन को जगाया, कहा कि अब सब लोग आ रही हैं और वह छींटों के लिए तैयार होकर, हाथ-मुँह धोकर बैठे।

तारा नीचे चली गई। चन्दन भी हाथ-मुँह धोने के लिए नीचे उतर गया। राजकुमार किताब में तल्लीन था।

देखते-देखते कई औरतें बराबर के दूसरे मकान से निकलकर तारा के कमरे की ओर बढ़ने लगी। आगे-आगे तारा थी।

तारा के घर के लोग, उसके पिता और भाई जो स्टेट में नौकर थे, चन्दन की गिरफ़्तारी का हाल जानते थे। इससे भागने पर निश्चय कर लिया था कि छोटी बाई जी को वही लेकर भागा है। इस समय इन्तजाम से उन्हें फुर्सत न थी। अतः घर सिर्फ़ दोपहर को भोजन के लिए आए थे, और चुपचाप तारा से पूछकर भोजन करने चले गए थे। घर की स्त्रियों से इसकी कोई चर्चा नहीं की। डर रहे थे कि इस तरह भेद खुल जाएगा। तारा उसी दिन चली जाएगी, इससे उन्हें कुछ प्रसन्नता हुई, और कुछ चिन्ता भी। तारा के पिता ने उसे बताया कि बड़े ज़ोर-शोर से खोज हो रही है और शायद कलकत्ते के लिए आदमी रवाना किये जाए। उन्होंने यह भी बतलाया है कि कई साहब आए थे। एक घबराये हुए हैं, शायद आज ही चलें जाए।

तारा दो-एक रोज़ और रहती, पर भेद खुल जाने के डर से उसी रोज तैयार हो गई थी।

उसने सोच लिया था कि वह किसी तरह विपत्ति से बच भी सकती है, पर एक बार भी अगर गढ़ में यह ख़बर पहुँच गई, तो उसके पिता का किसी प्रकार भी बचाव नहीं हो सकेगा।

स्त्रियों को लेकर तारा कनक के कमरे में गई। दोनों पलंग के बिस्तर के नीचे से दरी निकालकर फ़र्श पर बिछाने लगीं। तारा की भावज ने उसकी सहायता की।

कनक को देखकर तारा की भावजे और बहने एक दूसरी को खोदने लगी। तारा की माँ को देखकर बड़ा आश्चर्य हुआ। कनक की ऐसी दृष्टि थी, जिसे देखकर किसी भी गृहस्थ स्त्री को क्रोध होता। उसकी दृष्टि में श्रद्धा न थी, थी स्पर्धा। बिलकुल सीधी चितवन उस में उससे बड़ी-बड़ी स्त्रियाँ थीं, कम-से-कम तारा की माँ तो थी ही, पर उसने किसी प्रकार भी अपना अदब जाहिर नहीं किया। लगता था, जैसे जंगल की हिरनी अभी-अभी कैद की गई हो।

तारा कुल मतलब समझती थी, पर कुछ कह न सकती थी। कनक ने स्त्रियों से मिलने की सभ्यता का एक अक्षर भी नहीं पढ़ा था, उसे ज़रूरत भी नहीं थी। वह प्रणाम करना तो जानती ही न थी। खड़ी कभी तारा को देखती, कभी आगन्तुक स्त्रियों को।

तारा की माता प्रणाम करवाने और ब्राह्मण-कन्या या ब्राह्मण-बहू होने पर उसके प्रणाम करने की लालसा लिए खड़ी रह गई। तारा से पूछा- "कौन है?"

तारा ने कहा- "अपनी ही जात।"

कनक को हार्दिक कष्ट था। ज़ाहिर करने का कोई उपाय न था, इससे और कष्ट।

कनक का सिन्दूर धुल गया था, पर उम्र से तारा की माँ तथा औरों को विवाह हो जाने का ही निश्चय हो रहा था। फिर सोचा, शायद विधवा हो परन्तु पहनावे से फिर शंका होती। इन सब मानसिक प्रहारों से कनक का कलेजा जैसे चारों ओर दवा जा रहा हो, कही साँस लेने की भी जगह न रह गई हो।

कुछ देर तक यह दृश्य देखकर तारा ने माता से कहा- "अम्मा, बैठ जाओ!"

तारा की माँ बैठ गई। अन्य स्त्रियाँ भी बैठ गई। तारा ने कनक को भी बैठा दिया। कनक किसी तरह उनमें नहीं मिल पा रही थी। तारा की माँ उसके प्रणाम न करने के अपराध को किसी तरह भी क्षमा नहीं करना चाहती थी। और, उतनी बड़ी लड़की का विवाह होना उनके पास 99 फीसदी निश्चय में दाखिल था। प्रखर स्वर से कनक से पूछा- "कहाँ रहती हो बच्ची?"

कनक के दिमाग़ के तार एकसाथ झनझना उठे। उत्तर देना चाहती थी पर गुस्से में बोल न सकी। तारा ने संभाल लिया- "कलकत्ते में।"

"यह गूँगी है क्या?" तारा की माँ ने दूसरा वार किया। अन्य स्त्रियाँ एक-दूसरी को खोदकर हँस रही थीं। उन्हें ज्यादा खुशी कनक के तंग किये जाने पर इसलिए थी कि वह इन सबसे सुन्दरी थी और एक-एक बार जिसकी तरफ़ भी देखा था, सबने पहले आँखें झुका ली थीं और दुबारा आँखों के प्यालों में ऊपर तक जहर भरकर उसकी तरफ़ उँड़ेला था। उसके जैसे सौन्दर्य के अभाव से, उतने समय के लिए, वीतराग होकर उसके सौन्दर्य को मन-ही-मन कस्बियों की सम्पत्ति करार दे रही थीं।

"जी नहीं, गूँगी तो नहीं हूँ।" कनक ने अपनी समझ में बहुत मुलायम स्वर में कहा पर तारा की माँ के लिए इससे तेज़ दूसरा उत्तर था ही नहीं। फिर घर आई से पराजय होने पर भी हमेशा विजय की गुंजाइश बनी रहती है। इस प्राकृतिक अनुभूति में स्वतः प्रेरित स्वर को मध्यम से धैवत-निषाद तक चढ़ाकर, भौएँ तीन जगह से सिकोड़कर, जैसे बहुत दूर की कोई वस्तु देख रही हों, मनुष्य नहीं, फिर आक्रमण किया- "अकेले यहाँ कैसे आई?"

तारा की इस हद तक आशा न थी। उसे बहुत ही बुरा लगा। उसने उसी वक्त बात बना ली - "स्टेशन आ रही थी, अपने मामा के यहाँ। छोटे साहब से मुलाकात हो गई, तो साथ ले लिया। कहा, एक साथ चलेंगे। उन्हीं ने मुझे बताया कि यह भी साथ चलेंगी।"

"अरे, वही कहा न कि अकेले घूमना... विवाह हो गया है कि नहीं?" तारा की माता के मुख पर शंका, सन्देह, नफ़रत आदि भाव बादलों से, पहाड़ी दृश्य की तरह, बदल रहे थे।

"अभी नहीं।" कनक को अच्छी तरह देखते हुए तारा ने कहा।

मुद्रा से माता ने आश्चर्य प्रकट किया। और स्त्रियाँ असंकुचित हँसने लगीं। कनक की मानसिक स्थिति बयान से बाहर हो गई।

चन्दन वहीं, दूसरे कमरे में पड़ा यह सब आलम-परिचय सुन रहा था। उसे बड़ा बुरा लगा। स्त्रियों ही की तरह निर्लज्ज हँसी-हँसता हुआ कहने लगा- "अम्मा! बस, इसी तरह समझिए, जैसे बिट्टन माना के यहाँ गई हैं और रास्ते में, मैं मिल गया होऊँ, और मेरे खानदान की कोई स्त्री हो, वहाँ टिका लूँ, फिर यहाँ ले आऊँ। हाँ, बिट्टन में और इनमें यह फ़र्क अवश्य है कि बिट्टन को चाहे, तो कोई भगा ले जा सकता है पर इन्हें नहीं क्योंकि यह काफ़ी पढ़ी-लिखी हैं।"

तारा की माता पस्त हो गई। बिट्टन उन्हीं की लड़की है। उम्र 15 साल की, पर अभी विवाह नहीं हुआ था। चन्दन से विवाह करने के इरादे से रोक रखा है। बिट्टन अपने मामा के यहाँ गई हुई थी।

तारा को चन्दन का जवाब नितान्त युक्ति-संगत लगा और कनक के गाल तो मारे प्रसन्नता के लाल पड़ गए। राजकुमार उसी तरह निर्विकार चित्त से किताब पढ़ने का ठाट दिखा रहा था। भीतर से सोच रहा था, किसी तरह कलकत्ता पहुँचूँ, तो बताऊँ।

महिला-मण्डली का रंग फीका पड़ गया।

"अभी पिसनहर के यहाँ पिसना देने जाना है।" कहकर, काँखकर, वैसे ही विभागी दृष्टि से कनक को देखती हुई, मुँह बनाकर तारा की माता उठी, और धीरे-धीरे नीचे उतर गई। जीने से एक बार चन्दन की ओर घूरकर देखा। उसके बाद घर की और स्त्रियों ने भी 'महाजनो येन गतः स पन्थाः' का अनुसरण किया।

कनक बैठे-बैठे सबको देखती रही। सब चली गईं, तो तारा से पूछा- "दीदी! ये लोग कोई पढ़ी-लिखी नहीं थीं शायद?"

"न, यहाँ तो बड़ा पाप समझा जाता है।"

"आप तो पढ़ी-लिखी जान पड़ती हैं?"

"मेरा लिखना-पढ़ना वहीं हुआ है। घर में कोई काम था ही नहीं। छोटे साहब के भाई साहब की इच्छा थी कि कुछ पढ़ लूँ। उन्हीं से तीन-चार साल में हिन्दी और कुछ अँगरेजी पढ़ ली।"

कनक बैठी सोच रही थी। और उसकी समझ में नहीं आ रहा था कि वे सब स्त्रियाँ, जो अपने घर में भी इतनी असभ्यता से पेश आई, किस अंश में उससे बड़ी थीं। दीदी की सहृदयता और चन्दन का स्नेह स्मरण कर रोमांचित हो उठती, पर राजकुमार की याद से उसे वैसी ही निराशा हो रही थी। उसके अविचल

मौन से वह समझ गई कि अब वह उसे पत्नी, रूप में ग्रहण नहीं करेगा। इस चिन्ता से उसका चित्त न जाने कैसा हो जाता, मानो पक्षी के उड़ने की सब दिशाएँ अन्धकार से ढक गई हो। और ऊपर आकाश हो और नीचे समुद्र। अपने पेशे का जैसा अनुभव तथा उदाहरण वह लेकर आई थी, उसकी याद आने ही घृणा और प्रतिहिंसा की एक लपट बनकर जल उठती, जो जलाने से दूसरों को दूर देखकर अपने ही तृण और काष्ठ जला रही थी। सन्ध्या हो चुकी थी। सूर्य की अन्तिम किरणें पृथ्वी से विदा हो रही थी। नीचे हरपालसिंह ने आवाज़ दी।

तारा ने उसे ऊपर बुला लिया। हरपालसिंह बिलकुल तैयार होकर आज्ञा लेने आया था कि तारा कहे, तो वह गाड़ी लेकर आ जाए। हरपालसिंह को चन्दन के पास पलंग पर बैठाकर तारा नीचे चली गई, और थोड़ी देर में चार सौ रुपये के नोट लेकर लौट आई। हरपालसिंह को रुपये देकर कहा कि वह सौ-सौ रुपये के तीन थान सोने के गहने और दस-दस रुपये तक के दस थान चाँदी के, जो भी मिल जाए बाज़ार से जल्द ले आवें।

हरपालसिंह चला गया। तारा कमरों में दिए जलाने लगी। फिर पान लगाकर दो-दो बीड़े सबको देकर नीचे माता के पास चली गई। उसकी माता पूड़ियाँ निकाल रही थी। उसे देखकर पुनः प्रश्न कर बैठी "इससे तुम्हारी कैसे पहचान हुई?"

तभी एक भावज ने कहा- "देखो न, मारे ठसक के किसी से बोली ही नहीं!

'प्रभु से गरब कियो, सो हारा,

गरब कियो वे बन को घुँघची, मुख कारा कर डारा।'

हमें तो बड़ी गुस्सा लगी पर हमने कहा- कौन बोले इस बेहूदी से!"

दूसरी बोल उठी- "इसी तरह तो औरत बिगड़ जाती है। जुअण्टा है, ब्याह नहीं हुआ, और अकेली घूमती है।"

"छोटे बाबू से जान-पहचान अच्छी है।" पूड़ियाँ बेलती हुई अपनी जिठानी की तरफ़ देखकर, आँखों में बड़ी मार्मिक हँसी-हँसकर तीसरी ने कहा। जिठानी ने साथ दिया- "हाँ, देखो न, बेचारे उतनी दूर से बिना बोले नहीं रह सके। कैसा बनाया, जैसे और कोई सत्तू में छेद करना जानता ही नहीं।"

उत्साह से तीसरी ने कहा- "इसलिए तो ब्याह नहीं करते।"

तारा को इस आलोचना-प्रत्यालोचना के बीच बच रहने की काफ़ी जगह मिली।

काम हो रहा है, देख वह लौट गई। इनके व्यवहार से मन-ही-मन उसे बड़ी ग्लानि हुई।

तारा कनक के पास चली आई। उसके प्रति जो व्यावहारिक अन्याय उसके घर की स्त्रियों ने किया था, उसके लिए बार-बार क्षमा माँगने लगी। पहले उसे लज्जा होती थी, पर अब उसे काफ़ी बल मिल रहा था।

"दीदी, आप मुझे मिलें, तो सबकुछ छोड़ सकती हूँ।" कनक ने लेह-सिक्त स्वर से कहा। तारा के हृदय में कनक के लिए पहले ही से बड़ी जगह थी, इस शब्द से वहाँ उसकी इतनी कीमत हो गई, जितनी आज तक किसी की भी न हुई थी।

चन्दन पड़ा हुआ सुन रहा था, उससे न रहा गया। कहा- "बस, जैसे तजवीज आपने निकाली है, कुल रोगों की एक ही दवा है। मज़बूती से इन्हें पकड़े रहिये। गुरू समर्थ है, तो चेला कभी तो सिद्ध हो ही जाएगा।"

हरपालसिंह ने आवाज़ लगायी, तारा उठ गई। दिखाकर हरपालसिंह ने दरवाजे पर ही कुल सामान दे दिया, और पूछकर अपनी गाड़ी लेने चला गया। रात एक घण्टे से ज़्यादा पार हो चुकी थी।

यह सब सामान तारा ने अपनी भावजों तथा अपने नियुक्त किये हुए लोगों और कुछ परजों को देने के लिए मँगवाया था।

मकान में जाकर अपनी माँ से तैयारी करने के लिए कहा। पूड़ियाँ बाँध दी गईं। असबाब पहले ही से बाँधकर तैयार कर रखा था।

घर में स्त्रियाँ एकत्र होने लगी। पड़ोस की भी कुछ स्त्रियाँ आ-आकर जमने लगी। तारा उठकर बार-बार देवता को स्मरण कर रही थी। ऊपर जा कनक को ओढ़ने के लिए अपनी चादर दी। भूल गई थी, छत से उसकी पेशवाज ले आई, और बाँधकर एक बॉक्स में, जिसमें पुराने कपड़े आदि मामूली सामान थे, डाल दी।

हरपालसिंह गाड़ी ले आया। कोई पूछता, तो कह देता, गाँव के स्टेशन गाड़ी ले जानी है। तारा ने भावजों को भेट दी। माता तथा गाँव की स्त्रियों से मिली। नौकरों को इनाम दिया। फिर कनक को ऊपर से लिवा लायी। थोड़े ही शब्दों में सबको उसका परिचय देकर, गाड़ी पर बैठाल, सामान रखवा, स्वयं भी भगवान विश्वनाथ का स्मरण कर बैठ गई। गाड़ी चल दी। राजकुमार और चन्दन पैदल चलने लगे।

20

दूसरा स्टेशन वहाँ से 5-6 कोस पड़ता था। रात डेढ़-दो बजे के करीब गाड़ी पहुँची। तारा ने रास्ते में ही कनक को घूँघट से अच्छी तरह छिपा रखा था। स्टेशन के पास एक बग़ल गाड़ी खड़ी कर दी गई। चन्दन टिकट खरीदने और आवश्यक बातें जानने के लिए स्टेशन चला गया। राजकुमार में वही रहने के लिए कह गया। ट्रेन रात चार बजे के करीब आती थी।

चन्दन ने स्टेशन मास्टर से पूछा, तो मालूम हुआ कि सेकेण्ड क्लास का डिब्बा मिल सकता है। चन्दन भाभी के पास लौटकर समझाने लगा कि फर्स्ट क्लास का टिकट खरीदने की अपेक्षा उसके विचार से, एक सेकेण्ड क्लास छोटा डिब्बा रिजर्व करा लेने से सुविधा ज़्यादा होगी। दूसरे ख़र्च में कमी रहेगी। तारा सहमत हो गई। चन्दन ने सौ रुपये तारा से और ले लिए।

रास्ते-भर कनक के सम्बन्ध में कोई बातचीत नहीं हुई। चन्दन ने सबको समझा दिया था कि कोई इस विषय पर किसी प्रकार का जिक्र न छेड़े। हरपालसिंह के आदमी, स्टेशन से दूर उसके लौटने की प्रतीक्षा कर रहे थे। चन्दन सोच रहा था स्त्रियो को वेटिंग-रूम में ले जाया जाए या गाड़ी आने तक यही ठहरे। हरपालसिंह फुरसत पा टहलता हुआ स्टेशन की तरफ़ चला गया। चन्दन डिब्बा रिजर्व कराने चला। राजकुमार को तारा ने अपने पास बैठा लिया।

कुछ देर बाद शंका से अगल-बगल देख दाख, सीना तानता हुआ हरपालसिंह लौटा। तारा में कहा- “यहाँ तो बड़ा खतरा है बहन! सँभलकर जाना। लोग लगे है। सबकी बातचीत सुनते है और बड़ी जाँच हो रही है। राज्य के कई सिपाही भी हैं।”

सुनकर राजकुमार की आँखों से ज्वाला निकलने लगी पर सँभलकर रह गया। तारा घबराकर राजकुमार की तरफ़ देखने लगी। कनक भी तेज निगाह से राजकुमार को देख रही थी। स्टेशन की बत्तियों के प्रकाश से घूँघट के भीतर

उसकी चमकती हुई आँखें झलक रही थीं। कुल मुखाकृति जाहिर हो रही थी। तारा ने एक साँस लेकर हरपालसिंह से कहा- "भैया, छोटे बाबू को बुला तो लाओ।"

स्टेशन बड़ा था। बग़ल में डिब्बे लगे। कई कर्मचारी थे। चन्दन का काम हो गया था। वह हरपालसिंह को रास्ते में ही मिल गया। उनके पास आने पर तारा शंकित, दबे हुए स्वर से स्टेशन के वायुमण्डल का हाल, अवश्यम्भावी विपत्ति से घबरायी हुई, कहने लगी।

चन्दन थोड़ी देर सोचता रहा। फिर उसने हरपालसिंह से कहा- "भैया, तुम चले जाओ, भेद अगर खुल गया, और तुम साथ रहे तो तुम्हारे लिए बहुत बुरा होगा।

हरपालसिंह की भौंहे तन गईं, निगाह बदल गई। बोला- "भैया हे! जान का खेयाल करते, तो आपका साथ न देते! आपकी इच्छा होय, तो हियै लाठी..."

चन्दन ने उतावली में रोक लिया। इधर-उधर देखकर धीरे से कहा- "यह सब हमें मालूम है भैया, तुम्हारे कहने में पहले ही, पर अब ज्यादा बहस इस पर ठीक नहीं। तुम चले जाओ, हम आराम-कमरे में जाते हैं। गाड़ी आती ही होगी। हमारे साथ तुम स्टेशन पर रहोगे, तो देखकर लोग शक कर सकते हैं।

"हाँ, यह तो ठीक है।" बात हरपालसिंह को जँच गई।

उसे विदा करने के लिए तारा उठकर खड़ी हो गई। सामान पहले ही गाड़ी से उतारकर नीचे रख दिया गया था। हरपालसिंह ने बैल नह दिए, और तारा के चरण हुए। तारा खड़ी रही। कनक के दिल में हरपालसिंह के प्रति इज़्ज़त पैदा हो गई थी! तारा के साथ ही वह भी उठकर खड़ी हो गई। उसका खड़ा होना हरपालसिंह को बहुत अच्छा लगा। इस सभ्यता से उसके वीर हृदय को एक प्रकार की शान्ति मिली। तारा उसके पुरस्कार की बात सोचकर भी कुछ ठीक न कर सकी। एकाएक सरस्वती के दिए शब्दों की तरह उसे एक पुरस्कार सूझा "भैया ज़रा रुक जाओ। जिसके लिए यह हो रहा है, उसे अच्छी तरह देख लो।" यह कह उसने कनक का घूँघट उलट दिया।

वीर हरपालसिंह की दृष्टि में ज़रा देर के लिए विस्मय देख पड़ा। फिर-न-जाने क्या सोचकर उसने गर्दन झुका ली और अपनी गाड़ी पर बैठ गया। फिर उस तरफ़ उसने नहीं देखा। धीरे-धीरे सड़क में गाड़ी ले चला। राजकुमार और चन्दन पचास कदम तक बढ़कर उसे छोड़ने गए।

लौटकर राजकुमार को वे ही क़ीमती कपड़े, जो कनक के यहाँ उसे मिले थे, पहचानकर, खुद भी इच्छानुसार दूसरी पोशाक बदलकर चन्दन कुली बुलाने स्टेशन गया। तारा से कह गया, जरूरत पड़ने पर वह कनक को अपनी देवरानी बतायेगी, बाकी परिचय वह दे लेगा।

आगे-आगे सामान लिए हुए तीन कुली, उनके पीछे चन्दन, बीच में दोनों स्त्रियाँ, सबसे पीछे राजकुमार अपना सुरक्षित ब्यूह बनाकर स्टेशन चले। कनक अवगुण्ठित, तारा, तारा की तरह खुली हुई पर बारीक विचार रखनेवाले देखकर ही समझ सकते थे, उन दोनों में कौन अवगुण्ठित और कौन खुली हुई थी। कनक सब अंगों से ढकी हुई होने पर भी कहीं से भी झुकी हुई न थी। बिलकुल सीधी, जैसे अपनी रेखा और पदक्षेप में ही अपना खुला हुआ जीवन सूचित कर रही हो। उधर तारा की तमाम झुकी मानसिक वृत्तियाँ, उसके अनवगुण्ठित रहने पर भी, आत्मविरोध का हाल बयान कर रहीं थी।

नौकर ने जनाने वेटिंग रूम का द्वार खोल दिया। तारा कनक को लेकर भीतर चली गई। बाहर दो कुर्सियाँ डलवा, बुक स्टाल में दो अँगरेजी उपन्यास खरीदकर, दोनों मित्र बैठकर पढ़ने लगे। लोग चक्कर लगाते हुए आते, देखकर चले जाते। कुँवर साहब के आदमी भी कई बार आए। देर तक देखकर चले गए। जिस पखावजिये ने कनक को भगाया था, चन्दन अपनी स्थिति द्वारा उसमें बहुत दूर, बहुत ऊँचे, सन्देह से परे था। किसी को शक होने पर वह अपने शक पर ही शक करता।

राजकुमार किताब कम पढ़ रहा था, अपने को ज़्यादा। वह जितना ही कनक से भागता, चन्दन और तारा उतना ही उसका पीछा करते। कनक अपनी जगह पर खड़ी रह जाती। उसकी दृष्टि में उसके लिए कोई प्रार्थना न थी, कोई शाप भी न था, जैसे वह केवल राजकुमार के इस अभिनय को खुले हृदय की आँखों से देखनेवाली हो। यह राजकुमार की ओर चोट करता था। स्वीकार करते हुए उसका जैसे तमाम बल ही नष्ट हो जाता।

राजकुमार की समस्त दुर्बलताओं का अपने उस समय के स्वभाव के तीखेपन और तेज़ी से आकर्षित कर चन्दन लोगों को अपनी तरफ़ मोड़ लेता था। वह भी कुछ पढ़ नहीं रहा था, पर राजकुमार जितनी हद तक मनोराज्य में था, उतनी ही हद तक चन्दन बाहरी दुनिया में, अपनी तमाम वृत्तियों को सतर्क किये हुए, जैसे आकस्मिक आक्रमण को तत्काल रोकने के लिए तैयार हो। पन्ने

केवल दिखावे के लिए उलटता था, और इतनी जल्दबाजी थी कि लोग उसी की तरफ़ आकृष्ट होते थे। चन्दन का सोलहों आने बाहरी आडम्बर था। राजकुमार का बाह्य ज्ञान-साहित्य उस पर आक्रमण करने, पूछताछ करने का मौका देता था, पर चन्दन से लोगों में भय और सम्भ्रम पैदा हो जाता। वे त्रस्त हो जाते थे, और खिंचते भी थे उसी की तरफ़ पहले। वहाँ जिसकी खोज में स्टेट के आदमी से उसकी पूछताछ बेअदबी तथा मूर्खता थी, और स्टेट की भी इससे बेइज़्ज़ती होती थी, कहीं बात फैल गई, शंका थी, कहीं यह कोई बड़ा आदमी हो, पाप था, हिम्मत थी नहीं, लोग आते और लौट जाते। चन्दन समझता था, इसलिए वह और गम्भीर बना रहा।

गाड़ी का वक्त हो गया। लोग प्लेटफॉर्म पर जमने लगे। चन्दन का डिब्बा दूसरी लाइन पर लाकर लगा दिया गया। सिगनल गिरा। देखते-देखते गाड़ी भी आ गई। स्टेशन-मास्टर ने गाड़ी कटवाकर चन्दन के सामने ही वह डिब्बा लगवा दिया, और फिर बड़े अदब से आकर चन्दन को सूचना दी। दस रूपये का नोट निकालकर चन्दन ने स्टेशन मास्टर को पुरस्कृत किया। स्टेशन मास्टर प्रसन्न हो गए। पास खड़े पुलिस के दो सिपाही देख रहे थे। सामने आकर उन्होंने भी सलामी दी। दो-दो रूपये चन्दन ने उन्हें भी दिए।

चन्दन ने तारा को बाहर ही से आवाज दी "भाभी, चलिए !"

सिपाहियों ने आदमियों को हटाकर रास्ता बना दिया। हटाते वक्त दो-एक धक्के स्टेट के आदमियों को भी मिले। कुली सामान उठा-उठाकर डिब्बे में रखने लगे। चन्दन ने खिड़कियाँ बन्द करा दीं। दरवाज़ा चपरासी ने खोल दिया। तारा कनक को साथ लेकर धीरे-धीरे डिब्बे के भीतर चली गई। चन्दन ने कुलियों और चपरासियों को भी पुरस्कार दिया। राजकुमार भीतर चला गया। चन्दन के चढ़ते समय पुलिस के सिपाहियों ने फिर सलामी दी। चन्दन ने दो-दो रुपये फिर दिए, और गाड़ी में चढ़ गया।

पुलिस के सिपाहियों ने फिर अपनी मुस्तैदी दिखाकर, चलते-चलते प्रसन्न कर जाने के विचार से "क्या देखते हो, हटो यहाँ से" कह-कहकर सामने खड़ी भीड़ को दो-चार धक्के और लगा दिए। प्रायः सभी लोग स्टेट के ही खुफ़िया-विभाग के थे।

गाड़ी चल दी। कनक ने आप-ही-आप घूँघट उठा दिया। विगत प्रसंग पर बातें होती रही। चारों ने खुलकर एक-दूसरे की बातें कीं। जो कुछ भी राजकुमार

को अविदित था, मालूम हो गया। कनक के अन्दर अब किसी प्रकार का उत्साह नहीं रह गया था। वह जो कुछ कहती थी, सिर्फ़ कहना था, इसलिए। उसके स्वर में किसी प्रकार का अभियोग न था, कोई आकांक्षा न थी। राजकुमार के पिछले भावों से उसके मर्मस्थल पर गहरी चोट लग चुकी थी।

जितनी ही बातें होती, राजकुमार उतना ही बदलता जा रहा था। तारा ने फिर विवाह आदि के लिए आग्रह नहीं किया। चन्दन भी दो-एक बार उसे दोष देकर चुप रह गया।

हाँ, उसने जिस मनोवैज्ञानिक ढंग से बात की थी, उसे सुनकर राजकुमार को अपनी त्रुटि मालूम हो रही थी पर कनक ने इधर जिस तेजी से, सम्बन्ध-रहित की तरह, बिलकुल खुली हुई बातचीत की, इससे चन्दन के प्रसंग पर अत्यन्त संकोच और हेठी के कारण राजकुमार हारकर भी विवाह की बात स्वीकृत नहीं कर रहा था।

उस समय कनक को जो कुछ आनन्द मिला था, वह केवल चन्दन की बातचीत से। नाराज़ थी कि उसके इस प्रसंग का इतना बढ़ाव किया जा रहा है। सत्यप्राप्ति के बाद जैसे सत्य की बहस केवल तकरार होती रही है, हृदय-शून्य ये तमाम बातें, कनक को वैसी ही लग रही थीं। राजकुमार के प्रति तारा के हृदय में क्रोध था और कनक के हृदय में दुराव।

चारों एक-एक बर्थ पर बैठे थे। तारा थक रही थी। लेट रही। चन्दन ने स्टेशन पर जितनी शक्ति खर्च की थी, उसके लिए विश्राम करना आवश्यक हो रहा था। वह भी लेट रहा। हवा नहीं लग रही थी, इसलिए उठकर, खिड़की खोलकर फिर लेटी रही।

राजकुमार बैठा कुछ सोच रहा था। कनक बैठी अपने भविष्य की कल्पना कर रही थी, जहाँ केवल भावना-ही-भावना थी, सार्थक शब्द-जाल कोई नहीं। बड़ी देर हो गई। गाड़ी पूरी रफ़्तार में चली जा रही थी। कनक चन्दन की किताब उठाकर पढ़ने लगी। तारा और चन्दन सो गए थे।

राजकुमार अपने गत जीवन के चित्रों को देख रहा था। कुछ संस्करण लिखने के लिए पॉकेट से नोटबुक निकाली। लिखने लगा। एक विचित्र अनुभव हुआ, जैसे उसकी तमाम देह बँधी हुई खिंची जा रही हो कनक की तरफ़, हर अंग उसके उसी अंग से बँधा हुआ। ज़ोर लगाना चाहा, पर जैसे शक्ति ही न हो। इच्छा का वाष्प जैसे शरीर के शत छिद्रों में निकल गया हो। केवल उसका

निष्क्रिय अहं-ज्ञान और निष्क्रिय शरीर रह जाता था, मानो केवल प्रतिघात करते रहने के लिए कुछ सृष्टि करने के लिए नहीं। उसके बाद ही उसका शरीर काँपने लगा। ऐसी दशा उसकी कभी नहीं हुई थी। उसने अपने को सँभालने की बड़ी चेष्टा की पर संस्कार गत शरीर पर उसके नये प्रयत्न चल नहीं रहे थे, जैसे उसका श्रेय जो कुछ था, कनक ने ले लिया हो, जो उसी का हो गया था, वह जिसे अपना समझता था, जिसके दान में उसे संकोच था, जैसे उसी के पास रह गया हो और उसकी वश्यता से अलग। अपनी तमाम रचनाओं की ऐसी विशृंखल अवस्था देख वह हताश हो गया। आँखों में आँसू भर आए। चेष्टा विकृत हो गई।

तारा और चन्दन सो रहे थे। कनक राजकुमार को देख रही थी। अब तक वह मन से उससे पूर्णतया अलग थी, राजकुमार के साथ जिन-जिन भावनाओं के साथ वह लिपटी थी, उन सबको बैठी हुई अपनी तरफ़ खींच रही थी। कभी-कभी राजकुमार की मुख-चेष्टा से हृदय की करुणाश्रित सहानुभूति उसके स्त्रीत्व की पुष्टि करती हुई राजकुमार की तरफ़ उमड़ पड़ती थी, तब राजकुमार की क्षुब्ध चित्त वृत्तियों पर एक प्रकार का सुख झलक जाया करता, कुछ सांत्वना मिलती थी। नवीन बल प्राप्त कर वह अपने समर के लिए फिर तैयार होता था। कनक रह-रहकर, खुद चलकर, अपनी निर्दोषिता जाहिर कर एक बार फिर अन्तिम बार प्रार्थना करने का निश्चय कर रही थी। लज्जा और मर्यादा का बाँध तोड़कर उसके स्त्रीत्व का प्रवाह एक बार फिर उसके पास पहुँचने के लिए व्याकुल हो उठा, पर दूसरे ही क्षण राजकुमार के रुक्ष बर्ताव याद आते ही वह संकुचित हो बैठी रही।

जब कनक के भीतर सहृदय कल्पनाएँ उठती थीं, तब राजकुमार देखता था, कनक उसके भीतर, उसकी भावनाओं में रंगकर, अत्यन्त सुन्दर हो गई है। हृदय में उसका उदय होते ही एक ज्योति-प्रवाह फूट पड़ता था। स्नेह, सहानुभूति और अनेक कल्पनाओं के साथ उसकी कविता सुन्दर तरंगों से उसे बहलाकर बह जाती थी।

गाड़ी आसनसोल-स्टेशन पर खड़ी थी। राजकुमार बिलकुल सामने की सीट पर था। डिब्बे के झरोखे खुले हुए थे। गाड़ी को स्टेशन पहुँचे दस मिनट के करीब हो चुका था। कनक का मुँह प्लेटफॉर्म की तरफ़ था। बाहर के लोग उसे अच्छी तरह देख सकते थे, और देख रहे थे। प्लेटफॉर्म की तरफ़ राजकुमार की पीठ थी।

राजकुमार चौंक पड़ा, जब एकाएक गाड़ी का दरवाज़ा खुल गया। कनक सिकुड़कर शौकत दृष्टि से एक आदमी को देख रही थी। घूँघट काढ़ना, अनभ्यास के कारण, उसके शंकित स्वभाव के प्रतिकूल हो गया।

दरवाज़े के शब्द में राजकुमार की चेतना ने आँखें खोल दीं। झटपट उठा। एक अपरिचित आदमी देख पड़ा। कनक ने तारा और चन्दन को जगा दिया। दोनों ने उठकर देखा, एक साहब और राजकुमार, दोनों एक-दूसरे को तीव्र स्पर्धा की दृष्टि में देख रहे थे।

"तुम शायद मुझे भूले नहीं हैमिल्टन!" राजकुमार ने अँगरेजी" में डपटकर कहा।

साहब देखते रहे। साहब के साथ एक पुलिस का सिपाही, स्टेशन मास्टर, स्टेशन के कर्मचारी और कुछ पारदर्शक एकत्र थे। साहब को बुरी तरह डाँटे जाते देखकर स्टेशन मास्टर ने मदद की "इस डिब्बे में भगाई हुई औरत है, वह कौन है?"

"है नहीं, हैं कहिए, उत्तर तब मिलेगा। पर आप कौन हैं, जिन्हें उत्तर देना है?" राजकुमार ने तेज स्वर से पूछा।

"मेरी टोपी बतला रही है।" स्टेशन मास्टर ने भी आँखें निकालकर कहा।

"मैं आपको आदमी तब समझेंगा, जब जरूरत के वक्त आप कहें कि एक रिजर्व सेकेण्ड क्लास के यात्री को आपने 'कौन है' कहा था।"

स्टेशन-मास्टर का चेहरा उतर गया। तब कांस्टेबल ने हिम्मत की- "आपके साथ वह कौन बैठी हुई हैं?"

"मेरी स्त्री, भावज और भाई।"

स्टेशन-मास्टर ने साहब को भी अँगरेजी में समझा दिया। साहब ने दो बार आँखें झुकाये हुए सिर हिलाया, फिर अपने कम्पार्टमेंट की तरफ़ चल दिए। और लोग भी पीछे-पीछे चले। दरवाज़ा बन्द करते हुए राजकुमार ने सुनाकर कहा- "कावर्ड्स!" गाड़ी चल दी।

21

राजकुमार के होंठों का शब्द-बिन्दु पीकर कनक सीपी की तरह आनन्द के सागर पर तैरने लगी। भविष्य की मुक्ता की ज्योति उसकी वर्तमान दृष्टि में चमक उठी। अभी तक उसे राजकुमार से लज्जा नहीं थी, पर अब दीदी के सामने आप-ही-आप लाज के भार से पलकें झुक पड़ती थीं। राजकुमार के हृदय का भार भी उसी क्षण दूर हो गया। एक प्रकार की गरिमा में चेहरा वसन्त के खुले हुए फूल पर पड़ती हुई सूर्यरश्मि से जैसे चमक उठा।

तारा के तारक नेत्र पूरे उत्साह से उसका स्वागत कर रहे थे, और चन्दन तो अपनी मुक्त प्रसन्नता से जैसे सबको छाप रहा हो।

चन्दन राजकुमार को भाभी और कनक के पास पकड़ ले गया "ओह! देखा भाभी, कितने गहरे हैं जनाब!"

कनक अब राजकुमार से आँखें नहीं मिला पा रही थी। राजकुमार को देखती, तो जैसे कोई उसे गुदगुदा देता। और, उससे सहानुभूति रखनेवाली उसकी दीदी और चन्दन भी इस समय उसकी लज्जा की तरफ़ न होंगे, उसने समझ लिया था। राजकुमार के पकड़ आते ही वह उठकर तारा की दूसरी बग़ल सटकर बैठ गई। राजकुमार और चन्दन भी उसी बर्थ पर बैठ गए।

राजकुमार की तरफ़ देखकर तारा सस्नेह हँस रही थी "तो यह कहिए, आप दोनों सधे हुए थे, यह अभिनय अब तक केवल दिखलाने के लिए ही कर रहे थे? आपने अभिनय की सफलता में कमाल कर दिया।"

"आप लोगों को प्रसन्न करना भी तो धर्म है।" राजकुमार मुस्कराता जाता था। कनक, दीदी की आड़ में छिपकर हँस रही थी।

चन्दन मानव-प्रकृति का ज्ञाता था। उसने सोचा, आनन्द के समय जितना ही चुप रहा जाये, आनन्द उतना ही स्थायी होता है, और तभी उसकी अनुभूति का

सच्चा सुख भी प्राप्त होता है। इस विचार से उसने प्रसंग बदलकर कहा- "भाभी, ताश तो होंगे?"

"हाँ बक्से में पड़े तो थे।"

"निकाल दो। अच्छा, मुझे गुच्छा दो, और किस बॉक्स में हैं, बतला दो, मैं निकाल लूँगा।" चन्दन ने हाथ बढ़ाया।

तारा स्वयं उठकर चली। "रज्जू बाबू, जरा यह बॉक्स तो उतार दो।"

राजकुमार ने उठकर ऊपरवाला तारा का कैश बॉक्स नीचे रख उस बड़े बॉक्स को उतार लिया।

खोलकर तारा ने ताश निकाल लिए। कौन किस तरफ़ हो, इसका निर्णय होने लगा। राजकुमार बॉक्स को उठाकर रखने लगा। फैसला नहीं हो रहा था। चन्दन कहता था, तुम दोनों एक तरफ़ हो जाओ, मैं और राजकुमार एक तरफ़, पर तारा चन्दन को लेना चाहती थी क्योंकि मज़ाक़ के लिए मौका राजकुमार और कनक को एक तरफ़ करने में था। दूसरे चन्दन खेलता भी अच्छा था।

कनक सोचती थी, दीदी हार जाएगी, वह ज़रूर अच्छा नहीं खेलती होगी। अपनी ही तरह दिल से तारा भी कनक को कमज़ोर समझ रही थी। राजकुमार जरा-सी बात के लिए इस लम्बे विवाद पर चुपचाप हँस रहा था। कनक ने खुलकर कह दिया, मैं छोटे साहब को लूँगी। यही फ़ैसला रहा।

अब बात उठी, क्या खेला जाए। चन्दन ने कहा- ब्रिज। तारा इनकार कर गई। वह ब्रिज अच्छा नहीं जानती थी। उसने कहा- बादशाह पकड़। कनक हँसने लगी।

चन्दन बोला- "अच्छा, टुएण्टीनाइन खेलो।"

राजकुमार ने कहा- "भई, अपनी डफ़ली, अपना राग, स्क्रू खेलो। बहुजी टुएण्टीनाइन-खेल अच्छा नहीं जानतीं, मैं हार जाऊँगा।"

"मैं सड़ियल खेल नहीं खेलता, क्यों भाभीजी? उनतीस के लिए पत्ते छाँटता हूँ।" चन्दन ने सबसे छोटे होने के छोटे स्वर में बड़ी दृढ़ता रखकर कहा।

अन्ततः यही निश्चय रहा।

"आप तो जानती हैं न टुएण्टीनाइन?" कनक से चन्दन ने पूछा।

"खेलिए।" कनक मन्द मुस्करा दी।

कनक और चन्दन एक तरफ़, तारा और राजकुमार दूसरी तरफ़ हुए। चन्दन ने पते अलग कर लिए। कह दिया, बोली चार-ही-चार पत्तों पर होगी और रंग छिपाकर रखा जाएगा, जिसे जरूरत पड़ा साबित करा ले। रंग खुलने के बाद रॉयल पेयर की कीमत होगी।

चार-चार पत्ते बाँटकर चन्दन ने कहा- "कुछ बाजी भी?"

"हाँ घुसावल। हर सेट पर पाँच घूँसे।" राजकुमार ने कहा।

"यार! तुम गँवार के गँवार ही रहे। एम.ए. तो पास किया पर सिंहजी का शिकारी स्वभाव वैसा ही बना हुआ है। मैं तो कहता हूँ, बाजी यह रही कि हावड़ा-स्टेशन पर हैमिल्टन की कारस्तानी का मोरचा वह ले, जो जीते।"

राजकुमार चन्दन की सूझ पर खुश हो गया। खेल शुरू किया। कहा- "सेवन्टीन।"

कनक ने कहा- "नाइनटीन।"

राजकुमार- "पास।"

चन्दन- "बस! तुम तो एक ही धौल में फिस्स हो गए।"

तारा और चन्दन ने भी पास किया। कनक के उन्नीस रहे। उसने रंग रख दिया। खेल होता रहा। कनक ने उन्नीस कर लिए।

खेल में राजकुमार कभी घायल नहीं हुआ, पर आज एक ही बार हारकर उसे बड़ी लज्जा मालूम दी।

अब राजकुमार ने पत्ते बाँटे।

कनक- "सेवनटीन।"

तारा- "नाइनटीन।"

कनक - "नाइनटीन।"

चन्दन ने कहा- "गोइयाँ पर क्या बोलें! पास।"

राजकुमार के पास रंग न था, पर कनक फिर बढ़ रही थी। उसका पुरुषोचित बड़प्पन अकारण फड़क उठा, कहा- "टुएन्टी।"

कनक- "ऐक्सेप्टेड।"

राजकुमार- "इक्कीस।"

कनक, अच्छी तरह अपने पत्ते देखती हुई, मुस्कराकर बोली- "ऐक्सेप्टेड।"

राजकुमार- "टुएण्टी टू।"

कनक- "ऐक्सेप्टेड।"

राजकुमार (बिना पत्ते देखे, खुलकर)- "टुएण्टी थ्री।"

कनक ने हँसकर कहा- "पास।"

राजकुमार ने बड़ी शिथिलता से रंग रखा। खेल होने लगा। पहला हाथ चन्दन ने लिया। कनक ने एक पेअर दिखलाया। चन्दन ने कहा- टुएण्टी फाइव। राजकुमार के पास पते थे नहीं। शान पर चढ़ गया था। हारता रहा। खेल हो जाने पर देखा गया, राजकुमार के आधे भी न बने थे। दो काली बिन्दियाँ खुलीं। राजकुमार बहुत झेंपा। गाड़ी बर्दवान पार कर चुकी थी। खेल होता रहा। अब तक राजकुमार पर तीन काले और चार लाल खुल चुक थे।

तारा ने स्टेशन करीब देख, तैयार हो रहने के विचार से, खेल बन्द कर दिया। पहले उसे राजकुमार की बातों में जितना आनन्द मिला था, अब हावड़ा ज्यों-ज्यों नजदीक आने लगा, उतना ही हृदय में डरने लगी। मन-ही-मन सकुशल सबके घर पहुँच जाने की कालीजी से प्रार्थना करने लगी। कनक को अच्छी तरह ओढ़कर मुँह पर घूँघट डालकर चलने की शिक्षा दी।

चन्दन ने कहा- "करार हो चुका है- अब मैं जैसा-जैसा कहूँ, करो। कहीं मारपीट की नौबत आएगी, तो तुम्हें सामने कर दूँगा।"

इस मित्र-परिवार की तमाम आशाओं और शंकाओं को लिए पूरी रफ़्तार में बढ़ती हुई गाड़ी लिलुआ-स्टेशन पर आकर खड़ी हो गई। हर डिब्बे पर एक-एक टिकट-कलक्टर चढ़कर यात्रियों में टिकट लेने लगा।

कनक से हारकर अब, राजकुमार उससे नज़र नहीं मिलाता था। कनक स्पर्धा की दृष्टि से अलि-युवती की तरह, जो अपने फूल के चारों ओर मँडराया करती है, सीधे, तिरछे एक बगल जिस तरह भी आँखों को जगह मिलती है, दीदी और चन्दन से बचकर पूरी बेहयाई में उससे चुभ जाती है! उसे गिरफ्तार कर खींचती, झुका हुआ देख सस्नेह छोड़ देती है। एक स्त्री के सामने राजकुमार की यह पहली हार थी-हर तरह।

गाड़ी ने लिलुआ स्टेशन छोड़ दिया। चन्दन ने नेतृत्व सँभाला। तारा का हृदय रह-रहकर काँप उठता था। राजकुमार महापुरूष की तरह स्थिर हो रहा था,

अपनी तमाम शक्तियों से संकुचित चन्दन की जरूरत के वक्त तत्काल मदद करने के लिए। कनक पारिजात की तरह अर्द्ध-प्रस्फुट निष्कलंक दृष्टि से हावड़ा-स्टेशन की प्रतीक्षा कर रही थी। केवल सिर चादर में ढका हुआ श्वेत बादलों में अधखुले सूर्य की तरह।

देखते-देखते हावड़ा आ गया। गाड़ी पहले प्लेटफॉर्म पर लगी। चन्दन तुरन्त उत्तर पड़ा। दो टैक्सियाँ कीं। कुली सामान उठाकर रखने लगे। चन्दन ने एक ही टैक्सी पर कुल सामान रखवाया। सिर्फ बहू का कैश बॉक्स लिए रहा। राजकुमार को धीरे-से समझा दिया कि सामान वह अपने डेरे पर उतारकर रखेगा, वह बहू को छोड़कर घर से गाड़ी लेकर आना है। कुलियों को दाम दे दिए।

टैक्सी पर राजकुमार अकेला बैठा, एक पर बहू, कनक और चन्दन। टैक्सियाँ चल हैं। चन्दन रह-रहकर पीछे देखता जाता था। पुल पार कर उसने देखा, एक टैक्सी आ रही है। उसे कुछ सन्देह हुआ। उस पर जो आदमी था, वह यात्री नहीं जान पड़ता था।

चन्दन ने सोचा, यह जरूर खुफ़िया का कोई है, और हैमिल्टन ने इसे पीछे लगाया है। अपने ड्राइवर से कहा- इस गाड़ी को दूसरी गाड़ी की बगल करो। ड्राइवर ने वैसे ही किया। चन्दन ने सर बाहर निकालकर राजकुमार से कहा 'टी' पीछे लगा है। टैक्सी एक है देखें, किसके पीछे लगती है। चन्दन और कलकत्ते के विद्यार्थी गुप्त विभागवालों को 'टी' कहते थे।

राजकुमार ने एक बार फिर लापरवाह निगाह से पीछे देखा। सेन्ट्रल एवेन्यू के पास दोनों गाड़ियाँ दो तरफ़ हो गईं। राजकुमार की टैक्सी दक्षिण चली, और चन्दन की उत्तर। कुछ दूर चलकर चन्दन ने देखा, टैक्सी बिना रुके राजकुमार की टैक्सी के पीछे चली गई। चन्दन को चिंता हुई। सोचने लगा।

बहू ने कहा- "छोटे साहब, वह गाड़ी शायद उधर ही गई है?"

"हाँ।" चन्दन को स्वर गम्भीर हो रहा था।

"तुम्हारा मकान तो आ गया, इस तरफ़ है न?" तारा ने कनक से पूछा।

"हाँ।, चलो दीदी, आज हमारे यहाँ ही रहो।" ड्राइवर से कनक ने कहा- "बायीं तरफ़।"

टैक्सी कनक के मकान के सामने खड़ी हो गई। कोठी देखकर चन्दन के हृदय में कनक के प्रति सम्भ्रम पैदा हुआ। कनक उतर पड़ी। सब लोग बड़े प्रसन्न

हुए। दौड़कर सर्वेश्वरी को ख़बर दी। कनक ने अपने नौकर से टैक्सी का किराया चुका देने के लिए कहा। चन्दन ने कहा- "अब घर चलकर किराया चुका दिया जाएगा।" कनक ने न सुना। तारा का हाथ पकड़कर कहा- "दीदी चलो।"

तारा ने कहा- "अभी नहीं बहन, इसका अर्थ तुम्हें फिर मालूम हो जाएगा। फिर कभी रज्जू बाबू को साथ लेकर आया जाएगा। तुम्हारा विवाह तो हमें यहीं करना है।"

कनक कुछ खिन्न हो गई। अपने ड्राइवर से गाड़ी ले आने के लिए कहा। तारा और चन्दन उतरकर अहाते में खड़े हो गए। सर्वेश्वरी ऊपर से उतर आई। कनक को गले लगाकर चूमा। एक साँस में कनक बहुत कुछ कह गई। सर्वेश्वरी ने तारा को देखा, तारा ने सर्वेश्वरी को। तारा ने मुँह फेरकर चन्दन से कहा- "छोटे साहब जल्द चलो।"

तारा को बड़ी घुटन मालूम दे रही थी। सर्वेश्वरी अत्यन्त सुन्दर होने पर भी तारा को बड़ी कुत्सित देख पड़ी। उसके मुख की रेखाओं के स्मरण-मात्र से तारा को भव होता था। अपने चरित्र-बल से सर्वेश्वरी के विकृत परमाणुओं को रोकती हुई जैसे मुहूर्त-मात्र में थककर ऊब गई हो। तब तक कनक, ड्राइवर मोटर ले आया।

पहले सर्वेश्वरी तारा को स्नेह करना चाहती थी, क्योंकि दीदी का परिचय कनक ने सबसे पहले दिया था, पर हिम्मत करके भी तारा की तरफ़ स्नेह, भाव में नहीं बढ़ सकी, मानो तारा की प्रकृति उसमें किसी प्रकार का भी दान स्वीकृत करने के लिए तैयार नहीं उसे उससे परमार्थ के रूप में जो कुछ लेना हो, ले।

कनक ने दीदी की ऐसी मूर्ति कभी न देखी थी, यह वह दीदी न थी! कनक के हृदय में यह पहले पहल विशद भावना का प्रकाश हुआ। सर्वेश्वरी इतना सब नहीं समझ सकी। समझी सिर्फ़ अपनी क्षुद्रता और तारा की महत्ता-अविचल स्त्रीत्व, पतिनिष्ठा। आप-ही-आप सर्वेश्वरी का मस्तक झुक गया। उसका विष पीकर तारा एक बार तपकर फिर धीर हो गई। सर्वेश्वरी के हृदय में शान्ति का उद्रेक हुआ। ऐसी परीक्षा कभी नहीं दी थी। सिद्धान्त वह बहुत जानती थी, पर इतना प्रत्यक्ष प्रमाण अब तक न मिला या। वह जानती थी, हिन्दू-घराने में, और खासकर बंगाल छोड़कर भारत के अपर उत्तरी भागों में, कन्या को देवी मानकर, घरवाले उसके पैर छूते हैं। कनक की दीदी को उसने देवी और कन्या के रूप में मानकर, पास आ पैर छुए। तारा शान्त खड़ी रही। चन्दन स्थिर, झुका हुआ।

ड्राइवर गाड़ी लगाये हुए था। तारा बिना कुछ कहे गाड़ी की तरफ़ बढ़ी, मन से भगवान विश्वनाथ और कालीजी को स्मरण करती हुई। पीछे-पीछे चन्दन चला।

सर्वेश्वरी ने बढ़कर दरवाज़ा खोल दिया। तारा बैठ गई। नौकर ने कैश बॉक्स रख दिया। चन्दन भी बैठ गया।

कनक देखती रही। पहले उसकी इच्छा थी कि वह भी दीदी के साथ उसके मकान जाएगी, पर इस भाव-परिवर्तन को देख वह कुछ घबरा-सी गई थी। जड़वत् उसी जगह खड़ी रही। गाड़ी चल दी, चन्दन के कहने पर।

22

राजकुमार ने अपने कमरे में पहुँचकर देखा, उसके संवाद-पत्र पड़े थे। कुलियों से सामान रखवाया, उन्हें पारिश्रमिक दिया और फिर उन्हीं संवाद-पत्रों के ढेर में खोजने लगा उसके पत्र भी आए हैं या नहीं उसकी सलाह के अनुसार उसके पत्र भी पोस्टमैन झरोखे से डाल जाते थे। कई पत्र थे। अधिकांश मित्रों के। एक उसके घर का था। खोलकर पढ़ने लगा। उसकी माता ने लिखा था, गर्मियों की छुट्टी में तुम घर आनेवाले थे, पर नहीं आए। चित्त लगा है, आदि-आदि। अभी कॉलेज खुलने में बहुत दिन थे। राजकुमार बैठा सोच रहा था कि एक बार घर जाकर माता के दर्शन कर आवे।

राजकुमार ने 'टी' को पीछा करते हुए देखा था और देखा था कि उसकी टैक्सी के रुकने के साथ ही 'टी' की टैक्सी भी कुछ दूर पीछे रुक गई थी। वह स्वभाव का इतना लापरवाह था कि इसके बाद उस पर क्या विपत्ति बीतेगी, इसकी उसने कल्पना भी न की। जब एकाएक माता का ध्यान आया, तो स्मरण आया कि चन्दन की किताबें यहाँ हैं। और यदि तलाशी हुई तो चन्दन पर भी विपत्ति आ सकती है। वह विचारों को छोड़कर किताबें उलट-उलटकर देखने लगा। दराज से रबड़ और ब्लेड निकालकर जहाँ कहीं भी उसने चन्दन का नाम लिखा हुआ देखा घिसकर, काटकर उड़ा दिया। इस पर भी किसी प्रकार की शंका हो, इस विचार से बीच-बीच ऊपर के सफ़ों पर, अपना नाम लिखता जाता। अधिकांश पुस्तकें चन्दन के नाम की छाप से रिक्त थीं। कारण, उसे नाम लिखने की लत न थी। जहाँ-कहीं भी था, वह बहुत अस्पष्ट। और इतनी मैली वे किताबें थीं, जिनमें यह छाप होती कि देखकर यह अनुमान लगा लेना सहज होता था कि यह "परहस्तेषु गताः" की दशा है, और दूसरे लोग आक्रमण से स्वयं बचे रहने के लिए किताबों पर मालिक का श्रम लिख देते थे, इस तरह अपने यहाँ छिपाकर पढ़ते थे।

राजकुमार जब इस कृत्य में लीन था, तब चन्दन कनक के मकान में था। राजकुमार के यहाँ सामान ले आने 'टी' के सम्बन्ध में जानने के लिए वह उत्सुक

हो रहा था। वह सीधे राजकुमार के पास ही जाता, पर कनक को बहू के भाव न समझ सकने के कारण कष्ट हो रहा होगा, इस शंका से पहले कनक के ही यहाँ गया।

कनक चन्दन को अपने यहाँ देखकर बड़ी ही प्रसन्न हुई। वाक्पटु चन्दन ने तारा की बातों का गूढ़ अर्थ, जिससे वह उसके मकान में नहीं रुकी, कुछ सच और कुछ रंगकर खूब समझाया। चन्दन के सत्य का तो कुछ असर कनक पर पड़ा, पर उसकी रंगामेजी से कनक के दिल में दीदी का रंग फ़ीका नहीं पड़ा। कारण, उसने स्वयं अपनी आँखों दीदी की उस समय की अनुपम छवि देखी थी, जिसका पुरअसर ख्याल वह किसी तरह भी न छोड़ सकी थी। दीदी पुरानी आदतों में मज़बूर है, यह सिर्फ़ उसने सुन लिया, और सभ्यता की खातिर इसके बाद एक 'हाँ' कर दिया। चन्दन ने समझा, मैंने खूब समझाया। कनक ने दिल में कहा, तुम कुछ नहीं समझे।

चन्दन की इच्छा न रहने पर भी कनक ने उसे जलपान कराया, और फिर यह जानकर कि वह राजकुमार के यहाँ जा रहा है, उससे आग्रह किया कि वह और राजकुमार आज शाम चार बजे उसके यहाँ आ जाए, और वहीं भोजन करें।

चन्दन ने निमन्त्रण स्वीकार कर लिया। उतरकर अपनी मोटर पर राजकुमार के यहाँ चला।

राजकुमार ने नया मकान बदला था, इसका ज्ञान तो चन्दन को था, पर कहाँ है, नहीं जानता था, अतः दो-एक जगह पूछकर, रुक-रुककर जाना पड़ा। राजकुमार अपने किताबी कार्य से निवृत्त हो, चाय मँगवाकर आराम से पी रहा था।

चन्दन पहले सीधे मकान के मैनेजर के पास गया, पूछा- "10 नं. कमरे का कितना किराया बाकी है?"

मैनेजर ने आगन्तुक को देखे बिना अपना खाता खोलकर बतलाया "चालीस रुपये। दो महीने का है। आपको तो मालूम होगा।"

चन्दन ने बिलकुल संज्ञान की तरह कहा- "हाँ मालूम था, पर मैंने कहा, एक दफ़ा जाँच कर लूँ। अच्छा, यह लीजिए।"

चन्दन ने दस-दस रुपये के चार नोट दे दिए।

"अच्छा आप बता सकते हैं, आज मेरे बारे में किसी ने यहाँ कोई पूछताछ की थी?" चन्दन ने ग़ौर से मैनेजर को देखते हुए पूछा।

"हाँ, एक आदमी आया था। उसने पूछताछ की थी, पर इस तरह अक्सर लोग आया करते हैं, पूछ-पछोरकर चले जाते हैं।" मैनेजर ने कुछ विरक्ति से कहा।

"हाँ, कोई गैर-जिम्मेदार आदमी होंगे। कुछ काम नहीं तो दूसरों की जाँच-पड़ताल करते फिरें।" व्यंग्य के स्वर में कहकर चन्दन वहाँ से चल दिया।

मैनेजर को चन्दन का कहना अच्छा न लगा। जब उसने निगाह उठायी, तब तक चन्दन मुँह फेर चुका था।

राजकुमार के कमरे में जाकर चन्दन ने देखा, वह अखबार उलट रहा था। पास बैठ गया।

"तुम्हारा न्यौता है। रखो अखबार।"

"कहाँ?"

"तुम्हारी बीबी के यहाँ।"

"मैं घर जाना चाहता है। अम्मा ने बुलाया है। कॉलेज खुलने तक लौदूंगा।"
"तो कल चले जाना, न्यौता तो आज है।"

"गाड़ी तो लाए होगे?"

"हाँ।"

"अरे रमजान। राजकुमार ने नौकर को बुलाया। नाम उसका रामजियावन था, पर राजकुमार ने छोटा कर लिया था।

रामजियावन सामान उठाकर मोटर पर रखने लगा।

"कमरे की कुंजी मुझे दे दो।" चन्दन ने कहा।

राजकुमार ने कारण न पूछा, कुंजी दे दी, कहा- "मैं कल चला जाऊँगा। लौटकर दूसरी कुंजी बनवा लूँगा। न्यौते में तुम तो होगे ही?"

"जहाँ भी मुफ़्त माल मिलता हो, वहाँ मेरी बेरहमी तुम जानते हो।"

"तुमने मुफ़्त माल के लिए काफ़ी गुंजाइश कर ली। आसामी मालदार है।"

"दादा, किस्मत तो तुम्हारी है, जिसे रास्ता चलते जान व माल दोनों मिलते हैं। यहाँ तो ईश्वर ने दिखलावे के लिए बड़े घर में पैदा किया है, लेकिन रहने के लिए दूसरा ही बड़ा घर चुना है। रामबान कूटते-कूटते ही जान जाएगी अब। कपाल क्या, मशाल जल रही है!" चन्दन ने राजकुमार को देखते हुए कहा।

नौकर ने आकर कहा- "जल्दी जाइये, सामान रख दिया है बाबूजी!"

राजकुमार और चन्दन भवानीपुर चले। राह में चन्दन ने उसे कनक के यहाँ छोड़ जाने के लिए पूछा, पर उसने पहले घर चलकर अम्मा और बड़े भैया को प्रणाम करने की इच्छा प्रकट की। चन्दन गाड़ी ड्राइव कर रहा था। सीधे भवानीपुर चला।

राजकुमार को देखकर चन्दन की माता और बड़े भाई नन्दन बड़े खुश हुए। बहू ने घर पहुँचते ही पति में राजकुमार के नये ढंग के विवाह की कथा कही, अपनी सरलता से रंग चढ़ा-चढ़ाकर खूब चमका दिया था। नन्दन की वैसी स्थिति में राजकुमार से पूरी सहानुभूति थी। तारा ने अपनी सास में इसकी चर्चा नहीं की। नन्दन ने भी मना कर दिया था। तारा को कुछ अधिक स्वतन्त्रता देने के विचार से नन्दन ने उसके आते ही खोदकर माता के काशी-वास की कथा उठा दी थी। अब तक इसी पर बहस हो रही थी, उन्हें कौन काशी छोड़ने जाएगा, वहाँ कितना मासिक खर्च सम्भव है, एक नौकर और एक ब्राह्मण में काम चल जाएगा या नहीं आदि-आदि। इसी समय राजकुमार और चन्दन वहाँ पहुँचे।

राजकुमार ने मित्र की माता की चरण-धूलि सिर से लगा ली, बड़े भाई को हाथ जोड़कर प्रणाम किया। नन्दन ने अँगरेजी में कहा- "तुम्हारी भाभी से तुम्हारे विचित्र विवाह की बात सुनकर हमें बड़ी प्रसन्नता हुई।"

राजकुमार ने नज़र झुका ली। अँगरेजी का मर्म शायद काशी-वास की कथा हो, जो अभी चल रही थी, यह समझकर चन्दन की माँ ने कहा "देखो न भैया, न-जाने कब जीव निकल जाये, करारे का रूख, कौन ठिकाना, चाहे जब भहरायके बैठ जाये, यही में अब जितनी जल्दी बाबा विश्वनाथजी की पैरपोसी मा हाजिर हौ सकी, वतनै अच्छा है।"

"हाँ, अम्मा, यह बहुत अच्छा विचार है।" राजकुमार ने अपनी आवाज़ थोड़ी ऊँची करते हुए कहा।

"लै जाय की फुर्सत नाहीं ना कोहू का! यह छिबुलका पैदा होय के साये आफ़त बरपा करें लगा।" चन्दन की तरफ़ देखकर माता ने कहा- "यहिके माथ को जाय!"

"अम्मा, मैं कल घर जाऊँगा, अम्मा ने बुलाया है। आप चलें, तो आपको काशी छोड़ दूँ।" राजकुमार ने कहा।

वृद्धा गद्गद हो गई। राजकुमार को आशीर्वाद दिया। नन्दन से कल ही सब इन्तजाम कर देने के लिए कहा।

"तो तुम लौटोगे कब?" तारा ने राजकुमार की ओर व्यग्रता से देखते हुए पूछा।

"चार-पाँच रोज़ में लौट आऊँगा।"

भोजन तैयार था। तारा ने राजकुमार और चन्दन से नहाने के लिए कहा। महरी दोनों की धोतियाँ गुसलखाने में रख आई। राजकुमार और चन्दन नहाने चले गए।

भोजन कर दोनों मित्र आराम कर रहे थे। तारा आई। राजकुमार से कहा- "रज्जू बाबू! अम्मा को मिलने के लिए पड़ोसियों के यहाँ भेज दूँगी, अगर कल तुम उन्हें लिए जाते हो। आज शाम को उसे यहाँ ले आओ।"

"अच्छी बात है।" राजकुमार ने शान्ति से कहा। चन्दन ने उसके पेट में उँगली कोंची। राजकुमार हँस पड़ा।

"बनते क्यों हो?" चन्दन ने कहा- "मुझे बड़ा गुस्सा लगता है, जब मियाँ बनकर लोग गाल फुलाने लगते हैं। वाहियात! दूसरों को जताते हैं कि मेरी बीवी है। बीवी कहीं पढ़ी-लिखी हुई, तब तो उन्हें बीवी के बोलते हुए विज्ञापन समझो; मियाँ भोग दुनिया के सबसे बड़े जोकर हैं।"

तारा खड़ी हँस रही थी "आपके भाई साहब?"

"वह सब साहब पर एक ही ट्रेडमार्क है।"

"अच्छा-अच्छा, अब आपकी भी जल्द ख़बर ली जाएगी।" तारा ने हँसते हुए कहा।

"मुझको कोई पूछता है, तुम ब्याहे हो, या गैर-ब्याहे, तो मैं अपने को ब्याहा हुआ बतलाता हूँ।" चन्दन ने राजकुमार को फाँसकर अकड़ते हुए कहा- "बदन बहुत टूट रहा है।"

"सोओगे तो ठीक हो जाएगा। ब्याह हुआ किस तरह बतलाते हो?" राजकुमार ने पूछा।

"किसी ने कहा है, मेरी शादी कानून में हुई है; किसी ने कहा है, मैं कविता-कुमारी का भर्तार हूँ; किसी ने कहा है, मेरी प्यारी बीवी चिकित्सा है; मैं कहता हूँ, मेरी हृदयेश्वरी इस जीवन की एकमात्र संगिनी इस चन्दनसिंह की सिंहिनी सरकार है।"

तारा मुस्कराकर रह गई। राजकुमार चुपचाप सोचने लगा।

महरी पान दे गई। तारा ने सबको पान दिया। पाँच बजे ले आने के लिए एक बार फिर याद दिला भीतर चली गई। दोनों पड़े रहे।

23

चार का समय हुआ। चन्दन उठ बैठा। राजकुमार को उठाया। दोनों ने हाथ-मुँह धोकर कुछ जलपान किया। चन्दन ने चलने के लिए कहा। राजकुमार तैयार हो गया।

तारा ने सास को कल जाने की बात वाक्-छल से याद दिला दी। पड़ोस की वृद्धाओं का जिक्र करते हुए पूछा, वह कैसी हैं, उनका लड़का विलायत से लौटनेवाला था, लौटा या नहीं; उनके पोते की शादी होनेवाली थी, किसी कारण से रुक गई थी, वह शादी होगी या नहीं आदि-आदि। वृद्धा को स्वभावतः सबसे मिलने की इच्छा हुई। जल्द जाने के विचार से तारा के प्रश्नों के बहुत संक्षिप्त उत्तर दिए। चलने लगी तो तारा को अपनी जरूरत की चीजें बतलाकर कह दिया कि सब सँभालकर इकट्ठी कर रखे। तारा ने बड़ी तत्परता से उत्तर दिया कि वह निश्चिन्त रहें। तारा जानती थी, यह सब दस मिनट का काम है, चलते समय भी कर दिया जा सकता है।

तारा की सास मोटर पर गई राजकुमार और चन्दन ट्राम पर चले। राजकुमार भीतर-ही-भीतर अपने जीवन के उस स्वप्न को देख रहा था, जो किरणों में कनक को खोलकर उसके हृदय की काव्य-जन्य रूप-तृष्णा तृप्त कर रहा था। बाहर तथा भीतर वह सब सिद्धियों के द्वार पर चक्कर लगा चुका था। बाहर अनेक प्रकार से सुन्दरी स्त्रियों के चित्र देखे थे, पर भीतर ध्यान नेत्रों से न देख सकने के कारण जब कभी उसने काव्य-रचना की, उसके दिल में एक असमता हमेशा खटकती रही। उसके सतत प्रयत्न इस त्रुटि को दूर नहीं कर सके।

अब, वह देखता है आप-ही-आप, अशब्द ऋतु-वर्तन की तरह जीवन का एक चक्र उसे प्रवर्तित कर परिपूर्ण चित्रकारिता के रहस्य द्वार पर ला खड़ा कर गया है। दिल में आप-ही-आप निश्चय हुआ, सुन्दरी स्त्री को अब तक मैं दूर से प्यार करता था, केवल इन्द्रियाँ देकर, आत्मा अलग रहती थी, इसलिए सिर्फ़

उसके एक-एक अंग-प्रत्यंग लिखने के समय आते थे, परिपूर्ण मूर्ति नहीं, पूर्ण प्राप्ति पूर्ण दाब चाहती है, मैंने परिपूर्ण पुरुष-देह देकर सम्पूर्ण स्त्री-मूर्ति प्राप्त की आत्मा और प्राणों से संयुक्त साँस लेती हुई, पलकें मारती हुई रस से ओत-प्रोत चंचल स्नेहमयी। तत्त्व के मिलने पर जिस तरह सन्तोष होता है, राजकुमार को वैसी ही तृप्ति हुई।

राजकुमार जितनी भीतर की उधेड़-बुन में था, चन्दन उतनी ही बाहर की छानबीन में। चौरंगी की रंगीन परकटी परियों को देख जिस नेम से उसके विचार के रथ-चक्र बराबर चक्कर लगाया करते थे, उसी से देश की दुर्दशा, भारतीयों का अर्थ-संकट सम्पत्ति, वृद्धि के उपाय, अनेकता में एकता का मूल-सूत्र आदि-आदि सद्विप्रों की अनेक उक्तियों की एक राह से वह गुज़र रहा था। इसी से उसे अनेक चित्र, अनेक भाव अपार सौन्दर्य मिल रहा था। संसार की तमाम जातियाँ उसके एक तागे से बँधी हुई थीं, जिन्हें इंगित पर नाचते रहनेवाला वही सूत्रधार था।

"उतरो जी।" राजकुमार की बाँह पकड़कर चन्दन ने उसे झकझोर दिया।

तब तक राजकुमार कल्पना के मार्ग से बहुत दूर गुज़र चुका था, जहाँ वह और कनक आकाश और पृथ्वी की तरह मिल रहे थे; जैसे दूर आकाश पृथ्वी को हृदय से लगा, हृदय-बल से उठाता हुआ, हमेशा उसे अपनी ही तरह सीमा-शून्य, अशून्य कर देने के लिए प्रयत्न, तत्पर हो, और यही जैसे सृष्टि की सर्वोत्तम कविता हो रही हो।

राजकुमार सजग हो धीरे-धीरे उतरने लगा। तब तक श्याम-बाज़ारवाली ट्राम आ गई। खींचते हुए चन्दन ने कहा- "गृहस्थी की फिर चिन्ता करना, चोट खाकर कहीं गिर जाओगे।" दोनों श्याम-बाज़ारवाली ट्राम पर बैठ गए। बहूबाज़ार के चौराहे के पास ट्राम पहुँची, तो उतरकर कनक के मकान की तरफ़ चले। चन्दन ने देखा, कनक तीन मंजिले पर खड़ी दूसरी तरफ़-चितरंजन एवेन्यू की तरफ़ देख रही है।

राजकुमार को बड़ी खुशी हुई। वह मर्म समझ गया। चन्दन से कहा- "बतला सकते हो, आप उस तरफ़ क्यों देख रही हैं?"

"अजी, ये सब इन्तजारी के नज़ारे, प्रेम के मज़े हैं। तुम मुझे क्या समझाओगे?"

"मजे तो हैं, पर ठीक वजह यह नहीं। बहू को मैं इसी तरफ़ से लेकर गया था।"

"अच्छा! लड़ाई के बाद?"

राजकुमार ने हँसकर कहा- "हाँ।"

"अच्छा, तो इन्होंने सोचा, मियाँ इसी राह मस्जिद दौड़ते हैं।"

दोनों कनक के मकान पर आ गए। नौकर से पहले ही कनक ने कह रखा था कि- दीदी के यहाँ के लोग आवें, तो वह बिना ख़बर दिए ही उसके पास ले आएगा।

नौकर दोनों को कनक के पास ले गया। कनक राजकुमार को जरा-सा सिर झुका, हँसकर चन्दन से मिली। हाथ पकड़कर गद्दी पर बैठाया।

चन्दन बैठते हुए कहता गया- "पहले अपने... अपने उनको, उठाओ-बैठाओ; मैं तो यहाँ उन्हीं के सिलसिले से हूँ।"

"उनका तमाम मकान है, जहाँ चाहे, उठें-बैठें।" कनक हाँके काटकर, मुस्कराती जाती थी।

तत्काल चन्दन ने कहा- "उनका तमाम मकान है, और मेरा?"

"तुम्हारा? तुम्हारी में और यह।"

राजकुमार भी चन्दन के पास बैठ गया।

चन्दन झेंप गया था। कनक भी उसी गद्दी पर बैठ गई। चन्दन ने कहा- "तुम, मुझसे बड़ी हो, पर मुझे आप-आप कहते बड़ा बुरा लगता है। मैं तुम्हारे इन्हीं को आप नहीं कहता। तुम्हीं चुन दो तुम्हें क्या कहूँ?"

"तुम्हारी जो इच्छा।" कनक स्नेह से हँस रही थी।

"मैं तुम्हें जी कहूँगा।"

"तुमने जीजी का एक बटे दो कर दिया। एक हिस्सा मुझे मिला, एक किसके लिए रखा?"

"वह इनके लिए है। क्यों जी, इस तरह 'जीजी' यन्नव्येति तदव्ययम् कही जाएगी, या कहा जाएगा?"

राजकुमार कुछ न बोला। कनक ने बाल से उठाकर घण्टी बजायी। नौकर के आने पर पखावज और वीणा बढ़ा देने के लिए कहा।

खुश होकर चन्दन ने कहा- "हाँ जी, तुम्हारा गाना तो अवश्य सुनूँगा।"

"पखावज लीजिए।"

"गाना लौटकर हो, तो अच्छा होगा। अभी बहू के पास जाना है।" राजकुमार ने साधारण गम्भीरता में कहा।

"हाँ-हाँ, भूल गया था। भाभी ने तुम्हें बुलाया है।" चन्दन ने कनक से कहा।

कनक ने वीणा रख दी। गाड़ी तैयार करने के लिए कहा। इनकी प्रतीक्षा में कपड़े पहले ही बदल चुकी थी। उठकर खड़ी हो गई। जूते पहने। आगे-आगे उतरने लगी पति का अदब कायदा सब भूल गया। बीच में राजकुमार था, पीछे चन्दन। चन्दन मुस्करा रहा था। मन-ही-मन कह उठा, इस आकाश के पंक्षी को पिंजड़े में 'राम-राम रटाना समाज की बेवकूफ़ी है। इसका तो इसी रूप में सौन्दर्य है।

गाड़ी तैयार थी। आगे ड्राइवर और अर्दली बैठे थे, पीछे दाहिनी ओर राजकुमार, बायीं ओर चन्दन, बीच में कनक बैठ गई।

गाड़ी भवानीपुर चली।

कुछ सोचते हुए चन्दन ने कहा- "जी, मुझे हजार रुपये दो। मैंने हरदोई जिले में, देहात में, एक राष्ट्रीय विद्यालय खोला है, उसकी मदद के लिए।"

"आज तुम्हें अम्मा से चेक दिला दूँगी।" कनक ने बिना कुछ सोचे, सहज स्वर में कहा।

"नहीं, मुझे चेक देने की जरूरत नहीं। मैं तुम्हें बता दूँगा, उसी पते पर अपने नाम से भेज देना।" कुछ सोचते हुए चन्दन कह उठा।

"तुम भीख माँगने में बड़े निपुण देख पड़ते हो।" राजकुमार कह उठा।

"तुम जी को उपहार नहीं दोगे?" चन्दन ने पूछा।

"क्यों, वक्तृता के प्रभाव से बेचवाने का इरादा है।"

"नहीं, पहले जब उपन्यासों की चाट थी, कॉलेज-जीवन में देखता था, प्यार के उबाल में उपहार ही ईंधन का काम करते थे।"

"पर यह तो दैवीय संयोग है।" राजकुमार ने मुस्कराकर कहा।

बातों-ही-बातों में रास्ता पार हो गया। गेट के सामने गाड़ी पहुँची। तारा प्रतीक्षा कर रही थी। नीचे उतर आई। बड़े स्नेह से कनक को ऊपर ले गई। राजकुमार और चन्दन पीछे-पीछे चले।

तारा ने पहले ही से कनक की पेशवाज निकाल रखी थी। दियासलाई और पेशवाज लेकर सीधे छत पर चढ़ने लगी। ये लोग भी पीछे-पीछे जा रहे थे।

पेशवाज छत पर रखकर, दियासलाई जला, आग लगा दी।

कनक गम्भीर हो रही थी। निष्पन्द पलकें, अन्तर्दृष्टि।

तारा ने कहा- "प्रतिज्ञा करो, आज से यह काम कभी नहीं करूंगी।"

"कभी-नहीं करूँगी।" कनक ने कहा।

"कहो, सुबह नहाकर रोज शिव-पूजन करूँगी।"

"सुबह नहाकर रोज़ शिव-पूजन करूँगी।"

उस समय की कनक को देखकर चन्दन तथा राजकुमार के हृदय में मर्यादा के भाव जाग रहे थे।

तारा ने कनक को गले लगा लिया। कहा- "अपनी माँ से दूसरी जगह रहने के लिए कहो। मकान में यज्ञ कराओ। एक दिन गरीबों को भोजन दो। मकान में एक छोटा-सा-मन्दिर बनवा लो। जब तक मन्दिर नहीं बनता, तब तक किसी कमरे में अलग, जहाँ लोगों की आमद रफ़्त ज्यादा न हो, पूजा-स्थान कर लो। आज आदमी भेजकर शिव-मूर्ति मैंने मँगा ली है। चलो लेती जाओ।

"भाभी!" चन्दन ने रोककर कहा- "यह सब सोना जो मिट्टी में पड़ा है, कहो तो मैं ले लूँ।" राजकुमार हँसा ।

"ले लीजिए।" कहकर, तारा, कनक को साथ ले, नीचे उतरने लगी। वह चन्दन को पहचानती थी। राजकुमार खड़ा देखता रहा। चन्दन राख फूंककर सोने के दाने इकट्ठे कर रहा था। एकल कर ताज्जुब की निगाह से देखता रहा। सोना दो सेर से ज्यादा था।

"...ईश्वर करे, एक पेशवाज रोज़ ऐसी जले और सोना गरीबों को दिया जाए।" कहकर, अपनी धोती के छोर में बाँधकर चन्दन अपने कमरे की तरफ़ उतर गया। राजकुमार बहू के पास रह गया।

चन्दन के बड़े भाई भी आ गए थे, कहीं बाहर गए हुए थे। तारा में उन्होंने बहू देखने की इच्छा ज़ाहिर की थी। तारा ने कह दिया था कि कुछ नज़र करनी होगी। शायद इसी विचार में बाज़ार की तरफ़ गए थे। नीचे बैठे प्रतीक्षा कर रहे थे, कब बुलावा आए। बहू ने दरबान को रोक रखने के लिए कह दिया था।

तारा ने अपनी खरीदी हुई एक लाल रेशमी साड़ी कनक को पहना दी। सुबह की पूजा का पुष्प चढ़ाया हुआ रखा था, सिर से छुआ, चलने समय अपने हाथों गंगा में छोड़ने का उपदेश दे, सामने के चल में बाँध दिया, जिसकी भद्दी गाँठ चाँद के कलंक की तरह कनक को और सुन्दर कर रही थी। इसके बाद नया सिन्दूर निकाल मन-ही-मन गौरी को अर्पित कर कनक की माँग अच्छी तरह भर दी। राजकुमार से कहा- "जाओ, अपने भाई को बुला लाओ, वह देखेंगे। कनक का घूँघट काढ़ दिया। फ़र्श पर बैठा दरवाजा बन्द कर, दरवाजे के पास खड़ी रही।

नन्दन ने भेंट करने की बड़ी-बड़ी कल्पनाएँ कीं, पर कुछ सूझा नहीं। तारा से उन्हें मालूम हो चुका था, कनक ऐश्वर्यवती है। इसलिए हज़ार-पाँच सौ की भेट से उन्हें सन्तोष नहीं हो रहा था। कोई नयी चीज़ सूझ नहीं रही थी। तभी उनके सामने से एक आदमी चरखा लेकर गुजरा। कलकत्ते में कही कहीं जनेऊ के शुद्ध सूत निकालने के अभिप्राय से बनते और बिकते थे। स्वदेशी आन्दोलन के समय कुछ प्रचार स्वदेशी वस्त्रों का भी हुआ था, तब से और भी बनने लगे थे। छाँटकर एक अच्छा चरखा उन्होंने खरीद लिया। इसके साथ उन्हें शान्तिपुर और बंगाल-कैमिकल की याद आई। एक शान्तिपुरी कीमती साड़ी और कुछ बंगाल-कैमिकल के तेल, फुलेल, सेण्ट, पाउडर आदि खरीद लिए, पर ये सब बहुत साधारण कीमत पर मिल गए थे। उन्हें सन्तोष नहीं हुआ। वह जवाहरात की दुकान पर गए। बड़ी देख-भाल के बाद एक अँगूठी उन्हें बहुत पसन्द आई, हीरे-जड़ी। कीमत हज़ार रुपये। खरीद ली। उसमें खूबी यह थी कि

'सती' शब्द पर, नग की जगह, हीरक चूर्ण जड़े थे, जिनमें अक्षर जगमगा रहे थे।

राजकुमार से खबर पा, भेंट की चीजें लेकर नन्दनसिंह बहू को देखने ऊपर चले। तारा कमरे के दरवाजे पर खड़ी थी। एक बार कनक को देखकर दरवाज़ा खोल दिया। नन्दन ने भेंट का सामान तारा के सामने टेबल पर रख दिया। फिर अँगूठी पहना देने के लिए दी। अँगूठी के अक्षर पढ़कर प्रसन्न हो तारा ने कनक को पहना दी, और कहा- "बहू, तुम्हारे जेठ तुम्हारा मुँह देखेंगे।"

राजकुमार नीचे चन्दन के पास उतर गया। तारा ने कनक का मुँह खोल दिया। जिस रूप में उसने बहू को सजा रखा था, उसे देखकर नन्दन की तबीयत भर गई। प्रसन्न होकर आशीर्वाद दिया- "अखण्ड सौभाग्यवती रहो!"

कनक अचंचल पलकें झुकाये बैठी रही।

"हमारी एक साध बहू और तुम्हें पूरी करनी है। एक भजन गाकर सुना दो। बाद हो, तो गुसाईजी का।" नन्दन ने कहा।

तारा ने कनक की ओर निहारा। उसने सिर हिलाकर सम्मति दी। तारा ने कहा- "उस कमरे में बैठकर सुनियेगा, और ज़रा छोटे साहब को बुला दीजिए।"

राजकुमार और चन्दन तब तक स्वयं ऊपर आ गए। तारा चन्दन से तबला बजाने का प्रस्ताव कर मुस्करायी। चन्दन राजी हो गया। कमरे में एक बॉक्स-हारमोनियम था। चन्दन तबलों की जोड़ी ले आया। राजकुमार को बाहर कर दिया गया। भीतर तारा, कनक और चन्दन रहे।

स्वर मिलाकर कनक गाने लगी-

श्रीरामचन्द्र कृपालु भजु मन हरन भव-भय दारुनम्;
नव-कंज लोचन, कंज-मुख, कर कंज, पद कजारुनम्।
कन्दर्प-अगनित-अमित छवि नव-नील-नीरज सुन्दरम्;
पट पीत मानहु, तड़ित रुचि सुचि नौमि जनकसुतावरम्।

एक-एक शब्द से कनक अपने शुद्ध हुए हृदय से भगवान श्रीरामचन्द्रजी को अर्घ्य दे रही थी। चन्दन गम्भीर हो रहा था, तारा और नन्दन रो रहे थे।

नन्दन ने राजकुमार को अप्सरा-विवाह के लिए हार्दिक धन्यवाद दिया। कनक के रुपहले तार-से चमचमाते हुए भावनसुघर बेफाँस स्वर की बड़ी तारीफ़ की।

तारा ने चन्दन की ठेकेबाजी पर चुटकियाँ कसीं। कनक का श्रमित, शान्त मुख चूमकर, उसे परी, बहू श्रुति-सुखद शब्द सुना कुछ उभाड़ दिया।

नन्दन ने छोटे भाई से कहा- "अब तुम्हारे लखनऊ जाने की जरूरत न होगी। वकील की चिट्ठी आई है, पुलिस ने लिखा-पढ़ी करके तुम्हारा नाम निकाल दिया।

चन्दन ने भौं सिकोड़कर सुन लिया।

चन्दन और राजकुमार बातचीत करते हुए नीचे उतर गए। नन्दन राजकुमार को कुछ उपदेश दे रहे थे।

तारा ने चन्दन से बहू के पुष्प-विसर्जनोत्सव पर गंगाजी चलने के लिए कहा। कार्य अन्त तक अपने ही सामने करा देना उसे पसन्द आया। कनक के मोजे उतरवा दिए और देव-कार्य के समय सदा नंगे पैर रहने का उपदेश भी दिया।

गंगा में कनक के चल का फूल छुड़वा, कालीजी के दर्शन करवा जब वह लौटी, तब आठ बज रहे थे। कनक ने चलने की आज्ञा माँगी। विदा हो, प्रणाम कर चन्दन और राजकुमार के साथ घर लौटी।

24

सर्वेश्वरी बड़ी उत्सुकता से प्रतीक्षा कर रही थी। उसने निश्चय कर लिया था, अब इस मकान में उसका रहना ठीक नहीं। ज़िन्दगी में उपार्जन उसने बहुत किया था। अब उसकी चित्तवृत्ति बदल रही थी। कलकत्ता रहना सिर्फ़ उपार्जन के लिए था। अब वह भी अपने हिन्दू-विचारों के अनुसार जीवन के अन्तिम दिवस काशी ही रहकर बाबा विश्वनाथ के चरणों में पार करना चाहती थी। बैंकों में चार लाख से कुछ अधिक रुपये उसने जमा कर रखे हैं। यह सब कनक की सम्पत्ति है। राजकुमार को दहेज के रूप में देने के लिए कुछ रुपये उसने आज निकाले हैं। बैठी हुई इसी संबंध में सोच रही थी कि कनक की गाड़ी पहुँची।

कनक राजकुमार और चन्दन को लेकर पहले माता के कमरे में गई, और दोनों को वहीं छोड़कर ऊपर अपने कमरे में चली गई। कनक को माता के विचार मालूम थे। सर्वेश्वरी ने बड़े आदर से उठकर राजकुमार और चन्दन को एक-एक सोफ़े पर बैठाया। गद्दी छोड़कर खुद फ़र्श पर बैठी, अपने भविष्य के विचार दोनों के सामने प्रकट करने के लिए। कनक भोजन पका रही थी। जो कार्य उसका अधूरा रह गया था, आज चन्दन के आने के कारण दूने उत्साह से पूरा कर रही थी। इन्तजाम इनके आने से पहले ही कर रखा था। मदद करनेवाले नौकर थे ही। घण्टे-भर से ज्यादा देर नहीं लगी। एक साथ कई चूल्हे जलवा दिए थे। सर्वेश्वरी ने कहा- "पहले मेरा विचार था, कुँवर साहब पर मुकदमा चलाऊँ, कुछ रोज़ कनक को गायब करके, पर कनक की राय नहीं पड़ी, इसलिए वह विचार त्याग देना पड़ा। वह कहती है, (राजकुमार की तरफ़ इंगित कर) आपकी बदनामी होगी।"

"इस समय सहन करने की शक्ति बढ़ाना ज्यादा ही अच्छा है।" चन्दन ने कहा- अन्य अनेक बातें लुप्त रखकर, जिससे उसके शब्दों का प्रभाव बढ़ रहा था।

"मैं अब काशी रहना चाहती हूँ, यह मकान भैया के लिए रहेगा।"

"यह तो अच्छा विचार है।" चन्दन ने कहा- "भैया तो कल ही बनारस जा रहे हैं, लेकिन शायद आपको न ले जा सकें, मेरी माँ साथ जा रही हैं। अन्त-समय काशी रहना धर्म और स्वास्थ्य, दोनों के लिए हितकर है।"

चन्दन की चुटकियों से सर्वेश्वरी खुश हो रही थी, उसके दिल को ताड़कर। कुछ देर तक कनक की नादानी, उसके अपराधों की क्षमा, अब राजकुमार के सिवा उसके लिए दूसरा अवलम्ब नहीं, मनोरंजन के लिए और विषय नहीं रहा, उसका सर्वस्व राजकुमार का है, आदि-आदि बातें सर्वेश्वरी अपने को पतित सास समझ, उतनी ही दूर रहकर, उतनी ही अधिक सहानुभूति और स्नेह से कहती रही।

चन्दन भी पूरे उदात्त स्वरों से राजकुमार की विद्या-बुद्धि, सच्चरित्रता और सबसे बढ़कर उसकी कनक-निष्ठा की तारीफ़ करता रहा, और समझाता रहा कि कनक, जैसी सोने की जंजीर को राजकुमार के देवता भी कभी नहीं तोड़ सकते। और, चन्दन के घरवाले, उसके भाई और भाभी, इस संबंध को पूरी सहानुभूति से स्वीकार करते हैं।

चन्दन ने कुल मकान नहीं देखा था, देखने की इच्छा प्रकट की। सर्वेश्वरी खुद चलकर दिखाने लगी। मकान की सुन्दरता चन्दन को बहुत पसन्द आई। तीन मंजिले पर कनक को भोजन पकाते हुए देखा। तब तक भोजन तैयार हो चुका था। राजकुमार उसके पढ़नेवाले कमरे में रह गया था। मकान देखकर चन्दन भी वहीं लौट आया। सर्वेश्वरी अपने कमरे में चली गई।

कनक अपने कमरे में थालियाँ लगाकर दोनों को बुलाने के लिए नीचे उतरी। देखा, दोनों बैठे एक-एक किताब पढ़ रहे हैं।

कनक ने पुकारा। किताब से आँख उठा बड़ी इज्जत की दृष्टि से चन्दन ने उसे देखा। उठकर खड़ा हो गया। राजकुमार भी उसके पीछे चला।

हाथ-मुँह धोकर दोनों बैठ गए। कनक ने कहा- "छोटे साहब, उस रोज यहीं से तकरार शुरू हुई थी।"

"तुम दोनों की बेवकूफ़ी थी।" चन्दन ने ग्रास निगलकर कहा- "और यज्ञ, यह नरमेध-यक्ष, बिना मेरे पूरा किस तरह होता"

कनक ने सर्वेश्वरी को बुला भेजा था। सर्वेश्वरी और उसके नौकर तोड़ा लिए कमरे में आए। दोनों के पास पाँच-पाँच तोड़े रखवाकर सर्वेश्वरी ने हाथ जोड़कर

प्रणाम किया। चन्दन ग़ौर से तोड़ों को देखता रहा। समझ गया, इसलिए कुछ कहा नहीं।

कनक ने कहा- "अम्मा, छोटे साहब को एक हज़ार रुपये और चाहिए। मुझे चेक दे दीजिएगा।"

सर्वेश्वरी सुनकर चली गई। सोचा, शायद छोटे साहब इज़्ज़त में बड़े साहब हैं।

राजकुमार ने कहा- "पेट तो अभी क्यों भरा होगा?"

"पॉकेट कहो। साहित्यिक हो, बैल!" उठते हुए चन्दन ने कहा। राजकुमार झेंपकर उठा। कनक ने दोनों के हाथ धुलाए, तौलिया दिया, हाथ पोछ चुकने पर पान।

अब तक दस का समय था। चन्दन ने कहा- "ये रुपये, जो मेरे हक आए हैं, रखवा दो, ज़रूरत पड़ने पर ले लूँगा।"

राजकुमार ने कहा- "मैंने अपने रुपये भी तुम्हें दिए।"

"तो इन्हें भी रखो जी। कितने हैं सब?"

कनक ने धीमे स्वर से कहाँ- "दस हजार।"

"अच्छा, हजार-हजार के तोड़े है। सुनो, अब मैं जाता हूँ।" फिर राजकुमार की ओर एक शरारत-भरी दृष्टि डालकर कहा- "आज तो तुम अपनी तरफ़ से यहाँ रहना चाहते होगे?"

कनक लजाकर कमरे से निकल गई। राजकुमार ने कहा- "नहीं, तुम्हारे साथ चलता हूँ।"

"अब आज मेरी प्रार्थना मंजूर करके रह जाओ, क्योंकि कल तुमसे बहुत बातें सुनने को मिलेंगी।"

"तो कल स्टेशन पर या भवानीपुर में मिलना। मैं सुबह चला जाऊँगा।"

"अच्छी बात है, जी। सलाम।" चन्दन उतरने लगा। कनक ने पकड़ लिया, "तुम भी यहीं रह जाओ न।"

"कई काम हैं। तुम्हारे पैर पड़े, छोड़ दो।"

"अच्छा, चलो, मैं तुम्हें छोड़ आऊँ।"

गाड़ी मँगवायी। चन्दन के साथ ही कनक भी बैठ गई। चोरबागान चलने के लिए चन्दन ने कहा।

इस समय चन्दन भविष्य के किसी सत्य चित्र को स्पष्ट कर रहा था। एक तूफ़ान-सा उलटनेवाला था।

गाड़ी चोरबाग़ान पहुँची। राजकुमार के मकान के सामने रुकवा चन्दन उतर पड़ा। कहाँ "अपने पतिदेव का कमरा देखना चाहती हो, तो आओ, तुम्हें दिखला दूँ।"

कनक उतर पड़ी। भीतर जा, राजकुमार का कमरा खोलकर चन्दन ने बटन दबाया, बत्ती जल गई।

कनक ने देखा, सारा सामान विश्रृंखल था।

चन्दन ने कहा– "यह देखो, जली सिगरेटों के ढेर। यह देखो, कैसी साफ़ किताबें हैं, जिल्दों का पता नहीं। वे उधरवाली मेरी हैं।

राजकुमार के स्वभाव के अनुरूप ही उसका कमरा भी बन रहा था।

"इधर बहुत रोज़ से रहे नहीं न। लगता है, इसीलिए गन्दा पड़ा है।" कनक ने कहा।

"अब मुझे विश्वास हो गया; तुम्हारी, उनकी अच्छी निभेगी, क्योंकि उनके स्याह दाग तुम बड़ी खूबसूरती से धो दिया करोगी।"

"अच्छा, छोटे साहब, अब चलिए।"

"हाँ, चलो, वह प्रतीक्षा करते होगे। बेचारे की आँखें कड़वा रही होंगी, आँखों को रोशनी मिले!"

हँसकर कनक ने चन्दन की एक किताब उठा ली। चन्दन ने कनक को मोटर पर बैठाल दिया , और हरदोई का पता लिखकर दिया।

लौटकर लेटा, तब ग्यारह बजने पर थे। सोचता हुआ सो गया। आँख खुली बिलकुल तड़के, दरवाज़े की भड़भड़ाहट से। दरवाज़ा खोला, तो मकान के मैनेजर और कई कांस्टेबल खड़े थे।

चन्दन ने देखा, एक दारोगा भी है, सबसे पीछे। फ्रेंच कट दाढ़ी मुलायम होने की सूचना दे रही थी।

"यही है?" दारोगाजी ने मैनेजर से पूछा।

मैनेजर चकराया हुआ था।

चन्दन ने तुरन्त कहा– "कल जो चालीस रुपये मैंने दिए थे, अभी तक आपने रसीद नहीं दी।"

"यही है।" मैनेजर ने तुरन्त कहा।

दारोगा आज्ञा-पत्र दिखलाकर तलाशी लेने लगे। किताबें सामने ही रखी थीं। देखकर उछल पड़े। उलटते हुए नाम भी उन्हें मिल गया- "राजकुमार।" दूसरा मज़बूत मुक़दमा सूझा। सब किताबें निकाल ली।

चन्दन शान्त खड़ा रहा। दारोगा जी ने इशारा किया। कास्टेबलों ने हथकड़ी डाल दी। अपराधी को प्रमाण के साथ मोटर पर लेकर कॉलेज-स्ट्रीट से होकर दारोगा जी लाल डिग्गी की तरफ़ चले।

प्रातःकाल था। मोटर कनक के मकानवाली सड़क से जा रही थी। तीन मंजिले से टेबल-हारमोनियम की आवाज़ आ रही थी। दूर से चन्दन को कनक का परिचित स्वर सुन पड़ा। नज़दीक आने पर सुना, कनक गा रही थी-

"आज रजनि बड़भागिनी लेख्यउँ पेख्येउँ पिय-मुख-चन्दा।"

25

चार रोज़ बाद राजकुमार लौटा, तब कनक पूजा समाप्त कर निकल रही थी। दोनों एक साथ कमरे में गए तो नीचे अखबार-बालक आवाज़ लगा रहे थे- "राजकुमार वर्मा को एक साल की सख्त कैद।"

दोनों हँसकर एक साथ नीचे झाँकने लगे। नौकर ने कनक को अख़बार लाकर दिया।

LIST OF TITLES WITH ISBN NO.

ISBN	TITLE
9788194914129	1984
9789390575220	1984 & Animal Farm (2In1)
9789390575572	1984 & Animal Farm (2In1): The International Best-Selling Classics
9789390575848	35 Sonnets
9789390575329	A Clergyman's Daughter
9789390575923	A Study In Scarlet
9789390896097	A Tale Of Two Cities
9789390896837	Abide in Christ
9789390896202	Abraham Lincoln
9789390896912	Absolute Surrender
9789390896608	African American Classic Collection
9789390575305	Aldous Huxley: The Collected Works
9789390896141	An Autobiography of M. K. Gandhi
9789390575886	Animal Farm
9789390575619	Animal Farm & The Great Gatsby (2In1)
9789390575626	Animal Farm & We
9789390896158	Anna Karenina
9789390575534	Antic Hay
9789390896165	Antony & Cleopatra
9789390896172	As I Lay Dying
9789390896226	As You like it
9789390575671	At Your Command
9789390575350	Awakened Imagination
9789390575114	Be What You Wish
9789390896233	Believe In yourself
9789390896998	Best of Charles Darwin: The Origin of Species & Autobiography
9789390896684	Best Of Horror : Dracula And Frankenstein
9789390575503	Best Of Mark Twain (The Adventures of Tom Sawyer AND The Adventures of Huckleberry Finn)
9789390896769	Black History Collection
9789390575756	Brave New World, Animal Farm & 1984 (3in1)

9789390896240	Brother Karamzov
9789390575053	Bulleh Shah Poetry
9789390575725	Burmese Days
9789390896257	Bushido
9789390896066	Can't Hurt Me
9788194914112	Chanakya Neeti: With The Complete Sutras
9789390896042	Crime and Punishment
9789390575527	Crome Yellow
9789390575046	Down and Out in Paris and London
9789390896844	Dracula
9789390575442	Emersons Essays: The Complete First & Second Series (Self-Reliance & Other Essays)
9789390575749	Emma
9789390575817	Essential Tozer Collection - The Pursuit of God & The Purpose of Man
9789390896578	Fascism What It Is and How to Fight It
9789390575688	Feeling is the Secret
9789390575190	Five Lessons
9789390575954	Frankenstein
9789390575237	Franz Kafka: Collected Works
9789390575282	Franz Kafka: Short Stories
9789390575060	George Orwell Collected Works
9789390575077	George Orwell Essays
9789390575213	George Orwell Poems
9788194914150	Greatest Poetry Ever Written Vol 1
9788194914143	Greatest Poetry Ever Written Vol 1
9789390896301	Gulliver's Travel
9789390575961	Gunaho Ka Devta
9789390575893	H. P. Lovecraft Selected Stories Vol 1
9789390575978	H. P. Lovecraft Selected Stories Vol 2
9789390896059	Hamlet
9789390575022	His Last Bow: Some Reminiscences of Sherlock Holmes
9789390896134	History of Western Philosophy
9789390575121	Homage To Catalonia

9789390896219	How to develop self-confidence and Improve public Speaking
9789390896295	How to enjoy your life and your Job
9789390575633	How to own your own mind
9789390896318	How to read Human Nature
9789390896325	How to sell your way through the life
9789390896370	How to use the laws of mind
9789390896387	How to use the power of prayer
9789390896028	How to win friends & Influence People
9788194824176	How To Win Friends and Influence People
9789390896103	Humility The Beauty of Holiness
9789390896653	Imperialism the Highest Stage of Capitalism
9789390575084	In Our Time
9789390575169	In Our Time & Three Stories and Ten poems
9789390575145	James Allen: The Collected Works
9789390896189	Jesus Himself
9789390575480	Jo's Boys
9789390896394	Julius Caesar
9789390575404	Keep the Aspidistra Flying
9789390896400	Kidnapped
9789390896424	King Lear
9789390575824	Lady Susan
9789390896455	Law of Success
9789390896264	Lincoln The Unknown
9789390575565	Little Men
9789390575640	Little Women
9788194914174	Lost Horizon
9789390896462	Macbeth
9789390896929	Man Eaters of Kumaon
9789390896523	Man The Dwelling Place of God
9789390896349	Man The Dwelling Place of God
9789390575909	Mansfield Park
9788194914136	Manto Ki 25 Sarvshreshth Kahaniya
9789390896509	Marxism, Anarchism, Communism
9789390575664	Mathematical Principles of Natural Philosophy

9788194914198	Meditations
9789390575800	Mein Kampf
9789390575794	Memory How To Develop, Train, And Use It
9789390896486	Mind Power
9789390896585	Money
9789390575039	Mortal Coils
9789390575770	My Life and Work
9789390896035	Narrative of the Life of Frederick Douglass
9789390575152	Neville Goddard: The Collected Works
9789390575985	Northanger Abbey
9789390896530	Notes From Underground
9789390896547	Oliver Twist
9789390575459	On War
9789390575541	One, None and a Hundred Thousand
9789390896554	Othelo
9789390575435	Out Of This World
9789390575015	Persuasion
9789390575510	Prayer The Art Of Believing
9789390575091	Pride and Prejudice
9789390896561	Psychic Perception
9789390575381	Rabindranath Tagore - 5 Best Short Stories Vol 2
9789390575367	Rabindranath Tagore - Short Stories (Masters Collections Including The Childs Return)
9789390575374	Rabindranath Tagore 5 Best Short Stories Vol 1 (Including The Childs Return
9789390896622	Romeo & Juliet
9789390896127	Sanatana Dharma
9789390575596	Seedtime & Harvest
9789390896639	Selected Stories of Guy De Maupassant
9789390575206	Self-Reliance & Other Essays
9789390575176	Sense and Sensibility
9789390575299	Shyamchi Aai
9789390896738	Socialism Utopian and Scientific
9789390896646	Success Through a Positive Mental Attitude
9789390575428	The Adventures of Huckleberry Finn

9789390575183	The Adventures of Sherlock Holmes
9789390575343	The Adventures of Tom Sawyer
9789390896691	The Alchemy Of Happiness
9789390575862	The Art Of Public Speaking
9789390896288	The Autobiography Of Charles Darwin
9788194914181	The Best of Franz Kafka: The Metamorphosis & The Trial
9789390575008	The Call Of Cthulhu and Other Weird Tales
9789390575107	The Case-Book of Sherlock Holmes
9789390896110	The Castle Of Otranto
9789390896745	The Communist Manifesto
9789390575589	The Complete Fiction of H. P. Lovecraft
9789390575497	The Complete Works of Florence Scovel Shinn
9789390896820	The Conquest of Breard
9789390896813	The Diary of a Young Girl
9789390896332	The Diary of a Young Girl The Definitive Edition of the Worlds Most Famous Diary
9789390575701	The Great Gatsby, Animal Farm & 1984 (3In1)
9789390575312	The Greatest Works Of George Orwell (5 Books) Including 1984 & Non-Fiction
9789390575992	The Hound of Baskervilles
9789390896707	The Idiot
9789390896714	The Invisible Man
9789390575657	The Knowledge of the holy
9789390575558	The Law & the Promise
9789390896721	The Law Of Attraction
9789390896776	The Leader in you
9789390896363	The Life of Christ
9789390896196	The Man-Eating Leopard of Rudraprayag
9789390896783	The Master Key to Riches
9789390575268	The Memoirs Of Sherlock Holmes
9789390896479	The Midsummer Night's Dream
9789390575466	The Mill On The Floss
9789390896790	The Miracles of your mind
9789390896660	The Mutual Aid A Factor in Evolution
9789390896448	The Origin of Species

9789390896905	The Peter Kropotkin Anthology The Conquest of Bread & Mutual Aid A Factor of Evolution
9789390896806	The Picture of Dorian Gray
9789390896271	The Picture of Dorian Gray
9789390575275	The Power Of Awareness
9789390896356	The Power of Concentration
9788194824169	The Power of Positive Thinking
9789390575411	The Power of the Spoken Word
9788194914105	The Power Of Your Subconscious Mind
9789390896899	The Power of Your Subconscious Mind
9789390896417	The Principles of Communism
9789390575787	The Psychology Of Mans Possible Evolution
9789390896615	The Psychology of Salesmanship
9789390575732	The Pursuit of God
9789390575398	The Pursuit of Happiness
9789390896851	The Quick and Easy Way to effective Speaking
9789390575947	The Return Of Sherlock Holmes
9789390575138	The Road To Wigan Pier
9789390896981	The Root of the Righteous
9789390575855	The Science Of Being Well
9788194914167	The Science Of Getting Rich, The Science Of Being Great & The Science Of Being Well (3In1)
9789390896011	The Screwtape Letters
9789390896073	The Screwtape Letters
9789390575336	The Secret Door to Success
9789390575695	The Secret Of Imagining
9789390896868	The Secret Of Success
9789390896431	The Seven Last Words
9789390575930	The Sign of the Four
9789390896004	The Sonnets
9789390896516	The Souls of Black Folk
9789390896875	The Sound and The Fury
9789390575244	The State and Revolution
9789390896882	The Story of My Life
9789390896936	The Story Of Oriental Philosophy

9789390896752	The Strange Case of Dr. Jekyll and Mr. Hyde
9789390896943	The Tempest
9789390575916	The Valley Of Fear
9789390575879	The Wind in the willows
9789390896080	The Wind in the willows
9789390575763	Their eyes were watching gofd
9789390575831	Three Stories
9789390896950	Twelfth Night
9789390896592	Twelve Years a Slave
9789390896677	Up from Slavery
9789390896974	Value Price and Profit
9789390896967	Wake Up and Live
9789390896493	With Christ in the School of Prayer
9789390575602	Your Faith is Your Fortune
9789390575473	Your Infinite Power To Be Rich
9789390575251	Your Word is Your Wand
9789390575718	Youth
9789391316099	A Christmas Carol
9789391316105	A Doll's House
9789391316501	A Passage to India
9789391316709	A Portrait of the Artist as a Young Man
9789391316112	A Tale of Two Cities
9789391316747	A Tear and a Smile
9789391316167	Agnes Gray
9789391316174	Alice's Adventures in Wonderland
9789391316136	Anandamath
9789391316181	Anne Of Green Gables
9789391316754	Anthem
9789391316198	Around The World in 80 Days
9789391316013	As A Man Thinketh
9789391316242	Autobiography of a Yogi
9789391316266	Beyond Good and Evil
9789391316761	Bleak House
9789391316778	Chitra, a Play in One Act
9789391316310	David Copperfield

9789391316075	Demian
9789391316785	Dubliners
9789391316051	Favourite Tales from the Arabian Nights
9789391316235	Gitanjali
9789391316068	Gravity
9789391316150	Great Speeches of Abraham Lincoln
9789391316662	Guerilla Warfare
9789391316839	Kim
9789391316822	Mother
9789391316211	My Childhood
9789391316846	Nationalism
9789391316327	Oliver Twist
9789391316853	Pygmalion
9789391316334	Relativity: The Special and the General Theory
9789391316389	Scientific Healing Affirmation
9789391316341	Sons and Lovers
9789391316587	Tales from India
9789391316372	Tess of The D'Urbervilles
9789391316396	The Awakening and Selected Stories
9789391316402	The Bhagvad Gita
9789391316303	The Book of Enoch
9789391316228	The Canterville Ghost
9789391316907	The Dynamic Laws of Prosperity
9789391316006	The Great Gatsby
9789391316860	The Hungry Stones and Other Stories
9789391316433	The Idiot
9789391316440	The Importance of Being Earnest
9789391316297	The Light of Asia
9789391316914	The Madman His Parables and Poems
9789391316457	The Odyssey
9789391316921	The Picture of Dorian Gray
9789391316464	The Prince
9789391316938	The Prophet
9789391316945	The Republic
9789391316518	The Scarlet Letter

9789391316143	The Seven Laws of Teaching
9789391316525	The Story of My Experiments with Truth
9789391316532	The Tales of the Mother Goose
9789391316549	The Thirty Nine Steps
9789391316594	The Time Machine
9789391316600	The Turn of the Screw
9789391316983	The Upanishads
9789391316617	The Yellow Wallpaper
9789391316426	The Yoga Sutras of Patanjali
9789391316990	Ulysses
9789391316624	Utopia
9789391316679	Vanity Fair
9789391316020	What Is To Be Done
9789391316686	Within A Budding Grove
9789391316693	Women in Love

www.ingramcontent.com/pod-product-compliance
Lightning Source LLC
LaVergne TN
LVHW100326181026
850499LV00039B/1004
* 9 7 8 9 3 6 2 0 5 8 5 2 2 *